Margriet de Moor

Herzog von Ägypten

Roman

Aus dem Niederländischen von
Helga van Beuningen

Carl Hanser Verlag

Die Originalausgabe erschien unter dem Titel
Hertog van Egypte
1996 bei Querido in Amsterdam

1 2 3 4 5 6 01 00 99 98 97

ISBN 3-446-19122-4

Satz: Fotosatz Reinhard Amann, Aichstetten
Druck und Bindung: Franz Spiegel Buch GmbH, Ulm
Printed in Germany

Zum Gedenken an meinen Mann Heppe

Und Du – wie war die Reise?
Wie ging es mit dem Herzen,
das zerriß und doch nicht brach?

Marina Zwetajewa

Erster Teil

1

Es gibt etliche Leute, die behaupten, sie hätten es an jenem Nachmittag sofort gemerkt. Sie erinnern sich, daß er ins Wirtshaus gekommen war, gutaussehend, mit einem Filzhut auf dem Kopf, und alle sind sich einig, daß seine Streuneraugen über die Kneipengäste wanderten, bis sie Lucie herausgepickt hatten.

In Wirklichkeit hatte es den ganzen Vormittag geregnet, und ich war die einzige, die ihm Beachtung schenkte, die einzige, sage ich, denn nicht einmal Lucie hatte hochgeschaut, als sie eine Zigarette von ihm annahm, und sie dankte ihm mit ihrem üblichen ins Leere gehenden Lächeln. Wir standen im *De Kraan*, zur belebtesten Zeit des Tages, damals, als es die neue Straße noch nicht gab. Also fiel Joseph, als er hereinkam, kaum auf, zumal die LKW-Fahrer gerade von irgendeiner Aktion angefangen hatten und immer lauter schreien mußten, um sich verständlich zu machen. Während sie am Tresen ihren Strammen Max aßen, gerieten sie sich wegen eines Tarifvertrags oder der Studentengewerkschaft in die Haare, es können auch die Atomtests gewesen sein. Es war in den sechziger Jahren, und über solche Dinge begann man sich damals gehörig aufzuregen.

Joseph hatte sich nicht um den Trubel gekümmert. Er ging zur rechten Ecke des Tresens, hob die Hand, bestellte eine Cola und drehte sich zum Telefon um, das genau hinter ihm an der Wand hing. Leute wie er reden laut. Obwohl er das Gesicht abgewandt hatte, konnte ich seine Stimme noch durch die politische Diskussion hindurch hören, aber ob er schimpfte oder flehte war nicht auszumachen, denn er sprach in dem Kauderwelsch, das Leute wie er benützen, wobei er heftig gestikulierte und auf eine bestimmte Art und Weise den Eindruck erweckte, gegen den Wind mit jemandem zu sprechen, der am anderen Ende einer Viehweide stand.

Aber als Lucie merkte, daß sie keine Zigaretten mehr hatte, da lehnte er schon wieder am Tresen. Lucie ist komisch. Sie starrt. Lucie ist so eine, die in der Schule nicht richtig mitkam, und sie hat solche metallisch roten Haare, daß man sofort versteht, warum sie als Kind auf der Straße angepöbelt wurde. Zu der Zeit, von der hier die Rede ist, arbeitete sie im Betrieb ihres Vaters, dieselbe Arbeit, die sie jetzt zusammen mit Joseph macht, aber damals, mit einundzwanzig, war sie diejenige, die den Stall schmiß, die Springpferde züchtete und ganz genau wußte, was ein Einjähriger auf dem Markt in Delden bringen konnte. Der Hof liegt an der Landstraße nach Benckelo. Wenn ich die Augen schließe, sehe ich sie in Stiefeln unter einem Sommerkleid einen jungen Schimmel longieren. Das Tier vollendet mit dramatischer Aufmerksamkeit Runde um Runde, deren herrischer Mittelpunkt sie ist.

Sie klopfte ihre Jackentaschen ab. Ein Feuerzeug und ein leeres Päckchen. Da schaute sie hinunter und sah eine magere Hand, eine zwanzigkarätige goldene Uhr am Gelenk, die ihr ihre Lieblingsmarke hinhielt. Sie fingerte in aller Ruhe eine Zigarette heraus, lachte kurz und steckte sie an, ohne den Mann zu beachten, der bald darauf zahlte und ging. Wie schon gesagt, es regnete. Joseph hatte sich den Hut tiefer ins Gesicht gezogen und vor dem Wirtshaus die Straße überquert. Erst in diesem Moment gab es ein paar, die ihn durch die nassen Scheiben hindurch bemerkten.

»Sie stehen seit einer Woche auf dem kleinen Feld neben der Smeenk-Fabrik.«

Das war damals. Das war, eine Minute bevor sie Joseph das erstemal in seiner Limousine am *De Kraan* vorbeigleiten sahen. Später hatte sich jeder an die Chevrolets und die Mercedesse gewöhnt, in denen er jedesmal, wenn das Laub von den Bäumen zu fallen begann, wieder im Dorf aufkreuzte, auf dem Weg zu seiner Frau. Ja, er kam und er ging. Er tauchte von Osten her zwischen zwei ausgeblichenen Maisfeldern auf und verschwand entlang einer blühenden Kastanienallee Richtung Süden. Diese Unruhe bei ihm habe ich immer verstanden. Häuser und Straßen sind Wegmarken, die wir selbst in unseren Köpfen gesetzt haben, genauso wie Kalender und Uhren und geschriebene Geschichten. Aber in Josephs Gedächtnis gibt es andere Dinge, Wagenräder und Pferde und bellende Hunde, die alle zum Aufbruch drängen. Ob die Weite lockt? Wälder, Turmspitzen, Felder, sag ruhig: Freiheit? Josephs Weite lockt nicht, sondern scheuert unentwegt zwischen Haut und Kleidern. Was sollte auch so schön daran sein, gleich nach der Geburt über die Grenze abgeschoben zu werden, wie es ihm sechsunddreißig passierte? Es war Dezember, ein Schneesturm tobte, aber sogar bei solchem Wetter wurden Kinder wie Joseph draußen geboren. Tatsache ist, daß am Morgen danach ein Trupp von ungefähr zehn Mann Militärpolizei auf Fahrrädern mitsamt Hunden in den Wald schlitterten, in dem eine aus drei Wagen bestehende *kumpania* stand. Freiheit oder Störung? Wenn das Leben nur das weiterspinnen würde, was der Instinkt schon immer gewußt hat, dann wäre Joseph niemals ganze Winter lang innerhalb der Wände eines Hauses geblieben. Aber das Leben besteht auch aus Vorzeichen, und als Lucie damals, mittags im Wirtshaus, dankbar eine Zigarette von ihm annahm, da deutete einiges darauf hin, daß er die nächsten sechzehn, siebzehn Jahre mit ihr in seinem Schlitten durchs Dorf fahren würde, erst mit ihr allein und später mit zwei, drei Kleinen auf der Rückbank, und oft genug auch noch mit einem Anhänger hintendran, in dem ein paar unruhige Pferde nach Delden oder nach Zwolle gebracht werden mußten. Dann fuhr er langsam, jedenfalls für seine Verhältnisse, denn Pferde haben ein absolutes Gespür für Geschwindigkeit, und schneller als achtzig finden sie gräßlich. Gut möglich, daß Lucie dann von Jan Salie sang und Joseph sich zwar eins grinste, den Tenor des Lieds aber ein ganzes Stück besser einzuschätzen verstand als der damals zweijährige Johan oder die fünf Monate alte Katharina: *Jan Salie mit der bleichen Wang', ist vor der Kälte schrecklich bang, wärmt sich am Herd die kalten Füße, wo auch der Breitopf steht, der süße.* So ist das, und wer wollte es ihm verübeln.

Jetzt ist irgendwas mit ihnen, was mich unruhig macht.

Sie sind still geworden. Und auf der linken Seite des Bauernhofs schlafen ein paar Leute bis acht Uhr morgens. Lucies Vater, der unter demselben Dach wohnt, ist dann schon längst auf den Beinen. Er hat in Chicorée investiert und kontrolliert jeden Morgen den Schuppen, in dem mit Hilfe von Wasser und einer Nährlösung auf eine irrsinnig schnelle Ernte hingearbeitet wird. Heute ist Lucie gerade noch rechtzeitig aufgestanden, um die Tür hinter ihren Schulkindern zu schließen, sie hat Kaffee gekocht und sich eine Zigarette angezündet, als Joseph zu ihr sagt: »Ich geb die Stute weg.«

Er sieht sie nicht an, als er das sagt, er schaut zu den Hunden an den leeren Freßnäpfen. Er trägt einen dunkelbraunen Anzug, einen Pullover, die Füße sind noch nackt. Auch Lucie schaut vor sich, und selbst wenn sie das nicht täte, sähe sie trotzdem nicht, daß Joseph im Begriff ist, ein anderer zu werden, mit knochigerem Gesicht und weißeren Händen.

»Welche Stute?« fragt sie dumm.

Er nimmt den Kaffee, den sie ihm reicht, und geht zum Fenster.

Die Küche ist geräumig. Da steht ein Eßtisch mit Stühlen, ein Sofa mit Kissen und ein Büfett mit einer Gruppe von kleinen Marienfiguren, die alle von Joseph mitgebracht worden sind. Während er über der Landschaft von Scheunen und kleinen Erhebungen einen Streifen Sonne sieht, sehr weit weg, schaut sie zu den Figuren. Sie muß an früher denken. Die Madonna von Mostar, rechnet sie aus, hatte er vor neun Jahren dabei, als er nach Hause kam. Bellaheleen hatte damals ihr erstes Fohlen.

... Es war am Ende eines anstrengenden Nachmittags

gewesen. Ob es nun daher kam, daß sie das Hengstfohlen am Tag zuvor verkauft hatten, oder von sonst irgendwas, die Stute wollte sich nicht die Hufe beschneiden lassen. Sie waren schon Stunden mit ihr zugange, als Josephs Auto auf den Hof fuhr. Nach viermonatiger Abwesenheit stieg er aus, mager, mit noch pechschwarzen Augenbrauen und Schnäuzer, und als er sich der kleinen Gruppe bei den Ställen näherte, kam kein Wort über seine Lippen, aber er machte mit einer Kopfbewegung deutlich, daß sie das Pferd ihm überlassen sollten. Er faßte die Stute am Halfter. Während er den Vorderhuf auskratzte, begann er mal schmeichelnd, mal – ohne Übergang – mit Verwünschungen auf sie einzureden, in den pathetischen Klängen, die seine Zunge in den vergangenen Monaten beherrscht hatten. In Trance hörte das Tier zu, bewegte sich keinen Millimeter und ließ alles lammfromm über sich ergehen. Als er die Augen schließlich aufschlug, blickten sie völlig naiv. »Ich möchte …« Nach niederländischen Worten suchend, machte er mit Lucie, ihrem Vater und einem Aushilfsknecht ab, daß Bellaheleens Kinder nicht mehr verkauft werden sollten, und obwohl sie wußten, daß etwas derart Unsinniges überhaupt nicht in Frage kam, nickten der Vater und der Knecht. Was Lucie betraf, die hatte von seinem Halstuch zu seinen Schuhen geschaut und mit ihren blaßgrauen Augen geblinzelt …

Steht also noch seine überflüssige Antwort auf ihre überflüssige Frage aus: »Welche Stute?«

»Bellaheleen.«

Er wendet sich vom Fenster ab, um Socken und Stiefel anzuziehen, eine Joppe, und danach mit einem alten Hut auf dem Kopf in den Nieselregen hinauszugehen. Als er kurz darauf auf der Koppel eines der Pferde zu sich pfeift, hat Lucie die Küche gemacht und geht an den Rübenabfällen und einer verrosteten Landwirtschaftsmaschine vorbei zu den Ställen, um mit dem Knecht die Arbeit zu besprechen.

Der schreibt gerade auf einer Schultafel auf, was er verfüttert hat.

»Zu lange gestanden«, sagt er und zeigt auf die beiden Wallache, die hinter den Brettern der Box aufeinander losgegangen sind. In diesem Moment kommt Joseph mit Bellaheleen vor dem Stall an. Er bindet die dreizehnjährige Stute unter dem Blechvordach fest, um sie im Hinblick auf den geplanten Verkauf noch einmal zu putzen. Lucie hilft. Sie hantiert mit einem Metallkamm und einer Kardätsche, reibt die nasse Haut mit sauberem Stroh ab, und es ist alles wie früher, genau wie früher, in einer endgültig vergangenen Zeit bewegen Joseph und sie sich kameradschaftlich um die Anatomie des braungrauen Tiers. Aber als Joseph seine Kippe in den Regen schnippt und ein paarmal hustet, daß es ihn schüttelt, da geht Lucie in den Stall, um die Decke zu holen, und der Stallbursche schaut auf. Joseph merkt das.

Mit Verachtung in der Stimme sagt er: »Atmen scheint im Moment wohl nicht ohne Schmerzen möglich zu sein.«

Der Bursche grinst verlegen.

»Wir haben November«, sagt er.

Lucie legt dem Pferd die Decke über. Sie beugt sich zur Seite, um ein paar Strohhalme aus dem Schweif zu ziehen. Dann, als sie sich wieder aufrichtet, kommt ihr schlagartig eine Erinnerung: Joseph, der ihr erzählt, wie sie mit acht Caravans durch die wogende Landschaft Schlesiens gezogen sind. Verdattert bleibt sie stehen. Sie sperrt die Augen auf und erinnert sich an seine spezielle Art zu erzählen – theatralisch, auf Wirkung bedacht –, die sich zwar in ihr Gedächtnis gegraben hat, sie jetzt aber, nach monatelanger Stille, erschreckt.

»Das ist die Tornowitzer Hochebene«, hört sie ihn sagen. »Nach so einem glühendheißen Tag kann man nachts Regen erwarten, Regen wie ein Schwein, er verwandelt das ganze Lager in einen Sumpf, aber das bringt einen nicht um. Eines Nachts, ich schlief wie ein Stein, da schreckte ich plötzlich mit dem Gefühl hoch, daß mir im Dunkeln jemand ins Ohr pustet.«

Lucie, die Strohhalme noch in der Hand, blickt alarmiert zu ihrem Mann, denn sie weiß, wie die Geschichte weitergeht.

»Verdammt noch mal, Joseph!« schreit sie.

Er läßt den Arm sinken. »Was hast du?« Er und der Bursche wollen gerade anfangen, Bellaheleens Mähne zu scheren.

»Nix«, sagt Lucie. Sie knöpft sich die Jacke zu. Als sie einen Augenblick später über den kleinen Platz vor dem Tor geht, hört sie, keinen Meter von ihrem rechten Ohr entfernt: »Mensch, Lucie, weißt du, was das war? Eine Ratte kroch mir übers Gesicht.«

Was hat das zu bedeuten? Josephs Stimme von vor ein paar Jahren, und dieses Lager in jener Ebene? Ich weiß, daß Lucie öfter Schatten sieht, unwahrscheinliche Dinge, die im allerletzten Moment zurückspringen, aber sie hat sie gesehen. Vom Twenter Land im November blickt Lucie den ganzen Vormittag lang auf ein sommerliches Schlesien, von Feldern mit Raps und Schlüsselblumen bis zu einem Lagerplatz in einer Biegung der Prosna. Als sie gegen Mittag ihrem Vater begegnet, schwebt sie noch immer in diesem Zwielicht, wenngleich alles jetzt blasser ist, weiter entfernt, und sie prallt am Hinterhaus mit ihm zusammen.

»He!«

Der alte Mann tritt verärgert einen Schritt zurück. Einen Moment lang sehen sie sich an.

»Du wolltest Torfmull bestellen.«

»Hab ich auch getan, aber klar doch«, sagt sie.

»Wo ist er denn?«

»Der kommt heute nachmittag, garantiert, sie bringen ihn wieder mal eine Woche zu spät. Weißt du noch, mit dem Klafterholz?«

Wenn man jenseits der Siebzig ist, stehen die meisten Dinge fest, fest in der Vergangenheit. Gerard ist Witwer. Er bewohnt den rechten Teil des Hofs seiner Vorfahren, ihr Land hat er allerdings Stück für Stück verkauft. Als seine Frau während des Krieges niederkam, hatte er auf einen Sohn gehofft, aber er bekam die rothaarige Tochter, die sein einziges Kind bleiben sollte. Diese liebste Blutsverwandte hat ihm mittlerweile einen Schwiegersohn und drei Nachkommen geschenkt. Gerard geht vor ihr ins Hinterhaus. Zwei blonde Labradore springen ihm da entgegen. In der Küche, die blau vom Rauch ist, findet er seinen Schwiegersohn vor, der wieder mal eines seiner lautstarken Telefongespräche führt. Er nimmt sich zusammen und setzt sich.

»Das ist ja schon kein Sprechen mehr«, sagt er zu seiner Tochter. »Das ist Brüllen.«

Sie nimmt das Brett und das Brotmesser. Ich weiß nicht, geht es ihr kurz durch den Kopf, aber irgendwie ist er jetzt anders. In dem Bewußtsein, daß die miserable Laune ihres Vaters neueren Datums ist, beginnt sie Brot zu schneiden.

Es ist ein geschäftliches Gespräch. Joseph bietet mit dem leidenschaftlichen Interesse des Eigentümers eine dreizehnjährige Stammbuchstute von überaus gutem Charakter an.

»Ja, Mijnheer«, schreit er, »genau, was Sie suchen, edel, ja, feurig, ja, ich bin schon unterwegs.«

Er knallt den Hörer auf die Gabel, um irgendwo anders großtönend sein Lieblingspferd zu verhökern.

Lucie und ihr Vater sehen ihn den schlammigen Weg entlanggehen, Hut bis zu den Augenbrauen heruntergezogen. Gerard schnaubt angewidert. Dann brummelt er etwas. Lucie, seit Jahren an das gute Verhältnis zwischen ihrem Mann und ihrem Vater gewöhnt, ist sich nicht sicher, was. Aber sie meint, so etwas gehört zu haben wie: »Zigeuner!«

2 Ich verstehe sie, und ich verstehe sie nicht. Im Sommer verstehe ich sie, im Winter nicht. Röcke, Ohrringe, offene Haare: ja, und so eine Frau, die mit ihrem Enkelkind auf dem Schoß auf ein paar brennende Baumstämme starrt, gut, daran gibt's eigentlich gar nichts zu verstehen. Wenn sie lacht, sieht man einen Mund voller Goldbrücken. Mit diesen Wohnwagen habe ich auch keine Probleme. Denn das sind Orte voller Möbel und Marienfiguren und Kunstblumen, unbegreiflich, möchte man sagen, vollgepfropfte Zellen, aber toll, die Koordinaten von ganz Europa laufen mitten durch sie hindurch, und sogar diese dämlichen weißen Caravans sind eine phantastische Erweiterung deiner Gedanken: Vergiß nicht, daß die Welt eine alte Familiendomäne ist, in der es noch in den entlegensten Winkeln möglich sein muß, mit seinen Verwandten beisammenzusitzen und zu schwatzen. Manches verstehe ich nicht. Dieses Geschrei, die nackten Füße, die zugeknöpften Strickjacken, und das alles im Regen! Wenn ich so zurückdenke, habe ich das Gefühl, daß es dreiundsechzig den ganzen Sommer geregnet hat. Es hieß, diese Bagage bei der Smeenk-Fabrik wolle da vorläufig bleiben. Sie hätten den Außenhahn wieder zum Laufen gebracht.

Natürlich hat jeder geschaut, als dieser Achtzylinder hinter den Scheiben vorbeiglitt. Die LKW-Fahrer waren schon wieder weg, also wollte die mit einemmal etwas armselig wirkende Stammkundschaft ganz gern mal beispielsweise die Versicherungsprämien für diese alten Kutschen aufs Tapet bringen, die vor allem für Typen mit Hängeschnäuzern und romantischen Augen nicht von Pappe waren, denn unfallfrei fahren hin oder her, versichern konnten sie sich nur bei der Firma Terminus. Das Dorf liegt im landwirtschaftlich genutzten Osten der Niederlande. Die Wirtshausbesucher von vor dem Krieg, die meisten, erinnern sich, daß die Pferdehändler immer genau im richtigen Moment mit einem Panjepferd oder einem Ackergaul auftauchten, um nach großem Tamtam erstaunlich reibungslos zur Sache zu kommen. Es waren Leute, die prima mit Tieren und Werkzeug umgehen konnten, warum sollten sie also, nach der Stille seit vierundvierzig, nicht allmählich zu ihrem alten Platz zurückkehren? Die Stimmung im Wirtshaus wurde mild. Im Radio war Louis Armstrong zu hören, und hinten begannen ein paar, Billard zu spielen. Ich fragte mich bloß, warum da noch jemand von den Frauen anfangen mußte, die an diesem Vormittag auf dem Kirchplatz wahrgesagt hatten. Warum wird das als Unzucht betrachtet? Zufällig weiß ich, wie es ist, wenn einem der Weg versperrt wird und jemand forschend in deine Augen blickt. Sie nimmt deine Hand. Du wirst mit einemmal todernst. Wenn sie die Handfläche ins Licht dreht, nimmt sie bereits hundertprozentig an deinem Kummer teil. Sehnst du dich nach Leidenschaft, während die Liebe flau und zögerlich ist? Von der Zukunft, die ihr persönlich nichts sagt, malt sie ein stimulierendes Bild.

Er fuhr aus dem Dorf hinaus. Über den Feldern lag das Licht einer Sonne, die kurz vor dem Durchbrechen steht. Er schaute zur Linie der Baumwipfel und bog nach Benckelo ab. Gleich kam der Feldweg zum Fabrikgelände, wo in sechs Wagen und Caravans Verwandte von ihm wohnten, die, wie er schnell genug sehen sollte, wieder einmal Besuch von der Polizei bekommen hatten. Das Autofenster war heruntergekurbelt. Der Kellergeruch nasser Brennesseln war ihm von früher bekannt. Seitdem war viel Zeit vergangen. Die Gegend, die die Okkupation und die Befreiung erlebt hatte und die Marshall-Plan-Hilfe und Regierungen mit tiefer Ehrfurcht vor der euro-amerikanischen Politik, wurde allmählich wohlhabender. Bauernkinder fuhren mit dem Fahrrad ins Gymnasium. Auf den Feldern hatten der selbstfahrende Mähdrescher und der Mäh-Dresch-Binder Einzug gehalten, so daß die Bauern, sofern sie überhaupt noch Pferde hielten, ihren Gelderländer Arbeitspferden das Gnadenbrot geben und auf die Neuheit, mit Vollblütern gekreuzte Rennpferde, umsteigen konnten. Es war lange her, aber Joseph erinnerte sich an die Gegend. Ein Windstoß schüttelte die Pappeln. Er schaltete die Scheibenwischer in eine andere Stufe und dachte an seinen Vater, der bis zweiundvierzig, dreiundvierzig regelmäßig hierhergekommen sein mußte. Damals hatte ein Bauer manchmal bis zu zwanzig Pferde im Stall. Wer zehn vor den Tiefpflug spannte, konnte den Untergrund bis in einen Meter Tiefe bearbeiten. Es kam nicht selten vor, daß in der gesamten Gegend Männer gesucht wurden, die mit einem solchen Pferdegespann im schweren Arbeitsgeschirr umgehen konnten. Josephs Vater und dessen fünf Brüder sowie vierzehn Neffen waren Schmiede und Händler, verstanden sich aber bei Bedarf auch darauf.

Er fuhr an Gerards Hof vorbei. Daß die Eiche am Tor ein altes, verwachsenes Zeichen aufwies, konnte er nicht sehen. Die beiden Wellenlinien, die von einer dritten gekreuzt wurden, befanden sich in Augenhöhe eines Reiters. Nach einem Kilometer kam der Feldweg. Durch eine Hecke von unbändigem Grün gelangte er auf das Fabrikgelände, wo er nicht im mindesten von dem Bild überrascht war, das sich ihm, innerhalb der Begrenzung von Zeit und Ort, schon solange er sich entsinnen konnte, unverändert bot: auf der einen Seite die Wohnwagen – Schlammplatz, Treppenstufen voller Kinder –, auf der anderen die Polizei.

Es war ein Mistsommer, der Sommer, in dem sich Joseph und Lucie kennenlernten. Regen und noch mal Regen, und dann sieht so ein kleines Lager nicht gerade erhebend aus. Schön, wenn man dann daran denken kann, daß von jedem dieser kleinen Schlammplätze endlose Routen an Äckern und Obstgärten vorbeiführen, unter warmen Sonnen, unter kühlen Monden, bis zu dem Punkt, wo man die Arme ausbreiten und in ein paar verwandte Augen schauen kann. Wie geht's Vater? Wie geht's Mutter? Wie geht's unseren schrecklichen Tanten und Onkeln? Und daß hinter jedem dieser kleinen Fenster die Dörfer und Städte auftauchen, in denen man Arbeit findet. Jahrmarkt, Schrottplätze, der Lauf der Jahrhunderte hat dich trainiert, dich blitzschnell zu präsentieren. Leider liegen deine Glanzleistungen außerhalb der Weltkultur. Da ist der Platz, auf dem das Publikum nur allzugern ein paar Teufelsmusikanten lauscht. Du stehst mit einer Stradivari unter einem blühenden Kastanienbaum. Du bist theatralisch gestimmt. Mit kühlem Kopf und ironischen Fingern variierst du das Thema Schwermut, und währenddessen flirtest du mit den Augen. Es gibt Leute, die sich dann ihrer früheren Sanftheit entsinnen, ihres wahren Ichs, und beinahe Tränen aufsteigen spüren. Sollen sie sich an ihrer traurigen Stimmung weiden, du mußt weiter. Jahrmärkte, Löwenkäfige, es gibt keinen Zirkus, in dem der Dompteur nicht von deinem Schlag wäre. Der Experte in der Dialektik von Logik und Sinnesentrückung überzeugt nicht nur Menschen.

Doch auf dem kleinen Feld neben der Smeenk-Fabrik ließ sich mit Überzeugungskraft oder was auch immer an jenem Nachmittag wenig ausrichten. Die Polizisten hatten ein Schreiben bei sich: *Nach amtlicher Kenntnis haben Sie mit sechs Wagen einen Standplatz bezogen.* Joseph stellte den Wagen ab, stieg aus und ging zu den Polizeiautos, wo sich zwei seiner Vettern, Branco und Sani, mit vier Polizisten unterhielten. Branco hielt einen Brief in der Hand, den er mit einer Miene, als hätte er ihn Wort für Wort problemlos gelesen, an Joseph weiterreichte. Höflich, aber ohne die Spur eines Lächelns grüßte Joseph die Amtspersonen und teilte ihnen mit, daß er im Rathaus um ein Gespräch mit dem Bürgermeister nachgesucht habe. Die Polizisten sahen ihn einfältig an. Dann: Kopfschütteln.

»Wir haben leider unsere Instruktionen.«

Joseph zeigte ein nachgiebiges Lächeln.

»Mit einer befristeten Aufenthaltserlaubnis ...«

Diesmal wurde das Kopfschütteln von einer Geste in

Richtung des Briefs in seiner Hand begleitet, wedelnd, als gelte es, eine Mücke zu verjagen.

Doch Joseph wußte, daß ein Befehl erst dann gilt, wenn er deine Augen oder Ohren erreicht hat.

»Dies ist ein geeigneter Platz«, sagte er ruhig. »Wir können arbeiten, kein Problem. Wir sind Korbflechter, Autoschlosser, Schleifer, Wahrsager, Musiker, Zureiter, Pferdehändler, Stuhlflechter, Kurzwarenhändler, Zubehörhändler, Teppichhändler, Hufschmiede und Zirkuskünstler.«

Er spuckte seine Kippe aus. Sein Stolz hing rund und glänzend zwischen den letzten Tropfen, die von den Pappeln fielen.

»Wir haben Geld.«

Einen Augenblick war es still. Noch immer energisch in seiner Rolle als Wortführer der Familie, wandte er sich an den Polizisten mit den meisten Abzeichen auf der Uniformjacke. »Darf ich Ihnen etwas unter vier Augen sagen?«

Unter dem Vordach eines der Wagen zog er ein gefühlvolles Gesicht und erzählte dem Hauptwachtmeister in weitschweifigen Sätzen, daß sich der Gesundheitszustand eines alten Mannes in ihrer Gesellschaft von Tag zu Tag verschlechtere. Beim Sprechen schweifte sein Blick vom violett getönten Himmel zu dem Wagen, in dem Nikolaus, ein Vetter seines Vaters, wohnte. Alt, erzählte er, krank. Mehr Informationen gab er der Amtsgewalt nicht, und das hätte auch ausreichen müssen. Alt und krank müssen ausreichen, um einem Mann, der ganz einfach wie jeder andere der Dreh- und Angelpunkt seines eigenen kleinen Universums hatte sein wollen, aber sein Leben lang von Leuten in unterschiedlichen Uniformen wegen Papieren, wegen Paßfotos, wegen Fingerabdrücken, wegen Stempeln und Nummern behelligt worden war, inklusive jener einen glühenden, die für immer in seinen Arm gedrückt stand, um so einem Mann am Ende seines Lebens ein klein wenig Atem zu gönnen.

Er hieß Nikolaus Andrias Plato. Er war Niederländer,

1909 auf der Durchreise seiner Eltern in Arnheim geboren. Wer ihn Anfang der sechziger Jahre als alt bezeichnete, übertrieb nicht. Männer und Frauen seines Alters waren damals auf dem europäischen Festland eine große Seltenheit, wenn sie eine olivbraune Haut hatten, Goldzähne, stahlblaue Haare und die Augen eines ausgebrannten Saltospringers. Wenn ihr Äußeres dergestalt war, daß es Zivilisationen auf die Idee des Scheiterhaufens brachte. Diese Dinge entwickeln sich immer schleichend. Ein wenig Belästigung, ein wenig Antipathie, aber dann kleben plötzlich überall Anschläge, daß alle Betrüger, die unter dem Namen Bohemer und Ägypter bekannt sind, das Land zu verlassen haben: Wir befinden uns im sechzehnten Jahrhundert. Das humanistische Europa baut, legt trocken, macht urbar. Es schaut irritiert auf einen bestimmten Menschenschlag, den das nicht im geringsten erschüttert, und schreit nach mehr Polizei. Von jetzt an wird das unbegreifliche Gesindel des Landes verwiesen und vom Nachbarland natürlich wieder zurückgeschickt. Von jetzt an wird gebrandmarkt, gestäupt, das rechte Ohr abgeschnitten und auch noch das linke bei dem, der sich ein zweites Mal blicken läßt. Von jetzt an und in den darauffolgenden Jahrhunderten spricht man von einem Zigeunerproblem. Frankreich schickt sie auf die Galeeren, Preußen hängt sie auf, und in der Republik der Vereinigten Niederlande hat man nach dem Achtzigjährigen Krieg endlich die Hände frei. Die vernünftigen Grenzprovinzen Gelderland und Overijssel setzen sich mit ihren Nachbarn im Osten über eine umfassende Lösung ins Benehmen, Kleve und Münster sind durchaus für eine Zusammenarbeit.

Das auserwählte Volk ist nicht als einziges auserwählt, es hat einen jüngeren Bruder. Einen pfiffigen Burschen. Einen gefährlichen Außenseiter. Der Ewige Jude ist nicht allein unterwegs, sondern wird von einem Landstreicher auf bloßen Füßen begleitet, begabt, außerordentlich musikalisch, aber leider völlig ungebildet. Neben Spinoza geht ein anonymer Phantast und schwadroniert von dem noch nicht erschaffenen All, in dem eines Tages der Gott erschienen sei und neben ihm sein Kumpel, der Teufel, und daß diese beiden nichts als Worte seien: eine ewigdauernde Geschichte von Gut und Böse. Berlioz lauscht einem Rákóczi auf der Violine, Freud wird von einer Träume deutenden alten Frau begleitet, die *puri dai* genannt wird; unter den Massen, die durch das Tor mit der Aufschrift, daß Arbeit frei macht, gehen müssen, gibt es eine Reihe von Abenteurern, die denn auch kaum überrascht sind, auf der anderen Seite von einer Kapelle begrüßt zu werden, die eine schöne Polka spielt. Nikolaus Andrias, seine Eltern und seine ganze Familie werden am 16. Mai 1944 von der niederländischen Polizei festgenommen. Sie hatten in der Bilderdijkstraat in Den Haag gewohnt.

Joseph griff nach seinen Zigaretten, bot an und steckte sich selbst eine an. Hinter ihm in der offenen Tür des Wagens standen zwei kleine Kinder. Er sah dem Polizisten genau in die Augen.

»Ich kann Ihnen Geld anbieten.«

Es war zu spät. Eine bedauernde Kopfbewegung. Der Mann wollte oder konnte nicht darauf eingehen. Es war zu spät für welche Art gütlicher Einigung auch immer. Der Brief, der von Artikel soundso, Absatz soundso sprach, wies auf die Kosten hin, die per Zahlungsbefehl eingetrieben würden, falls die Wagen nicht aus freien Stücken binnen vierundzwanzig Stunden aus der Gemeinde verschwunden wären.

Vierundzwanzig Stunden. Nach dem vielen Regen hatte man vielleicht gerade die Wäsche zwischen den Bäumen aufgehängt, da kam doch prompt dieser Dienstwagen, um sich die Sache mal anzusehen. Man hatte vielleicht einem Bauern in der Nähe vier schlauchlose Reifen versprochen, damit er seinem Opel wieder ordentliche Schuhe verpassen konnte, kein Problem – weniger schön war dann, daß wieder einmal diese Vierundzwanzigstundenfrist lief. Vierundzwanzig Stunden, manchmal zweimal vierundzwanzig Stunden, widrigenfalls wurde abgeschleppt. Gegen Abend des dritten Tages begann die Familie Andrias, Wasser zu zapfen und ihren ganzen Kram rüttelsicher in den Wagen zu verstauen. Am Morgen brachen sie auf. Vier Caravans, zwei alte Culemborger Holzwohnwagen und sechs Autos, vollgestopft mit Männern, Frauen und Kindern. Joseph, mit seinen siebenundzwanzig Jahren noch ohne Familie, und warum das so war, kommt gleich, beförderte in seinem Auto vorn zwei Kusinen und hintendrin seinen Onkel Nikolaus, dessen zweite Frau und den zweiten ältesten Sohn Sani.

Ich denke an diese schaukelnde Karawane. An die unausgeschlafene Stimmung in den Autos. Es begann gerade hell zu werden. Sechs Uhr morgens. Der Weg führte an einer Weide vorbei, auf der Kühe mit den Köpfen aus dem Bodennebel ragten. Ich brauche mich nur vor Gerards Gehöft zu stellen und sehe in der Ferne den Punkt, wo sie damals auf die Straße gebogen sind. Joseph fuhr vorsichtig. Im Spiegel blickte er von Zeit zu Zeit besorgt auf das Gesicht des alten Mannes, der eine schlimme Nacht hinter sich hatte, aber eigentlich war er in der Stimmung eines Menschen, der bei einem Baum nur an einen Baum denkt und bei einem Schlagloch nur an ein Schlagloch. Als er also bei der Eiche auf Gerards Hof zufällig nach oben schaute, so daß sein Blick auf das Zigeunerzeichen fiel, dachte er an nichts anderes als an das, was er sah: zwei Wellenlinien, die von einer dritten gekreuzt wurden. Ich hörte ihn schalten, als er vorbeifuhr – unheimlich gutaussehend, ernst –, und ich bin überzeugt, er wußte nicht, daß diese Linien in einer mythischeren Zeit einen Willkommensgruß bedeutet hatten, das Zeichen eines Fremden an einen anderen, daß hier umgängliche Leute wohnen, Leute, mit denen man essen und reden kann; ich bezweifele, daß er das wußte, denn über diese magischen Zeichen hört man die verrücktesten Dinge, und die Wahrheit erfährt man nicht.

Etwas anderes kann ich mit ebensowenig Sicherheit sagen: ob Joseph, als er in den dritten Gang schaltete, nicht schon eine ganz leise Ahnung hatte, daß noch im Laufe ebendieses Jahres sein Anzug nachts, an dieser Adresse, über einem Stuhl hängen und seine Schuhe unter dem Bett der rothaarigen Tochter des Hauses stehen würden. Man weiß ja nie. Schließlich war bereits etwas vorbereitet. Vorbereitet war das Thema Joseph und Lucie, das freundlich, aber bestimmt ein anderes Thema aus seinem Leben in sich aufnehmen sollte.

Das von Joseph und Parasja.

Zu diesem Zeitpunkt war sie ungefähr dreizehn Monate weg. Nach sechs Jahren Ehe, die nie eine richtige Ehe geworden war, denn es kam kein Kind, war Parasja von ihrer Familie zurückgeholt worden, und das geschah nicht gegen ihren Willen. Sie waren einander während eines langen Sommers auf den Ländereien eines verlassenen serbischen Klosters in der Nähe von Banja Luka begegnet. Parasja, schlank, stark, strahlend auf einer Weide voller Pferde, setzte sich über ihre Großmutter und ihre Onkel hinweg, die wegen eines alten Streits nicht mit Josephs Familie aßen. Nachdem sie eines Nachts, als die Sterne fielen, mitten durch die Maisfelder zusammen weggeritten waren, gab es bei ihrer Rückkehr keine Erlaubnis zu ihrer Verbindung. Als Parasja nach sechs Jahren noch immer nicht befruchtet war, kamen ihr die Beschwörungen in den Sinn, die damals ausgesprochen worden sein mußten.

Da war die Polizei. Erst kurz vor dem Dorf wurden sie von zwei Streifenwagen so halb und halb eingekeilt. Ein Polizist stieg aus.

Katya, die Frau von Nikolaus, hatte schlechte Laune.

»Mögen die Eingeweide deines Vaters, deiner Mutter und deiner Brüder verdorren ...« legte sie los. »Möge der Dummschädel deines Großvaters ...«

Joseph kurbelte das Fenster hinunter, um auf die Art von Frage zu antworten, die ihm bis in alle Ewigkeit vertraut war.

»Wo fahren Sie hin?«

Eine Sekunde lang schien es ihm naheliegend, Gas zu geben und Blech an Blech zu spüren.

»Wir nehmen die A 35 Richtung Almelo.«

Wie so oft wurden sie eskortiert. Ein weißes Auto vor, ein weißes Auto hinter der Kolonne, alles im Dienste des Staates der Niederlande. Joseph, gewöhnt an die Störaktionen in seinem Leben, war mit seinen Gedanken woanders. Wachgerüttelt, dachte er: Parasja, ich vergeß dich jetzt. Ich vergeß deine Haare, deinen Kopf, dein Kinn, deine Lippen, die von Natur zum Lachen neigen, total. Ich behalte nichts, nicht die kleinste Kleinigkeit, und das schwöre ich bei Gott, dem Vater.

Das dachte er, und währenddessen hatten sie die Gemeindegrenze erreicht, und die Benckeloer Polizei zog ab.

Glaubst du vielleicht, ich will in den kommenden Jahren deine goldenen Ketten weiter vor mir sehen? Und deine Tücher und deine heiligen Höschen, die du immer hinter einem Handtuch zum Trocknen aufhängst, die ich aber natürlich doch gesehen habe, mit diesem Blumenmuster? Wie viele Nächte, glaubst du, will sich ein Mann im Laufe seines Lebens noch im Bett herumwälzen und denken, komm, komm auf der Stelle her und leg dich ganz nah zu mir?

Der Kreisel bei Delden. Die Wagenkolonne blieb so dicht beieinander, daß rechts ein kleiner Stau entstand. Bei IJpel wartete ein Polizeibus.

Er verlor die Geduld. Verdammte Pest, Parasja, dieses Gekeife und Rumgenerve von dir! Glaubst du vielleicht, ich bin noch verliebt in dich?

»Schönen guten Morgen! Können Sie sich ausweisen?«

Joseph reichte dem Mann seine Papiere. Er spürte einen nervösen Druck auf der Brust.

Wo waren wir in sechs Jahren nicht überall? Soll ich vielleicht auch weiterhin die Außenbezirke von Danzig, Berlin oder Budapest vor mir sehen oder die Kornfelder, die Weinberge, wo ihr Frauen gearbeitet habt? Während des Gewitters über Reims hast du aller Gesetze gespottet und bist bei Donner und Blitz mit bloßem Kopf herumgelaufen. Was soll ich mit unseren kleinen holländischen Plätzen, den Straßenrändern und Geländestücken, auf denen wir, eingeklemmt zwischen Weite und Enge, für vierundzwanzig Stunden unseren Zigeunerkrawall veranstalten durften?

Es war doch alles in Ordnung. Die Gruppe besaß eine Sammlung der schönsten Pässe und Visa. Und nun die Frage.

»Und wo soll's hingehen?«

Joseph startete, schwieg noch einen Moment und nannte dann wieder Almelo.

Gut, gut, Parasja, mit der Familie ist nicht zu spaßen! Ein entfernter Onkel von mir hat einen entfernten Onkel von dir Hosenscheißer genannt.

Sie verließen den Randstreifen. Die Wagen mischten sich in den übrigen Morgenverkehr. Der kleine Polizeibus an der Spitze ließ nicht viel Zweifel an der Art dieses Transports bestehen. Ein Stück weiter, als sie bei einem Laden, der um acht Uhr bereits geöffnet war, kurz anhielten, entstand denn auch eine eigenartige Atmosphäre. Welche Gruppe von Frauen wird schon so blitzschnell mit Brot, Süßigkeiten und Pflaster versorgt und danach derart beflissen zur Tür begleitet? Zwischen Zenderen und Almelo verlief eine breite Straße. Wo die Ortschaft von einer Eisenbahnlinie abgeschlossen wurde, begann der Betonweg zum Wohnwagenlager. Die Polizei verschwand. Nach einer Stunde kostspieligen Verhandelns mit ein paar anderen Bewohnern des Lagers stand die Familie Andrias mit ihren Wagen und Autos beisammen. Hinter dem Wagen von Nikolaus war genug Platz für seinen bevorstehenden Tod.

Auf der Erde unter dir eine Matratze und ein paar dicke Kissen. Über deinem Kopf ein Stück Segeltuch, das keinen Regentropfen durchläßt. Bei kaltem Wetter ein Feuer an deinen Füßen. Diese Vorschrift, in den letzten Augenblicken des Lebens aus der Wohnung zu flüchten, finde ich schön, verstehen tue ich sie nicht. Sanfte Hände heben dich hoch und tragen dich lebend hinaus. Das Trauern beginnt schon jetzt. Von allen Seiten blicken die Augen deiner Familie dich ermutigend an. Bei Einbruch der Dunkelheit hörst du manchmal ein wundersam tröstliches Gejammer. Dennoch werden sie nachher nicht versäumen, ein paar Weißdornzweige auf dein frisches Grab zu legen, denn kein Mensch möchte, daß dein *mulo* ihm nachschleicht.

Nikolaus Andrias starb an einem Sommernachmittag. Das Lager war proppenvoll. Die zusammengeströmte Großfamilie kaufte ein Grab, bat um einen Kaplan und ließ die Dorfkapelle antreten, um mit dem Radetzkymarsch oder was auch immer ihr Geheul zu unterbrechen, ihr schmerzliches Wehklagen, das im Grunde auf eine letzte Übereinkunft mit dem Toten hinauslief: Dies waren unsere Streiche an deine Adresse, du wirst uns wohl auch die entsprechenden gespielt haben, gut, wir verzeihen einander.

Gehen, wie man gekommen ist. Ohne Besitz, ohne Schuld. Ein Erbe ist in einer solchen Situation auch nicht logisch. Nach dem Leichenschmaus, der trotz zweier Regengüsse den ganzen restlichen Tag dauerte, wurde im letzten aufflammenden Sonnenlicht das Holzfeuer wieder geschürt. Der Brandgeruch von Nikolaus' Anzug, seinen Schuhen, seinen Socken und dem Hut löste sich gegen Morgen auf, als ein erneutes Unwetter über das Lager hereinbrach.

»Die Familie Andrias? Was? Schon wieder weg?« hieß es zwei Tage später im Rathaus von Almelo. Man verstand nicht, warum die Zigeuner weggefahren waren, denn jetzt standen sie legal, jetzt wurde über Arbeit in der Viehfutterfabrik gesprochen. Wie hätte das Sozialamt auch verstehen sollen, daß seit dem vor kurzem eingetretenen Todesfall etwas Glühendes, etwas unerträglich Ungeordnetes zwischen den verregneten Pappeln hing? Es *war* aber auch nicht zu verstehen, daß die Nacht ein Geräusch zu machen begann, das bis dahin keiner bemerkt hatte.

Die Familie gab sich im übrigen auch keine Mühe. Nach diesem Tod brachen sie auf, und hinter dem Warum steckte keine Überlegung, sondern eher so etwas wie ein wilder Gedächtnisreflex. Sprache und Träume. Auf dieser Ebene findet die wahre Geschichte statt, und wer etwas davon aufschreibt, nimmt es in Besitz. Aber diese Leute schreiben ja nichts auf! Drei Tage nach der Beerdigung begann Joseph einzupacken. Branco und die drei Töchter von Katya ebenso. Was nicht aufgeschrieben wird, wird kein Text, sondern bleibt Bild. Katya saß in ihrer Küche am Tisch. In der Hand ein Kristallglas mit goldenem Rand. Es wird nichts eingeordnet in die Zeit. Sie nahm eine Limonadeflasche, die vor ihr stand, und schaute verdutzt auf das Etikett. Ursache und Wirkung haben keinen festen Platz. Was da stand, konnte sie nicht lesen. Es gibt keine Komposition. Sie goß ein und führte das Glas mit zitternder Hand an die Lippen. Das Bild, vollkommen klar und abgeschlossen, deckt sich mit dem Leben: Morgen brechen wir von hier auf!

Ist es richtig, über Menschen zu schreiben, die das selbst nicht tun? Darf ich das Glas, das der untröstlichen Katya versehentlich aus der Hand gefallen ist, zusammenfegen und in einer der Scherben, krumm, spitz wie ein Dolch, zufällig etwas von meinen eigenen Gesichtszügen erkennen? Joseph blieb nicht den ganzen Sommer bei seiner Familie. Sein Vetter Branco war Manns genug, also stand es Joseph, mit eigenem Auto und ungebunden, frei zu gehen, wohin er wollte. Zum Beispiel über Limburg ins Elsaß und über Vierzon nach Limoges und dann weiter nach Toulouse, und auf all diesen Reisen sich Freunden und Verwandten anzuschließen, die er manchmal nur aus den Geschichten kannte.

Wer anders als ich hätte ihm folgen sollen? Mit ihm mitfahren sollen in dem Buick, und sei es auch nur jenseits der großen gewölbten Windschutzscheibe? Es macht Spaß, bei Tempo hundert mit einer herrlich blauen, sanft geschwungenen Landschaft zu verschmelzen, Joseph pfiff durch die Zähne und dachte mit einem friedlichen Gefühl an nichts. Städte, Lagerplätze und abends feiern. Es lohnt sich, von seinem Platz hinter einem Feuer den Blick eines an seiner Pfeife nuckelnden, schwatzenden Joseph auf sich zu lenken. Sie erzählten einander Geschichten. In den darauffolgenden fünfzehn Jahren hörte Joseph alle möglichen Anekdoten von seinen verschwundenen Eltern, seinen verschwundenen Onkeln und Tanten, und manchmal kreuzte er beinahe Parasjas Weg.

Das war gut. Das war in Ordnung, absolut. Und doch konnte die Sonne weiterhin aufgehen und rotstreifig wieder untergehen – über kurz oder lang wurde Joseph erneut an den Rand gewinkt. Wurden seine Papiere zwischen spitzen Fingern unwirsch geprüft, und in einem solchen Moment war ich gewiß keine bläuliche Landschaft mehr, sondern steckte bis über die Ohren in einer kompromittierenden Haut, die mir absolut nicht gefiel – »Hier können Sie nicht bleiben. Wohin wollen Sie. Auseinandergehen, Leute. Vorschriften« –, und dann fühlte ich mich bis ins Mark beschämt und wußte, daß mich nicht einmal der freundlichste Polizist, der alles richtig machen wollte, kaltlassen durfte. Warum blieb Joseph so langmütig gegenüber diesem Herrn? Wußte er denn, daß dessen Vorfahren zur selben Zeit den Pestkarren gefahren hatten, als seine Vorfahren auf dem östlichen Balkan mit jungen Braunbären spielten? Aber nein, Gefügigkeit, eine höfliche Miene, ich versteh's nicht, und vielleicht kann ich's auch nicht verstehen. Denn mag dein Kopf auch unter einem Wust kupferdrahtfarbener Haare verschwinden und mag man folglich mit Fingern auf dich gezeigt haben und mögen Hinz und Kunz, aber vor allem ein engelhaftes Mädchen dich in der

Volksschule getriezt haben – das alles reicht ganz gewiß nicht aus, um zu verstehen, wie Jahrhunderte von Polizeikontrollen deinen Realitätssinn beeinflußt haben. Mit deinem Tagesablauf, deinem ewigen Jetzt, das mit Küchengeräten und Federbetten mal angenehm nah ist und mal erschreckend weit weg mit einem eiskalten Wind über umgepflügten Äckern und darüber kreisenden Vögeln. Ich liebe frische Luft, mehr aber noch einen stabilen Tisch zwischen ein paar Backsteinmauern.

»Das ist deine *gadscho*-Seele«, sagt Joseph später zu Lucie.

3 Gerard ist böse. Es hat vor über einem Jahr angefangen, zunächst nur leise, damals, als Joseph und Lucie beschlossen hatten, die Eiche am Tor zu fällen.

»Warum?« hatte er gefragt.

»Was weiß ich«, sagte Lucie, und man sah ihr an, wie sie nachdachte. »Damit der Anhänger besser um die Kurve kommt.«

Er wurde böse.

»Ihr seid verrückt geworden.«

»Nein, sind wir nicht. Wir warten, bis der Regen vorbei ist, und dann kommen erst die hohlen Seitenarme runter.«

Drei Tage später, es regnete noch immer, sah Gerard vom Küchenfenster aus, wie die entasteten Arme zu Boden fielen. Elende Wasserstrahlen schossen aus den Löchern und durchnäßten den Mann, der am Stamm klebte: Joseph, sehr bleich, schmutzig vom Schlamm, mit einer Motorsäge in den Händen, die, je weiter der Vormittag voranschritt, immer unerträglicher dröhnte.

»Scheißkerl«, sagte Gerard um die Mittagszeit. Er drehte sich zum Büfett um, griff blindlings zu, goß sich ein, Genever, goß sich noch einmal ein und starrte dann mit dem Glas in der Hand hilflos nach draußen. Hilflos, sage ich, auch wenn man eher an Wut denken würde und daß er seinen Schwiegersohn hätte würgen können, den Ausländer, den heidnischen Ehemann, den die Vorsehung geschickt hatte, um seiner Tochter den Verstand zu rauben, diesen Ausbüxer, aber man sah sofort, daß der alte Mann lediglich nach Worten suchte, um etwas zu tun zu haben, während sein Verstand stillstand.

»Kommt ihr essen?« rief Lucie an diesem Abend viel zu spät dem fünfzehnjährigen Johan, der dreizehnjährigen Katharina und dem fast elfjährigen Jojo zu, die schon seit einer Stunde mit vor Hunger glänzenden Augen in der

Küche herumlungerten, und sie stellte ein völlig mißlungenes Gericht mit Pfeffer und Knoblauch auf den Tisch. »Koch mir mal ein Ei«, sagte Gerard verärgert.

Sie fällten nicht nur den Baum. Sie verkauften im selben Monat noch Linda, Walton Beauty und Viking und versäumten dann, rechtzeitig einen Termin auszumachen, um Bellaheleen von Experiment, diesem Wunder von einem Springhengst, decken zu lassen.

Eines Nachmittags ging Gerard die Auffahrt entlang zum Haus, als er Lucie bei den Wassertrögen Gänse schlachten sah. Er hatte natürlich oft genug gesehen, wie sie Hühner und Kaninchen am Wickel packte, immer sehr geschickt, aber jetzt staunte er doch. Sie drückte die beiden Höckergänse, die ursprünglich aus Asien stammen, nacheinander auf den Boden, legte ihnen einen Besenstiel über den Hals und stellte sich links und rechts davon darauf. Der Hals brach tatsächlich sehr schnell, doch Gerard, der diese Methode nicht kannte, verlor weiß der Himmel warum seine gute Laune. Er grollte den ganzen Nachmittag lang und beugte sich bei Tisch etwas tiefer über sein Essen, um Joseph nicht ins Gesicht sehen zu müssen, der mit seinen Kindern herumalberte, ohne mit dem Herzen dabeizusein, der mit denselben stumpfen Augen lachte, mit denen er morgens in die Küche kam, momentan nicht vor acht, in den zerknitterten Kleidern eines Mannes, der sich fragt, warum es eigentlich schon wieder hell geworden ist.

Es wurde November. Der Schnee fiel schon früh. In der dritten Woche brach die kleine Getreidescheune zusammen, und am Freitag danach entdeckte Gerard eine undichte Stelle im Stall, die erst eine Woche später von einem grippekranken Joseph repariert werden konnte. Gerard, der spürte, daß etwas in der Luft lag, über das keine lebende Seele ihn informieren würde – etwas, was mit Illegalität zu tun hatte? mit dem Feind? mit Verrat? –, bekam nach und nach eine Mordswut, mitgerissen von etwas, das schrecklich deprimierend war und sich in Ermangelung von etwas

Greifbarem dann eben auf eigene Faust weiterentwickelte: Gerard begann sich an Joseph zu stören. An seinen orientalischen Augen, an seiner Hakennase, an seinem Balkanschnäuzer, an seinen slawischen Siegelringen, an seinem bayrischen Janker, an seinen schwarzen Zigaretten und an dem barbarischen Eifer, mit dem er eines Sonntags im Februar den baufälligen Hühnerstall auf Rädern, der einst dazu bestimmt gewesen war, hundertzwanzig Barneveldern und einem schönen Borking-Zuchthahn von Stoppelfeld zu Stoppelfeld hinterherzufahren, endgültig zusammenschlug.

Zum Schluß konnte Gerard auch die Art und Weise nicht mehr ertragen, wie Joseph noch immer vormittags gegen elf in das Chicoréetreibhaus geschlendert kam, um einen kleinen Plausch mit seinem Schwiegervater zu halten.

»Hallo, wie geht's«, sagt er, als er den Gummivorhang hinter der Tür beiseite schiebt.

Der andere grüßt mit einem Nicken.

»Gib mal her.« Joseph geht im Halbdunkel auf den alten Mann zu.

»Nein.« Gerard, der gerade eine Ladung Wurzeln aus dem Kühlraum holt, dreht sich nicht um. »Laß mich.«

Joseph hat ihm die Kiste bereits aus den Händen genommen und auf die Werkbank gestellt. »Was für ein Zeug«, sagt er. »Wo hast du das her?«

Das Licht ist fahl, durch den Vorhang gedämpft. Chicorée wächst ursprünglich in der Erde, und darum ist es in so einem Gewächshaus immer dunkel und warm.

»Aus dem Nordostpolder«, sagt Gerard, und in seinem Kopf dreht sich etwas, das ihn denken läßt: Wenn du mich fragst, warum gehst du nicht? Warum steigst du nicht in deinen Schlitten und fährst die Kastanienallee hinunter, das tut ihr doch so gern, wegfahren? Er wirft einen kurzen Blick zur Seite. Er braucht dieses Gesicht schon lange nicht mehr prüfend anzusehen. Er weiß, daß diese jetzt leeren und müden Züge manchmal ganz plötzlich den Ausdruck einer großartigen Freundschaft annehmen, über vierzig Jahre ist es jetzt her.

... noch vor dem Krieg. Gerard war jung, frisch verheiratet, und Jannosch Franz, alias Jan Andrias, war noch um einige Jahre jünger, aber bereits Vater von ein paar Kindern. Daß die Pferdehändler wieder mal Quartier im Wald bezogen hatten, sah man immer als erstes an den kleinen zweirädrigen Wagen, mit denen sie die Gegend abzuklappern begannen. Die Zigeuner zogen von Hof zu Hof und kauften aufgrund unverständlicher Kriterien Pferde, von denen sie sich irgend etwas versprachen. Als Jannosch Franz eines späten Augustvormittags in einem dieser glänzend lackierten Einspänner auf Gerards Hof fuhr, war das für ihn persönlich das erste Mal. Aber er kannte das Anwesen und den Weg dorthin von seiner Familie, deren Spuren über die Niederlande, Skandinavien und Rußland nach Deutschland zurückführten, wo sie sich Ende des letzten Jahrhunderts deutsche Pässe, ausgestellt auf die Namen Franz, Schmidt, Otten und ähnliches, gekauft hatten. Jannosch sprang vom Bock. Er schob seinen Hut zurück und grüßte Gerard mit förmlicher Höflichkeit. Eine Viertelstunde später gaben sich die beiden Männer die Hand. Jannosch Franz hatte Gerard für den hübschen Betrag von einhundertzwanzig Gulden einen kleinen Fuchswallach abgekauft, der vorn lahmte.

Sie setzten sich in den Schatten einer Linde und tranken ein paar Genever auf den Kauf. Mittlerweile hatte Gerard bereits durchblicken lassen, wie ärgerlich er es fand, daß der Augustmarkt in Delden mitten in die Roggen- und Haferernte fiel. Am nächsten Tag erschienen dunkle Männer und ein abgerissener Trupp Frauen und Kinder auf seinem Grund. Sie spannten drei Pferde gleichzeitig vor die Mähmaschine, sammelten die Garben ein, stellten sie zum Trocknen auf und kamen am darauffolgenden Morgen wieder, um über eine anständige Bezahlung zu reden und, nachdem man sich einig geworden war, die Garben eine nach der anderen aufzuladen und in einem Wahnsinnstempo kurz vor einem niederprasselnden Gewitterschauer einzufahren. Am Freitag, als der Pferdemarkt zu Ende war, saß Gerard mit ihnen in der Kneipe. Mit Mordslärm wurde der Handel von den Onkeln und Tanten, Brüdern, Schwestern, Vettern und Kusinen von Jannosch Franz, alias Jan Andrias und alias noch dieses und jenes, gefeiert, der – in der Fensterbank, mit einem Kind auf dem Schoß – nun wieder von allen Tjawo genannt wurde.

Im Frühjahr darauf sahen sie sich wieder, und wie! Fest steht, daß Gerard es merkwürdig fand, Jannosch indes hinterher nur mit den Achseln zuckte: Der Einzug der Zigeuner ins Dorf wurde diesesmal von der Königlichen Militärpolizei begleitet. Vier Wagen ratterten um drei Uhr nachmittags die Brinkstraat entlang. Die Zigeunerinnen, die unangebracht lachend nebenherliefen, die Kinderschar und die Männer, die ihre Pferde am Halfter führten, sahen sich von der Obrigkeit umzingelt und konnten keinen Schritt tun, außer das Dorf auf kürzestem Wege wieder zu verlassen. Blödsinnig fand Gerard das und auch ein wenig peinlich, denn, solchermaßen bewacht von geladenen Dienstpistolen, sahen seine Freunde tatsächlich wie Kriminelle aus.

Das muß siebenunddreißig, achtunddreißig gewesen sein, als der Administrator des Grenzwesens jetzt also etwas ganz anderes hatte, das er zurückschicken konnte, als nur eine Handvoll Zigeuner. Dennoch war schon seit über zehn Jahren eine Menge getan worden. Briefe, Ideen, Pläne, die ein Bauer wie Gerard vielleicht nicht bemerkt hatte, die aber genügend Patrioten klar ins Auge gesprungen waren als eine Angelegenheit von Ordnung und Staatsgewalt. Daß die Bürgermeister aufhören sollten, Genehmigungen zu erteilen, daß die Konsuln keine Visa mehr ausstellen sollten, daß die Bezirkskommandanten dieser Rasse von

Nomaden, wo immer möglich, auf dem Fuße folgen sollten. Zwischen Belgien und den Niederlanden war es zu einem Wettstreit gekommen, bei dem es darum ging, die Zigeuner des jeweils anderen Landes so geschickt wie möglich über die Grenze abzuschieben. Von seiten der niederländischen Militärpolizei kam der ernsthafte Plan, diese anstößigen Stämme dann eben in ein entlegenes Land zu deportieren oder lieber noch auf eine Insel. Das alles wurde nicht besser, als der Administrator um Weihnachten herum mit eigenen Augen vier Frauen auf dem Plein in Den Haag betteln sah.

Broterwerb. Man kann einen Laden aufmachen, aber manche Geschäfte benötigen etwas mehr Raum. Wie soll man ungeachtet Artikel vier seine zwanzig zum Verkauf stehenden Pferde grasen lassen, wie soll man in Woerden Geschäfte machen, wenn man sich in Leiden in Gewahrsam befindet, wie soll man in Strijbeek Galanteriewaren verkaufen, wenn sich der Polizeikommandant in der dortigen Kreiszeitung öffentlich über deine tiefausgeschnittene Kleidung empört hat?

Hinter den Wagen im Wald schlafen sie seelenruhig unter einem Federbett auf der Erde. Im Gebüsch die Militärpolizei. In langen Mänteln, den Säbel an der Seite, schieben sie nächtens Überstunden. Gerard hat im *Benckelose Courant* die folgende Schlagzeile gelesen: *Zigeunerbande gesichtet. Ladenbesitzer aufgepaßt.* Er spricht mit seiner Frau darüber. Noch in derselben Stunde radelt er zu dem Lager im Wald und lädt die ganze Gruppe auf seine mit Weißdorn und Ahorn gesäumte Weide ein. Ich glaube, daß er böse war und einfach Lust bekam, etwas zu tun, aber ich glaube nicht, daß er bereits verstand, was es heißt, zum gejagten Wild zu gehören. Als er es verstand, etwa fünf Jahre später, da saßen er und Jannosch Franz im selben Boot und wurden beide in derselben Nacht geschnappt.

Er knurrt mißmutig. Die Hände auf der Werkbank, schaut er auf die Chicoréewurzeln, die heute noch ins Wasser müssen.

»Wenn wir wollen, dann haben wir diese Ladung doch in einer Stunde drin, meinst du nicht?« hört er.

Er kennt diesen schwungvollen Ton.

»Ja, ja, weiß ich selber.«

Er sieht, daß der andere jetzt hierhin und dahin läuft, nach den Stellagen zu schauen beginnt, in denen der Chicorée heranwächst, eine dunkle Silhouette zwischen dem Geblubber und Gefließe des Wasser, das von den PVC-Leitungen in ständiger Bewegung gehalten wird. Seine Augen folgen ihm zögernd, bemühen sich nach Kräften zu verstehen, daß sie so oft zusammen im Gewächshaus gewesen sind. Joseph hatte dem Ackerbau natürlich nie viel abgewinnen können. Das tat doch keiner von ihnen? Vorbeiziehen, nehmen, was man braucht, und weiter! Aber diese Überlistung der Natur hatte ihm von Anfang an gefallen: in drei Monaten etwas heranzüchten, wofür normalerweise anderthalb Jahre nötig sind, und dann: Handel!

»Tolle Idee, Gerard. Wieviel bringt dir so 'ne Ernte ein? Fünftausend? Morgen fangen wir an.«

Wochenlang hatte er mit großem Geschick geholfen, das System in Gang zu kriegen, und wenn er dann beim Arbeiten vor sich hin redete, war es unwillkürlich in seiner eigenen, höchst privaten Sprache. Und dann ärgerte sich Gerard nicht. Absolut nicht, ich meine, es stimmte ihn eher milde, wenn er diese heiseren, gedämpften Worte hörte, als sei ihm klar, daß ein Mensch zum größten Teil noch merkwürdiger ist als ein aus Übersee importierter Elefant und daß man Mitleid mit den Beinen und diesem Auge haben muß, das so verloren auf einen herabblickt.

Ich frage mich also, was er zur Zeit bloß hat. Es kann natürlich ganz einfach Senilität sein.

Alte Männer haben oft in einem Winkel ihrer Erinnerung etwas, das wie ein Hund an der Kette gewartet hat, um irgendwann blindlings aufzuspringen. Auf einmal kommt das Signal, und dann beginnt dieser leichte Krampf im Kopf. Etwas ist nicht in Ordnung, sie wissen nicht, was, und werden böse. Ihre Bewegungen sind nicht mehr so sicher. Jetzt haben sie zwei Köpfe. Der eine begreift nicht, was der andere denkt. Empfindlichkeiten geraten auf diese Weise durcheinander. Gilt jetzt etwa das Gesetz der Umkehr? Aus schön wird häßlich, aus nett unausstehlich. Wie kann etwas, das man immer schätzte, auf einmal so schnöde aussehen? Ein Schuldgefühl, noch älter als man selbst, verwandelt sich in blinde Wut.

»Ich will ja nichts sagen«, sagt Joseph. Er zieht mit den Fingerspitzen eine Kunststoffschlinge hervor und sieht Gerard an. »Aber hier geht eine ganze Leitung zum Teufel. Liegt die Zange da noch?«

Gerard verläßt die Scheune, ohne zu antworten. Er geht am Knick entlang und schlägt den Weg zu den jetzt kahlen Goldrenettebäumen ein, die Uhr zeigt halb zwölf. Was soll er jetzt machen? Er denkt an die Kaffeekanne in der Küche, aber letztlich ist ihm doch mehr danach, sich mal kurz ans Tor zu stellen. Auf dem Stumpf der Eiche wachsen Pilze mit leuchtenden Rändern. Gedankenlos blickt er zur anderen Straßenseite hinüber, wo der Bau einer Halle schon seit dem Herbst stillsteht. Gedankenlos, ja, denn das Plastik, der Rost, die Zementkleckse und das angefressene Holz benötigen nicht einmal den kleinsten Umweg, um seine Stinklaune zu verschlimmern.

Himmelherrgottnochmal!

So ein Griesgram, dieser Alte. Böses Gesicht mit zugekniffenen Augen unter einer Schiebermütze. Eigentlich komisch. Denn ist sein Schwiegersohn diesen Sommer nicht, wie sich's gehört, daheim geblieben? Ist seiner Frau zur Hand gegangen? Hat mit Jojo, Katharina und Johan herumgelungert? Hat aus weiß der Himmel was für Gründen aufgehört, herumzuziehen?

4 Der Zoff mit dieser Frau? Ich weiß nicht. Ich weiß nicht, was der nun eigentlich zu bedeuten hatte. Jedenfalls hat es diese Stunde gegeben, als Lucie in einem fremden Haus mit einer Reitpeitsche um sich schlägt, während ein aus dem Schlaf gerissener Joseph zuschaut.

Im vorigen Jahr war es auf einmal September. Lucie hatte auf nichts geachtet, den ganzen Sommer nicht. Joseph vagabundierte wie immer durch Europa, und sie nahm sich vor, ihm bei seiner Rückkehr zu erzählen, wovon sie jetzt doch ernsthaft zu träumen begonnen hatte: von einer Appaloosastute. Lucie sehnte sich nach einem reinrassigen Pferd, einem amerikanischen, das so gezüchtet war, daß über der hellen Grundbehaarung auf dem ganzen Körper eine Zeichnung dunkler Flecken lag. Es war unpraktisch, völlig unkommerziell, es war eine kindliche Variation dessen, was sie unter Liebe verstand. Sie hörte sich in der Umgebung um. Sie bat andere Händler, sich auf den Märkten in Bremen und Antwerpen mal für sie umzusehen, und sie gab ihnen eine Vollmacht mit einem stattlichen Geldbetrag für die Tattersall-Auktion mit. Eines Freitags nach drei, als sie in der Sonne saß und sich die Flecken des Tigerschecken vorstellte, dachte sie plötzlich: Verflixt, wir haben September. Und von einem Moment auf den anderen überfiel sie Unruhe. Das dauerte zwei Tage. Sonntag nacht spürte sie, daß Joseph ganz in der Nähe war, in ihrer direkten Umgebung, und sie fragte sich, wo er blieb. Morgens klingelte das Telefon. Es war eine Frau namens Christina Cruyse.

»Hallo, Lucie.«

Resolute Stimme.

»Hallo.«

Eine Stimme, die sie seit ihrer Kindheit kannte, der sie

getrotzt hatte. Und die es, tot-umfallen-wollte-sie-wenn-sie-wußte-warum, auch heute wieder auf sie abgesehen hatte.

»Wie schaut's bei euch aus bei dieser Trockenheit?« Einleitung, Spiel. »Wir müssen schon seit einer Woche voll sprengen.«

Lucie antwortete nicht, sah aber die riesigen Wasserstrahlen über den sechzig Hektar Acker- und Weideland der Firma Koopman und Cruyse vor sich. Links vom Haus lag das Einfahrtstor zu »De Tweede Hof«, wo Christina Cruyse seit dem Tod ihres Mannes eine mit eigenen Mitteln aufgebaute Friesenzucht gewinnbringend betrieb. Der Ackerbaubetrieb wurde von ihrem Bruder geleitet.

»Hör zu, Lucie.«

Die Stimme war jetzt schärfer, fast schneidend.

»Ja?«

»Du suchst doch eine Appaloosastute.«

»Wie kommst du darauf...« sagte sie langsam und konnte nicht verhindern, daß ihr Herz einen Satz machte. Ungläubig kniff sie die Augen zusammen.

»Nun«, antwortete Christina Cruyse. »Hier steht eine. Komm bitte vor neun.«

Lucie ging in die Wohnküche. Neben der Uhr lagen ihre Autoschlüssel und neben der Kaffeemaschine ihre Zigaretten. Der Geruch des Rauches lenkte sie einen Augenblick von dem Durcheinander in ihrem Kopf ab. Zerstreut sah sie, daß die Äpfel auf der Anrichte von der Sorte waren, die sie an Winterabenden dazu benutzte, um »Himmel und Erde« zu machen. Dann verließ sie das Haus, streichelte die beiden Hunde im Schatten der Linde und kam auf dem Weg zum Auto an der Sattelkammer vorbei, deren Tür offenstand. Während sie laut murmelte »Was haben wir heute für einen Tag« und »Das ist eine Katastrophe«, fiel ihr Blick auf die Sättel, die Halfter, die Steigbügel, die Stricke, die Peitschen, tat sie einen Schritt zur Seite, nur einen, und wählte dann eine ganz alte Peitsche aus, eine

Trophäe mit versilbertem Griff und Organdybändern zwischen den Schnüren, die einer ihrer Vorfahren einst bei einem Pferderennen gewonnen hatte.

Es war ruhig auf der Landstraße. Sonnenlicht lag unbeweglich auf den Maisfeldern und auf den Bauernhöfen, alle mit Bettzeug in den Fenstern. Eine ganze Weile, bevor sie durch das Tor fuhr, hatte sie auf dem Vorplatz des »Tweede Hof« zwei Dinge gesehen. Den Tigerschecken. Den Buick ihres Mannes. Eine Appaloosastute, Gott ja, dachte sie, nachdem sie ihr Auto neben dem ihres Mannes geparkt hatte, und betrachtete das majestätische Tier mit beinahe friedlichen lichtgrauen Augen, die skurrile Peitsche wie einen Scherzartikel in der Hand.

Da war die Schwelle des Wohnhauses. An einem Tisch in der Mitte saß die Eigentümerin und wartete auf sie, das Gesicht fröhlich, ironisch. Auf dem Boden fraß eine Katze von einem Geschirrteller. Und ein Hemd von Joseph hing gewaschen und gebügelt über einem Stuhl. Lucie begriff, daß es mit der Pracht des Appaloosas draußen unter den Bäumen von nun an vorbei war und daß das Tier umsonst gelebt hatte. Sie stand in der riesigen Küche. So was ist möglich, dachte sie verwundert und sah in die Augen einer Frau, die entschlossen war, sie in das halbdunkle Nebenzimmer zu schicken – ja, genau da, geh weiter und sieh dir das an! –, wo ihr Mann in dem Doppelbett schlief.

Auf dem Bauch, einen Arm neben dem Kopf ausgestreckt, auf Wangen und Kinn ein dunkler Schimmer.

Nicht zu vermeiden, daß sie einen Moment später in der Wohnküche alles kurz und klein schlug, und vielleicht schrie sie auch dabei. Die Tassen mußten dran glauben, die Teedosen fielen, die Delfter Teller gingen zu Bruch, die Hängelampe begann, sich im Kreis zu drehen, der Deckel eines Topfs verfiel auf den Bodenfliesen in einen ewigwährenden Taumel, und schließlich wickelte sich die Schnur um eine offene Dose mit Politur, die Christina Cruyse noch immer auf der Fensterbank stehen hatte, um

Fliegen zu verjagen: Sie fiel zu Boden, und die Farbe sprang in schmutziggelben Spritzern auf Lucies Brust und Hals, was Christina Cruyse, die mit offenem Mund in einer Ecke des Raums stand, an den Rand eines schallenden Gelächters brachte.

Sie fuhren hintereinander zum Tor hinaus. Joseph vorneweg im Buick, dahinter Lucie in einem alten Kombi, und es steht fest, daß sie keinen Moment zur Seite oder in den Rückspiegel schaute, denn der Tigerscheck hatte keine Bedeutung mehr. Gleich würde Joseph ihr mit vorsichtigen Worten erklären, daß ihn, als er am Tag zuvor hundemüde den Brinkweg entlanggefahren war, diese Christina Cruyse mit einem gräßlichen Lächeln angehalten hatte, um ihm von ihren Sorgen um ein Pferd zu erzählen, die jüngste Neuerwerbung, das übermäßig schwitze, und rat mal, schwer ist es nicht, was mit dem Tier los war? Und Lucie würde sagen: »Kreuzverschlag, meinst du« und seine Tasche aus dem Kofferraum heben. Und so kann man sie dann vor ihm her ins Haus gehen sehen, ohne einen einzigen Gedanken – eine Penelope, nach langer Zeit mit ihrem Mann wiedervereint, trägt in der einen Hand seine Sachen und in der anderen eine merkwürdige Peitsche.

Diese Peitsche. Daß sie die mitgenommen hat. Wie ist sie bloß darauf gekommen? Man könnte fast meinen, sie habe insgeheim von irgendwoher einen guten Rat erhalten. Schön, Lucie, es ist immer schön, wenn man bekommt, was man von ganzem Herzen begehrt, aber denk doch mal einen Moment nach, denn die Menschen sind schlecht. Sie tat's nicht, nachdenken, sie holte nur mal tief Luft. Hat sie da, unbewußt, etwa die Luft eingeatmet, die nach Klassenzimmern, Schulhöfen, Dorfstraßen, Herbstlicht, Feuchtigkeit, Kälte, unbegreiflicher Verhöhnung, Verrat roch? Kann man – ich glaub schon – in dieser einen Sekunde, bevor man den Schritt in diese Sattelkammer tut, schnell mal in die eigene vergällte Schulmädchenzeit zurückkehren? Das Böse kann so wunderbar aussehen, daß man liebend gern dazugehören möchte. Christina Cruyse war blond, dünn, trug weiße Söckchen, kapierte das Neunereinmaleins, hatte einen reichen Vater und eine schöne Mutter, und es dauerte eine Weile, bis Lucie, obwohl schon so oft auf die Fersen getreten und zischend beschimpft, sich dieses spöttische Lächeln zu Herzen nahm.

Jetzt ist es September. Entlang der Straße Stoppelfelder oder hoher Mais, an den Bäumen Äpfel, da fährt sie, Lucie, und es wundert mich nicht, daß sie es so langsam tut, denn mag ihr Kopf auch vernebelt sein, Augen und Ohren sind in Ordnung und haben begriffen, daß sie gelockt wird. An der Kreuzung bremst sie, erst ein Viehtransporter, dann ein Trecker, sie grüßt den Bauern in der Gebärdensprache dieser Gegend – Finger über dem Lenkrad erhoben –, und weiter geht's. Der Drang, zum »Tweede Hof« zu gelangen, ist sehr groß. Weiße Bluse, weißes Gesicht mit kupfernen Augenbrauen, und das dazu passende Kupferhaar im Nakken zusammengebunden, ich bin in der Lage, ihr Delirium von der Seite mit anzusehen. Sind die beiden schon sechzehn Jahre verheiratet? Lucie ist verliebt in ihren Mann, eine Verliebtheit, die den ganzen Sommer über leicht geschürt worden ist und jetzt durch ein Pferd noch verdoppelt wird. Aber Friedenszeiten sind etwas anderes.

Sie schaltet zurück vor dem Einfahrtstor. Aha, der Appaloosa, hat sie gedacht, als sie das Auto ihres Mannes dastehen sah, und parkt.

Jetzt kommt sie auf die Idee, die Zeit zu dehnen. Was man nicht mit eigenen Augen sieht, findet nicht statt. Wo denn? Wo und wann? Vorläufig geht sie voll konzentriert an einem Tier entlang, das ausschließlich auf Zeichnung und Farbe hin gezüchtet wurde. Sie ist total verblüfft beim Anblick der Flecken. Sie folgt der Linie des Mähnenkamms bis zum Schweifansatz. Es ist ein sehr großes Pferd. Bereitwillig versucht sie, die vollendete Linie, dort wo sich der Widerrist befindet, voll und ganz zu würdigen, und wenn ich sie so seufzen höre, dann hoffe ich nur, daß sie sich ein wenig Zeit läßt, närrisch genug ist sie schließlich dafür, die Stute noch viel eingehender zu begutachten, zu bewundern, leise zu rufen, ihr Alter zu schätzen, ihr Gebäude zu analysieren ... sich alle Ausreden auszudenken, die diese wunderschöne Wahrheit noch etwas länger Wahrheit sein lassen, bevor sie sich in Irrtum verwandelt. Lucie reckt den Hals. Sie hat die helle Umrandung von Maul, Augen und Geschlechtsteilen bemerkt. Als sie sich umdreht, um ins Haus zu gehen, denkt sie daran, daß die amerikanische Abstammung dieses Rassetiers auf spanische Vorfahren mit maurischem Blut zurückgeht.

Josephs Hemd. Das hängt da aber verdammt auffällig. Und dann diese Katze, die Fleisch von einem Eßteller schlingt. Joseph scheut sich entsetzlich davor, denselben Teller wie ein Tier zu benutzen, widerlich, schrecklich ungehörig, hat er diesen Mißstand nicht bemerkt? Allein schon dadurch, daß man von einem falschen Teller ißt, kann man sich unglaublich besudeln. Lucie spürt Christina Cruyses Augen auf sich gerichtet, als sie sich sekundenschnell in der Küche umsieht, und als sie dann deren Blick erwidert und dem Triumph und dem subtilen, ausgeklügelten Haß begegnet, da geschieht etwas Unwiderrufliches.

Sie war nie mißtrauisch, Lucie. Nie hat sie sich die Frage gestellt, von welchen verführerischen Geschöpfen ihr Mann in den Ländern, die er besuchte, in Versuchung gebracht worden sein mag und ob er wohl an seine eheliche Treue gedacht hat. Jetzt blickt sie auf, bekommt auf einen Schlag genug von ihrer angeborenen Arglosigkeit, und eigentlich braucht sie schon gar nicht mehr auf die Anweisungen ihrer Dorfgenossin hin diesen kleinen Flur entlangzugehen, sich den Ellbogen an einer Tür mit Kleiderhaken zu stoßen, tolpatschig, nicht mehr unwissend, denn – was ich meine, ist, daß in dem Moment, in dem Lucie einen kurzen Blick auf das Bett mit ihrem Mann wirft, das sie nie etwas anging, sie schon nicht mehr sie selbst ist.

»Nicht zu glauben! Das darf doch nicht wahr sein, Joseph! Du und dieses Weib! Du und dieses verdammte Mistweib!«

Und da wird er natürlich wach. Da schlägt er die Augen auf und sieht sofort, wo er ist, und hört sofort, wen er hört. Ganz nahe von hier wäre ihm ein Wiedersehen mit warmen Tränen oder ein in Blätterteig gewickeltes Lammswürstchen sicher gewesen, jetzt ist er irgendwo anders und offenbar nicht allein. Er fährt blitzartig in die Kleider, das Jackett direkt über die blanke Brust, denn sein Hemd ist verschwunden. Dann ist er soweit, und was soll er tun? Was soll er tun, als er mit einem alarmierten Gesicht unter Schnäuzer und Bartstoppeln in der Küchentür auftaucht? Er sieht, daß eine klägliche Lucie aus einer Ecke mit eiskalter Freude beobachtet wird. Soll er sie schleunigst mitziehen und abwarten, was passiert? Genau in diesem Moment knallt sie die Politur von der Fensterbank. Er sieht, wie ein fest umrissener Strahl hochspritzt, sich verästelt, jetzt sehen er und die andere Person im Raum, daß Lucies Hals und Brust hoffnungslos mit lächerlichen braunen Flecken besprenkelt werden. Lucie läßt den Arm sinken. Und als sie sich dann ansehen, tritt eine Stille ein, die keine Stille ist, sondern ein Vakuum. Denn zum erstenmal in all den Jahren verspüren sie den Wunsch, Joseph genauso wie Lucie, für immer miteinander zu brechen. Ohne noch auf diese Dritte zu achten, verlassen sie den Wohnteil von »De Tweede Hof«. Unter den Bäumen ihre Autos. Hintereinander gleiten ein Buick und ein Kombi durch die Twenter Landschaft, die infolge der spätsommerlichen Wärme noch voller Schmetterlinge ist.

5 Weil sie kaum auf ihn achtet, tue ich es eben. Schließlich bin ich im selben Alter wie sie, im selben Dorf geboren und saß in derselben Schulbank, in der sie mit dösigen Augen auf Bilder sah, ausgeblichene Bilder von Bauernäckern, ohne gleich den didaktischen Zusammenhang mit den Wörtern darunter zu bemerken, Weide, Reif, Rain. Nach der Schule schwebte ich wie ein Raubvogel über ihrem Kopf, über Feldern und Wegrändern, jetzt nicht auf Bildern, sondern in Wirklichkeit, ich sah sie die Landstraße entlanggehen, und obwohl ich viel intelligenter bin als sie, konnte ich den Windungen in ihrem Kopf wirklich nicht folgen. Bilder und noch mal Bilder, und dazwischen nur eine nachdenkliche Stille. Wie soll man aus so jemandem schlau werden? An ihrem Haus bog sie in den kleinen Weg ein, ein Hund kam ihr entgegen. In der Küche stand eine Magd mit schweren milchweißen Unterarmen und goß Tee ein.

Jetzt bin ich wieder in ihrer Nähe. Streife mit ihr über den Hof, schiebe mit dem Arm die Kletterrose beiseite, die sich gelöst hat, sehe ihre Tochter Katharina, die gerade aus der Schule kommt, an der Hecke entlanggehen und sich neugierig vorbeugen. Das Mädchen, das ihrem Vater ähnelt, ist sehr hübsch, ich strecke eine durchsichtige Hand aus und streichle ihr glattes Haar. »Sie haben sich nicht mal eingesponnen«, höre ich sie sagen. Sie schaut auf die mickrigen Puppen von ein paar Zitronenfaltern, die sich an kleinen Zweigen aufgehängt haben.

»Leben sie noch?«

»Aber ja«, sagt Lucie. »Ich glaube schon. Ein bißchen später, im April, breiten sie beim ersten Sonnenschein ihre Flügel einfach wieder aus. Wie war's in der Schule?«

Und das klingt mütterlich genug, würde ich sagen, für eine Frau, die schon eine Weile den Eindruck hat, die Welt sei aus dem Lot, jetzt, wo die Chrysanthemen nach Sauerkraut riechen und die Trinkgläser einfach so in ihren Händen zerspringen. Ich folge ihr ins Haus, Stiefel, nasse Kleider, auf der Spüle liegt ein gerupfter Hahn. Als Joseph hereingeschlendert kommt, hat sie das Tier schon gefüllt und gewürzt und bückt sich gerade, um den Backofen mit einem wattierten Handschuh zu öffnen. »Hallo«, sagt sie. »Wie war's beim Verband? Manchmal denk ich, was haben wir eigentlich davon. Was möchtest du trinken?« Mir fällt auf, daß sie sich derweil keinen Moment lang umdreht, um ihren Mann anzuschauen, natürlich weiß sie auch so, wie er aussieht, aber trotzdem.

Ein Zigeuner. Er hat eine kehlige Stimme und schmale, flinke Hände, die rechte streckt er oft förmlich aus, denn er gibt viel auf gute Manieren. Momentan liegt etwas Stumpfes in seinen Augen, das mich beunruhigt. Nachts höre ich ihn seufzen. Ich weiß, daß er manchmal wach wird mit dem Gefühl von Disteln in der Brust.

»Warmblut wird immer anderes Blut brauchen«, sagt Joseph und meint damit, daß er an diesem Nachmittag in der Geschäftsstelle des Verbandes des Königlich-Niederländischen Warmblutpferds heiß über die Gelderländer Stute diskutiert hat, die, mit einem Vollblut gekreuzt, die besten Springpferde liefert.

Jetzt sitzt er am Tisch, die Ellbogen auf der Decke, und schaut unter dem Lampenschein hervor zu den Fensterscheiben, die vom eiskalten Nieselregen tickend zurückschauen. Sind seine Gedanken jetzt wirklich nicht bei jener anderen Welt, weiter weg, zu der er schließlich auch gehört? In diesem Land gilt die Regel, daß du, wenn deine Eltern in einem Wagen gewohnt haben, so bedauerlich es an sich ist, auch selber die Genehmigung dafür bekommst. Auf befestigten Plätzen in Best, Hoogeveen, Stein, Oldenzaal, Assen stehen die Campingwagen auf abgeteilten Flächen nebeneinander. Unverrückbare Räder, Toilettenhäuschen, unterirdische Nabelstränge mit Gas, Licht und

Wasser. Der umherziehende Mitmensch wird mit angenehmen Lebensumständen gefüttert. Jetzt wird er seinem Irrglauben wohl abschwören. Daß es da ein Mysterium gibt, weiß jeder, aber Klingel und Namensschild gehören nun eben an einen festen Platz. Wer einfach so hereingeschneit kommt, ist ein Ärgernis. Einfach daherkommen und ernten, einfach daherkommen und Geige spielen, einfach mit Todesverachtung die Turmspitze einer Kathedrale mit Schiefer decken: Ketzereien, die man am besten mit sanfter Hand anpackt, eine kleine Lagerschule wird gebaut. Warum sollten die Schreibfehler der Väter auf die Kinder übergehen müssen? Zwischen dem Fernseher und den Ikonen, die abends in rötlichem Licht erglühen, blickt der Zigeuner auf den Kugelschreiber des Sozialarbeiters. Formulare, Briefe, Genehmigungen, Bittgesuche, Bußgeldbescheide, Rechnungen, Berichte werden, wenn's sein muß, vom Amt sorgfältig ausgefüllt. Arten sind vom Aussterben bedroht, was ist daran schon neu? Zu der Sprache und einer chaotischen Abstammung kommt noch die Anarchie der wechselnden Adressen.

Ich weiß nicht, warum er im letzten Sommer daheim geblieben ist. Wenn ich eingehender darüber nachdenke, sage ich: nicht wegen des Krachs im letzten Jahr mit diesem Weib, das kam nur noch hinzu. Aber gut ist es nicht, weiß Gott nicht. Eine Ordnung ist aufgehoben worden. Wenn Joseph im Winter frühmorgens in den Stall kam, dann drehte Bellaheleen den Kopf zur Seite und machte ihm mit einem leisen Brummen, wie auch immer, klar, daß es mit seinem blödsinnigen System von Weggehen und Wiederkommen schon in Ordnung war.

Jetzt geht es irgendwie bergab. Bellaheleen ist weg, die Gänse ebenfalls, und eine gelbe Rose, alt genug, um an Juniabenden betäubend zu duften, hat sich gelöst und hängt wie Stacheldraht über den Kisten, die früher zum Eiertransport benutzt wurden. Jetzt schlafen in diesem Haus ein paar Leute zu lang und stehen mit benommenen Gesichtern auf. Die Kinder merken das nicht. Die bekommen ihre Liebkosungen und ihr Brot, und samstags geht der älteste Sohn ins Dorf, während Katharina und Jojo mit ihren Eltern fernsehen. Warum sollte Jojo, von einem Arm umschlungen, unter einem bösen Opa leiden, der schon vor einer Stunde brummelnd den Flur überquert hat? Lucie dagegen, das ist eine andere Geschichte. Sie hat eine Torte aufgeschnitten und reicht auf einem Tablett Limonade und Kaffee dazu. Für *sie* zählt dieser eine bemitleidenswürdige Moment, als sie in der Küche von »De Tweede Hof«, in einer Atmosphäre, die sie nicht verstand, diesen unbegreiflichen Angriff auf ihre Ehre ertragen mußte, den sie nie und nimmer wird verzeihen können.

Immerhin hat sie es versucht.

»Wollt ihr noch?« fragt sie eines Abends.

Katharina und Jojo nicken und strecken, ohne hinzuschauen, die Hände aus. Joseph tut das gleiche.

Im Fernsehen läuft ein Film mit viel Gewalt. Lucie sitzt mit aneinandergepreßten Knien da und verspürt eine Beklommenheit. Sie weiß nicht, warum, doch ihr Körper, durch den etwas Böses strömt, weiß es. Während auf dem Bildschirm eine Frau im engen Rock eine nächtliche Straße entlangrennt, muß sie plötzlich an ein Auto unter einem Vordach auf »De Tweede Hof« denken, teuer, funkelnagelneu. Der Motor mit den noch glänzenden Lagern und Kolben wird die Handvoll Zucker nicht verkraften können, die du vorsichtig, mit eiskaltem Herzen, in den Benzintank rieseln läßt.

»Wohin willst du?« ruft Joseph, als sie nach ihren Schlüsseln greift.

Sie fährt die Straße entlang. Die Scheinwerfer beleuchten die sattsam bekannten Böschungen. Ich tu's, und es ist mir egal, ob ich geschnappt werde, denkt Lucie, geboren im Zeichen des Skorpions mit dem tief verborgenen Impuls, ihren todbringenden Schwanz – falls nötig – in den eigenen Körper zu bohren. In der Kurve kurz vor ihrem Ziel muß sie vom Gas runtergehen. Dort stehen ein Warndreieck, ein Auto und ein Mann aus dem Dorf, den sie vage kennt. »Kann ich mal deinen Wagenheber haben?« wird sie gefragt, als sie anhält. Eine Viertelstunde später haben Lucie und der Mann einen Reifen gewechselt und sich nach einem kleinen Schwatz voneinander verabschiedet. Die Dinge laufen nicht immer so, wie man sie sich vorstellt. Sie muß ein paarmal vor und wieder zurück, bevor sie auf der schmalen Straße drehen und nach Hause fahren kann.

Eines Nachts, als Lucie an ihren Mann geschmiegt eingeschlafen ist, wird sie von kaltem Schweiß wach. Sie merkt, daß es nicht ihr Schweiß ist. Geh doch mal zum Arzt, sagt sie morgens. Er gehorcht und kommt mit einer Überweisung zum Radiologen zurück. Wir fahren gleich morgen hin, sagt sie. Nein, sagt er, morgen nicht und übermorgen auch nicht. Schließlich fahren sie an einem Freitag. Die Woche, die hinter ihnen liegt, war ganz merkwürdig, eine rote Dezembersonne tagsüber und nachts Regengüsse, die mit dem Geräusch eines sehr langen Schnellzugs vorbeirauschten.

Wenn sie morgens aufstanden, hatten sie sich immer schlapp gefühlt, von besonderen Gedanken erfüllt, die leider ohne Pause in etwas Blödsinniges, etwas Störendes übergingen: Die Hunde waren weggelaufen, ein Trecker rutschte in einen Wassergraben, eine Wasserleitung, die schon ewig gebrummt hatte, war hinter einer gefliesten Wand geplatzt. An diesem Freitag steigen sie ins Auto und biegen mit einem Gefühl der Erleichterung auf die Straße. Nach dieser unwirklichen Woche voll unangenehmer Arbeiten, die vor allem deswegen so gespenstisch waren, weil Schlüssel und Werkzeuge auf Wanderschaft gingen und nie an ihrem festen Platz lagen, nach dieser Woche des Suchens und Sich-Wunderns schalten sie das Autoradio ein. Wärme, Zigarettenrauch und, nach einigem Gepiepse, eine altbekannte Sendung auf Hilversum drei, die allem die nötige Tiefe gibt, und daß wir uns in bezug auf diese Sendung ja nicht mißverstehen: Augen und Ohren der beiden beginnen sich vollkommen aufeinander einzustellen. Gegen elf sagen sie: Hier muß es sein. Und: Laß uns hier parken. Und: Hast du die Überweisung? Und als sie durch die Drehtür hineingehen, merken sie, daß sie diese ruhige Ordnung, *ihre* Ordnung, noch immer bei sich haben und daß sie sich nahtlos in die weiße Halle mit den Empfangstheken unter dem Neonlicht einfügt. Sollen wir hier mal fragen? Auf Anweisung eines Arms in einem kurzen weißen Ärmel finden sie den Fahrstuhl und kommen, wie in einem Märchen, in dem in allererster Linie Selbstverständlichkeit gilt, in einen Raum, in dem sich Joseph unter ein blinkendes Gerät legt, das sich völlig lautlos nach unten und zur Seite bewegen läßt.

Abends sind sie wieder zu Hause. Die Kinder liegen im Bett. Während Joseph fernsieht, ist Lucie nach tiefem Nachdenken auf die Idee gekommen, sich mal an die Buchhaltung zu machen. Jetzt sitzt sie mit ihren Heften am Tisch.

»Das Huföl, Joseph, war das nicht schon längst bezahlt?«

Und als sie ihn dann ansieht, tut sie das so ernst, mit solch glasigen Augen, daß ich den Eindruck habe, sie will wissen, wo ihr Geheimnis geblieben ist.

»Meiner Meinung nach ja.«

Daß sie sagen will, daß ihr ganzes Leben nur einen Rhythmus gekannt hat: er, und der schlendernde Gang, mit dem er Jahr für Jahr rechtsumkehrt machte und später wieder zurückkam.

»Und das Kraftfutter?«

Daß sie fragen will, warum sie denn jetzt über Mischfutter sprechen, während früher – und das weißt du doch, Joseph, wenn du wieder einmal in meine Küche zurückgekehrt warst, in unbekannter Kleidung, daß es dann weiß Gott um etwas anderes ging. Hab ich dir schon mal gesagt, daß deine Geschichten mich völlig einspannen und daß ich jede kleine Einzelheit von Mandelbäumen, Holzfeuern, Igeln, Fischen, Wasserläufen mit meinen reproduzierenden Augen ganz klar vor mir sah? Warum reden wir jetzt also von Zäunen? Und von Sattelgurten, die repariert werden müssen? Warum frage ich: »Sollen wir nicht mal bei Horseland bestellen?« Und du sagst: »Wieso?«

»Weil die umziehen. Die räumen ihr ganzes Lager, und ich habe gehört, daß sie bis zu sechzig Prozent Rabatt geben.«

Fahr wieder weg! Fahr wieder weg und komm im Spätsommer zurück, wenn sie hier dabei sind, die Stoppelfelder umzupflügen. Laß alles wieder sein, wie es war. Verlaß mich im Mai, sei unruhig, sehr schweigsam, laß mich in den Pferdeställen zurück und mach deinen Tank voll, um dich an den Grenzen herumzustreiten. Vergiß mich auf diesen Strecken. Ich biete dir an, dich keine Sekunde lang fragen zu müssen, wie es mir geht. Trink, schrei, laß dich von Rührung übermannen. Nimm dir die Freiheit, dich nicht eher an mich zu erinnern, als bis die Sonne wieder tiefer steht und du ganz im Einklang mit der Tradition an ein Winterquartier zu denken beginnst. Bist du wieder da, Liebling? Ich lege eine rotweiß karierte Decke auf den Tisch und stütze die Ellbogen darauf. Vor lauter Neugier sind meine Augen riesengroß geworden.

Zweiter Teil

1 Morgen fahre ich, Lucie.

Ich wußte es immer eine ganze Weile vor ihr. Ich hatte ihn wochenlang an seinem Auto herumbasteln, in viel zu schönen flachen Schuhen durchs nasse Gras laufen, mit mürrischer Miene im *De Kraan* am Tresen sitzen und Runden ausgeben sehen mit dem Gebaren eines Menschen, der zwar Gunstbezeigungen erweist, aber keinen Dank akzeptiert. Morgen fahre ich. Lucie hatte in aller Ruhe das Aufräumen ihrer Schränke fortgesetzt.

Ich gehe davon aus, daß ein Mann dahin gehört, wo seine Frau wohnt. Wenn man von der Straße aus in den Weg einbiegt, kann man hinter ein paar Verschlägen aus dachziegelartig übereinandergenagelten Brettern dem Spiel des Windes in den Zweigen eines kleinen Goldrenettenobstgartens lauschen. Nach fünfzig Metern kommt man zum Bauernhof. Dort riecht es nach Gras und Arbeitsschuhen und sogar noch nach dem Kuhstall von früher, doch in der Zeit, in der das hier spielt, roch es dank der mit Zwiebelringen geschmorten Hochrippe, die Lucie in einem orangefarbenen Topf auf dem Herd stehen hatte, in erster Linie nach sehr angenehmen Lebensumständen. Nimm ruhig an, daß die beiden sich liebten. Unter einer Dachschräge, wo man nachts die Schwalben hörte, hatten sie ein Bett, in dem man von selbst in die Mitte rutschte.

Warum aber übersah sie jedes Jahr wieder von neuem, daß es April oder manchmal schon Mai geworden war?

»Morgen fahre ich, Lucie.«

Er stand am Küchentisch und trank, ohne auf sie zu achten, in aller Gemütsruhe seinen Kaffee aus.

»Warum?« fragte sie noch.

Er warf einen Blick auf seine Uhr.

»Geschäfte.«

Es war gegen zehn Uhr vormittags. Durch das Fenster

fiel ein kalter Sonnenstreif, Windböen verjagten die Stare aus der Hecke, doch in der Luft hing etwas, das jemanden wie mich zum Beispiel denken läßt: ich lebe noch, das jedoch jemand anders sehr wohl dazu veranlassen kann, eine Reisetasche hervorzuziehen, auszuklopfen und auf die Steinplatten in der Tenne zu stellen. Als Joseph am späten Nachmittag seine Sachen darin verstauen wollte, lag einer der Hunde schlafend da, die Schnauze unter dem Segeltuch.

»Ja?« sagte er, als er Lucie aus wer weiß was für einem dringenden Grund hinter sich auftauchen spürte.

»Die Käufer«, sagte sie. »Die wollten heute doch wissen, wieviel wir für Dusty haben wollen.«

Im Halbdunkel der Tenne kniend, wählte er aus den Gegenständen um sich herum eine Dose Schuhcreme aus und schob sie zwischen die Wäsche in der Tasche.

»Ruf sie an«, sagte er. »Sag ihnen, daß sie das Fohlen für zweitausend haben können, wenn sie es morgen bis zum späten Nachmittag abholen.«

»Morgen!«

Erst jetzt hob er ihr sein Gesicht entgegen. Im Dämmerlicht sah sie bestürzt auf ihren Mann und auf seine Hand, die aus der Innentasche seines Jacketts den Paß hervorholte, um ihn sicherheitshalber schnell mal raschelnd mit dem Daumen durchzublättern. Schlaglichtartig sah sie da einen Typ mit schmaler Nase und tiefen Augen, so einen, der an jeder Grenze den Betrieb aufhält, weil allein schon seine Visage genügt, um ihn herauszupicken.

»Zweitausend«, sagte sie kurz darauf am Telefon, sachlich, wenn auch noch immer mit jener Fassungslosigkeit, die im Laufe des Abends übrigens nicht geringer wurde. Nicht während des Essens, als sie ihn kalt und dunkel fand, nicht beim Fernsehen, als sie jegliche Erinnerung an ihn verloren hatte, und auch nicht später, unter der Dachschräge, als alles, was sie dort bisher mit ihm erlebt hatte, sich verflüchtigt hatte und sie sich sogar noch im Schlaf über den

Mann wunderte, der sie in einer Art Liebe auf den ersten Blick unerschütterlich in seinen Armen festhielt.

Dann war es Morgen, welcher, spielt hier keine Rolle, es war so einer, der ihr eines deutlich machte. Ich will los, schau nur, wie der Himmel aufklart.

Sie steht im Gras, in dem tückischen Frühlingswind. Joseph ist in sein Auto gestiegen, der Motor springt an, er beugt sich vor und kramt unter dem Armaturenbrett herum. Ein Windstoß trifft sie in den Rücken. Sie faßt mit beiden Händen nach ihrem außer Rand und Band geratenen Haar und sieht ihn durch die Regenpfützen auf die Straße einbiegen. Ihre Augen starren wie gewöhnlich, und doch begreift sie heute morgen eine ganze Menge. Sie begreift, daß er nicht zurückblicken wird. Warum sollte er auch? Was soll er in diesem Moment mit ihrem grauen Rock, ihren bis auf die Hüften fallenden roten Haaren und ihrer Jacke? Das alles läuft ganz bestimmt nicht weg. Als sie sich umdreht, um sich im Stall an die Arbeit zu machen, stößt sie einen Seufzer aus, der nichts anderes besagt als: Zwischen diesem Frühling und dem kommenden Herbst liegt doch nur der Sommer. Womit sie sich wieder einmal auf genau derselben Wellenlänge befindet wie ihr Mann.

Der leise sagt: »Benckelo, Nimwegen, Venlo.« Sein Auto nähert sich dem Dorf, vor der Milchfabrik biegt er rechts ab, gleich wird sein Haus in Äckern und fernen Wäldern aufgegangen sein. Fragte ihn jemand, ob er denn kein Gefühl des Abschieds empfinde, so würde er mit nachdenklichem Gesicht eine ganze Weile schweigen. Jetzt kommt er an die Grenze. Ich sehe ihn da gegen elf Uhr eintreffen, der Schlagbaum senkt sich vor seiner Stoßstange, was folgt ist der übliche Ärger. Ich sehe Joseph leicht abbremsend zum Seitenstreifen steuern und aussteigen, um seine Papiere, die eines nichtfeindlichen, nichtillegalen Eindringlings, zu überreichen, sie werden ihn ja doch einreisen lassen müssen.

Abschied? murmele ich währenddessen. Fährt er denn

weit weg? Seine Verwandten leben über ganz Europa verstreut, und Europa, das sind sie selbst. Sie sind die Oberrheinische Tiefebene, das lothringische Terrassenland, die dalmatinische Küste mit aus Kneipen dringenden Musikfetzen, sie sind die Mährische Pforte, die Braunbären und Wölfe der Karpaten, die Luftspiegelungen über dem Großen Ungarischen Tiefland, und zugleich sind sie die Dörfer und Städte an dieser ewigen Strecke, die Gassen, die Plätze, das alles sind sie, in bewegender Form, und Abschied, meine Damen und Herren, der gehört nicht dazu.

Zurückblicken natürlich auch nicht.

Läufst du noch hinter mir her, Liebste?

Nein. Kann man eigentlich nicht sagen. Während Joseph mit einer Kopfbewegung des Grenzpostens wieder auf die Straße gewinkt worden ist, sitzt Lucie mit ihren Heften am Tisch. Während Joseph, Haare bis über den Kragen seines Jacketts, in alle Richtungen schaut, trägt Lucie die Vorräte ein. Weite, die ernste Reglosigkeit der Äcker. Alles ist ihm bekannt. Joseph pfeift durch die Zähne und weiß, daß zwei Stunden von hier das Lager bei Krefeld liegt, das er zuallererst an den Krähen über der Müllkippe erkennen wird.

Er schaut, sie bucht. Hundert Kilo Kraftfutter. Zwanzig Rollen Draht. Hinter den Fenstern tickt der Regen. Auf dem Fußboden spielt ihr kleiner Sohn mit einem blonden Labrador. Heute abend wird sie ihr Kassenbuch liegenlassen und in dem mit einem Plaid bedeckten alten Sessel ein anderes Buch aufschlagen, einen Roman, hinreißend schön. Lucie findet es herrlich, in einem Wollpullover über die ewigen Dramen der Welt zu schluchzen, die, in ihrem Lauf aufgehalten, auf dem Bücherregal neben einer schönen Zimmerlinde gelandet sind. Kapital, in dauerhaftem Papier angelegt.

Joseph wird auf der dunklen Weide auf einem umgedrehten Eimer Platz nehmen.

Keine Angst vor dem Raum, und auch nicht vor der Zeit. Du hast auf dem Lagerplatz bei Krefeld eine Menge Verwandte getroffen. Als es dunkel ist, lodert auf dem von rostigen Autowracks eingeschlossenen kleinen Platz ein Feuer auf. Unter einem tiefblauen Himmel mit davonsegelnden Wolken erzählen Männer und Frauen, die unglaublich weitschweifig sein können, ihre Geschichte. Verstreicht die Zeit? Ihr spinnt sie in so viele Worte ein, daß sie nicht mehr weiß, ob sie vor oder zurück geht.

Er blickt dösig auf die Gesichter im Kreis. Natürlich weiß er, worum das alles geht, er ist lediglich noch ein wenig benebelt durch den sehr umständlichen Satzbau seiner Muttersprache. Die neuesten Neuigkeiten verwandeln sich unmerklich in Fabeln. Ein Kissen aus lauter Geschichten wird aufgeschüttelt, und die ersten, die sich hineinschmiegen, sind er und die ihn anstarrenden kleinen Kinder. Jetzt beginnt die Großtuerei über die entfernten Verwandten, sie sind schon lange tot, möge die Heilige Jungfrau eure Geister von uns fernhalten, aber euer eigenartiges Verhalten reist noch immer mit uns mit. Warum sollten eure schlauen Schachzüge in der Zeit zurückbleiben?

Er sagt nicht viel. Er sitzt bei den Männern und reicht schläfrig die Schnapsflasche weiter. Was auch erzählt wird, es betrifft sein Leben, aber heute nacht ist es gut, erst einmal dessen Wärme und Pulsschlag auszuloten. Lange wird er hier auch nicht bleiben. Ende April wird er in einer Hängematte zwischen jugoslawischen Platanen schweben, Mitte Mai wird er in einem Sumpfgebiet Pferdegeschirre und Sättel reparieren, im Juni wird er in einem Außenbezirk einer mitteleuropäischen Stadt mit Schrott handeln, im Juli und August wird er über achtzig Kilo schwere Heuballen schleppen und in blühenden Wiesen schlafen. Vor allem aber wird er auf den weit von der Straße gelegenen Lagerplätzen eines Menschenschlags zu finden sein, dessen Lungen so prall mit Luft gefüllt sind, daß die, wie auch immer, herausmuß: als Gejammer und Geschrei, als Lied und, darum geht es hier, als Geschichte.

Familien- und Abenteuerroman. Überall ist das Feuer der Ort der Handlung. Wer sich in einem weißen Hemd neben die Flammen hockt, schweigt erst einmal eine gute Minute. Alle Anwesenden fühlen, wie eine gewaltige Spannung steigt, die rasch näher rückt, als der Betreffende den Hut zurückschiebt und mitteilt, es sei jetzt an der Zeit, das folgende zu erzählen. Wenn er dann die Arme ausbreitet, wissen sie, was kommt. Trotzdem bekommen sie einen starrenden Blick. Denn mögen die Tatsachen auch bekannt sein, die Worte bringen etwas ans Licht, das dann doch zu klingen beginnt, laut, das unter anhaltendem Summen mit solchen Wahnsinnsflügeln herumzuschwirren beginnt, daß sie fast deine Schulter streifen.

Am Waldrand hat ein unbezähmbar neugieriges Publikum Platz genommen. Es starrt sich blind an den Worten, findet sie wunderbar, unübertrefflich, es gibt auch welche, die die Unruhe in ihnen hören. Und das Stocken im Text. Die Geschichte ist lustig, man könnte sich fast totlachen, aber da, wo sie stockt, kann man auch etwas von Polizeikontrollen hören, von Ausweisen, man kann, sofern man eine Antenne dafür hat, das Strafgesetzbuch darin hören. Macht nichts. Die Tatsache, daß man dieses holpernde, wütende Stocken seiner Muttersprache bis tief in den Bauch hinein spüren kann, ist jedenfalls gut für das Zusammengehörigkeitsgefühl.

Leere dagegen ist etwas anderes. Leere in einer Geschichte kann sich rücksichtslos mit Bildern füllen. Am Waldrand befinden sich eine Reihe von Männern und Frauen, die für bestimmte Bilder keine Worte haben. Sie sind vor Jahrzehnten durch die Augen in sie hineingegangen und wollen jetzt durch den Mund nicht mehr heraus. So etwas schafft Lücken in einer Geschichte, leere Stellen, die in der Wirklichkeit von damals doch gerade mit solch deutlichen Ortsnamen begonnen haben: Biala Podlaska,

Tschenstochau, Warschau, Lodz, Belgrad, Hamburg, München, Den Haag.

Für Joseph hat es mit 's-Hertogenbosch begonnen.

In aller Frühe. Gerade erst Tag: der 16. Mai 1944. Er wurde von der Stimme seiner Mutter geweckt, die durch ein Fenster des Wagens hinausspähte. »Heiliger Gott«, sagte sie. »Warum hast du es auf uns abgesehen?« Erst da drang der Tumult, den er bereits im Schlaf gehört hatte, in sein Bewußtsein. Laute Stimmen, keine deutschen, ganz normale niederländische Stimmen, die Stimmen der niederländischen Polizei. Geballer an Wohnwagentüren. Er war erst acht. Neben ihm unter dem Federbett krochen seine Schwestern hervor. Die eine hieß Wielja, ein stilles Mädchen von fünf Jahren, die andere, die dreijährige Umay, war mit ihren Patschhändchen und dem Lockenkopf sein Liebling. In einem Korb am Fußende schlief sein kleiner Bruder Leitschie ruhig weiter. Er hörte, wie seine Mutter ein Streichholz anriß, eine Zigarette glühte auf. Er schaute so lange zur Tür, bis diese dröhnend aufflog und ein Polizist hereingeklettert kam.

»Hier«, sagte seine Mutter, »bitte sehr.«

Alles ging sehr höflich vonstatten. Der Polizist beleuchtete mit einer Taschenlampe die Papiere seiner Mutter, das Wageninnere, und er zählte die Kinder. Dann bekam seine Mutter, Gisela Nanna Demestre, zu hören, sie solle das Pferd einspannen.

Es war eine Kolonne von fünf oder sechs Wagen. In dem umstellten Lager hatte die Polizei die bürgerlichen Reisenden in Ruhe gelassen und nur die Zigeuner zusammengetrieben. Es waren ungefähr vierzig. Sie fuhren an diesem frühen Maimorgen mit ihren Wagen in die Stadt. Da war der Graafseweg, dort der Zuidwal. Die hohen Fenster der herrschaftlichen Häuser in der Parklaan blinkten im ersten Sonnenlicht. Wer bereits auf war, wird den Aufmarsch wohl beobachtet haben, Pferde, Wagen mit Schnitzereien, und auf dem Bock ein exotisches Ehepaar, der Mann hielt die

Zügel. Hinter den Fenstern Kindergesichter, schaukelnd, weiß, unergründlich. Sie ragten ein klein wenig über die Gesichter der Männer hinaus, die in der schwarzen Uniform der nationalsozialistischen Landwehr der Niederlande eindrucksvoll neben den Wagen marschierten.

Joseph Plato dachte an seinen Vater. Er saß zwischen seiner Mutter, die den Wagen lenkte, und seinem sechzehnjährigen Vetter Paulko, der ihnen auf dem Bock Gesellschaft leistete. Er hatte keine Angst. Er träumte in der kühlen Luft vor sich hin und schaute auf den Pferdehintern, wie er es früher getan hatte, als er noch ein Junge war und einen Vater hatte, der in einem großen Gebiet mit Pferden handelte. Sie waren auf dem Weg zum Bahnhof. Daß die Leute auf den Bürgersteigen stehenblieben und Autos und Karren ihnen Platz machten, sah er nicht. Sein Vater war Ende des vorigen Jahres verschwunden, festgenommen irgendwo in Benckelo, in einer Gegend, die die Familie schon seit Jahren aufsuchte. Wochen waren vergangen. Gisela hatte auf der Polizeiwache gefleht und geflucht, aber niemand hatte ihr erzählt, was sie wissen wollte. Dann wurde es Winter, und sie beschloß, zu Verwandten nach Brabant zu gehen. Der kleine Bruder wurde geboren. Sammellager 's-Hertogenbosch war ein behördlich ausgewiesener Platz für weniger erwünschte Elemente.

Pferdeäpfel auf dem Pflaster. Die Glocken der Bischofsstadt schlugen gerade sieben, als die Gruppe auf dem Bahnhofsplatz eintraf. Die Zigeuner mußten ihre Wagen unter den schon fast aufgeblühten Kastanien so ordentlich wie möglich in eine Reihe stellen und erhielten die Erlaubnis, Kleidung und Bettzeug einzupacken, ja sie durften sogar noch etwas essen. Joseph hatte Appetit auf Brot mit einer Scheibe Speck, aber Paulko sagte: »Ich nicht.«

»Iß, Paulko«, sagte Gisela. Als er antwortete: »Ich kann nichts essen wegen dem Zug«, da sah sie ihn starr an.

Später standen sie alle auf dem Bahnsteig, die ganze

Gruppe aus dem Schlaf gerissener und schikanierter Habenichtse, die trotzdem vage glaubte, was ihnen an diesem Morgen gesagt worden war, daß irgendwo im Norden des Landes, an einem Ort, wo der eine oder andere von ihnen schon mal gestanden hatte, Westerbork, die Männer arbeiten sollten, die Kinder die Schule besuchen könnten und die Frauen daheim bleiben dürften. Der Pfiff einer Lokomotive kam näher. Der Zug aus Eindhoven lief ein. Es war ein normaler Reisezug, nichts Besonderes, aber die hintersten Wagen waren alte Waggons mit heruntergelassenen Rollos. Ist das hier voll, dachte Joseph, als sie einstiegen. Fahren die auch alle nach Norden? In den Abteilen und auf den Gängen befanden sich außer einer Gruppe bürgerlicher Wohnwagenbewohner sämtliche Zigeuner aus Limburg und Ostbrabant. Als die Neuankömmlinge hereinkamen, erhob sich ein richtiges Begrüßungsspektakel, und der Raum wurde neu verteilt. Der Zug fuhr ab mit zwei Polizisten an beiden Türen des Waggons. Joseph saß zwischen seinen Angehörigen auf der weichen Bank.

Das Licht im Abteil brannte. Er fand es schade, daß er nicht hinausschauen konnte, aber die Rollos waren mit kleinen Nägeln an den Rahmen befestigt. Schon bald verringerte der Zug seine Geschwindigkeit wieder. Er stoppte, fuhr erneut langsam an und stoppte nach einer Weile noch einmal. Paulko, der wortlos am Gang gesessen hatte, stand auf, um durch einen seitlichen Spalt des Rollos hinauszuschauen.

»Ein Bahnhof«, sagte er. Und dann: »Will doch noch schnell versuchen, ob ich Zigaretten kaufen kann.« Im Umdrehen sah er zufällig Gisela an. Sie sagte: »Nimm Joseph mit.«

Die beiden zwängten sich durch den Gang.

»Zigaretten«, sagte Paulko zu dem Polizisten an der offenen Tür. Er machte eine Kopfbewegung in Richtung des Kiosks auf dem Bahnsteig. Der Polizist, ein junger Mann mit wäßrigen blauen Augen, begriff und nickte. Was unter keinen Umständen hätte passieren dürfen, was während dieser ganzen behördlichen Aktion – von drei Uhr nachts an aus Beek, Best, Venlo, Sittard, Eindhoven, Zwolle, Amsterdam und so weiter so effektiv und so diszipliniert wie möglich Leute zu evakuieren –, was auch nicht hätte zu passieren brauchen, passierte doch, weil ein zerstreuter junger Polizist nickte: Zwei Zigeuner verließen den Zug.

Sie gingen in Richtung Kiosk. Auf dem Bahnsteig war es voll. Die Leute hatten schon eine ganze Weile auf den verspäteten Zug aus Eindhoven gewartet und wollten jetzt endlich einsteigen. Paulko und Joseph gingen in Richtung Kiosk, gingen an der Treppe vorbei, bogen nach rechts und liefen auf dem anderen Bahnsteig schnurstracks zu einem kleinen Backsteingebäude mit hohen Fenstern und einem Wort in gelben Ziersteinen über der Tür, das keiner von beiden lesen konnte: *Bahnhofsvorsteher.* Die Tür ging schwer auf. Sie waren beide überrascht von der Leere und übermäßigen Wärme des Raums. Ein kleiner Ofen glühte. Ein Schreibtisch mit einem Telefon stand verlassen da. An den Wänden Holzbänke wie in einer Kirche. Joseph hatte die Hand seines Vetters losgelassen. Etwas in dieser Atmosphäre von unfaßlicher Leere und Wärme zog ihn zu den Fenstern in seinem linken Augenwinkel. Er legte die Finger auf den Steinsims, stellte sich auf die Zehenspitzen und konnte dann so gerade eben über den unteren Rand des Fensterrahmens schauen.

Einen besseren Ausguck gab es nicht. Keine vier Meter entfernt stand der verhängte Zug. Reglos, voll von unsichtbarem Leben. Der Mittelpunkt der Welt im Moment der Abfahrt. Der Wagen vor seinen Augen setzte sich langsam in Bewegung, Umay, Wielja, dachte er noch, und im selben Augenblick geschah ein Wunder: Das Rollo ging hoch. Joseph Plato hörte auf zu atmen, denn er sah in einem erhellten Abteil seine Familie.

Ganz hinten die Onkel. Stehend, gut gelaunt schwatzend mit übereinandergeschlagenen Armen. Sitzend die Tanten mit offenen Haaren, unter ihnen seine Mutter. Die schöne Gisela hatte ihr Baby an der Brust. Am deutlichsten waren Umay und Wielja, sie saßen dem Fenster am nächsten. Wie schade, daß sie wegfahren, dachte er. Ich hätte ihnen noch etwas sagen wollen. Warum bin ich denn bloß ausgestiegen. Wielja gähnte, er spürte ebenfalls seine Kiefer, Umay versuchte, die Knöpfe an ihrer Strickjacke aufzukriegen. Da drinnen ist es bestimmt genauso warm wie hier. Er spürte, daß die Zeit hinter seinem Rücken zwar verstrich, die vor seinen Augen aber nicht. In aller Ruhe konnte er die Fingerchen beobachten, mit denen die eigensinnige Umay, Kinn auf der Brust, die Knöpfe einen nach dem anderen durch das gestrickte Material drückte. Wurmartige Fingerchen, niedergeschlagene Augenlider, die genauso weiß und gewölbt waren wie die eines Marmorengels in der Basilika von 's-Hertogenbosch. Da sah er auch seinen Vater. Wo kam der denn auf einmal her? Jannosch Andrias Plato war zwischen seinen Brüdern in der geöffneten Abteiltür aufgetaucht. Barhäuptig und in einem blauen Anzug mit Hosenträgern ließ er seinen feurigen Blick für einen Moment warnend nach draußen gleiten.

Dann ein Stoß gegen seinen Arm. »Wir müssen weg.« Paulko. Der letzte Wagen verschwand gerade um die Kurve, als die beiden die Bahnhofstreppen hinunterliefen. Joseph fühlte und hörte nichts. Er hatte noch immer dieses Abteil, dieses fahlrote kleine Zimmer voller Blutsverwandter, vor Augen. Als Paulko ihn an den Gepäckschließfächern vorbeizog, wußte er noch nicht, daß ausgerechnet so ein brechend volles kleines Zimmer eine Leere werden kann. Sie gingen in die Fahrradunterführung. Joseph lief blindlings mit. Er wußte noch nicht, daß dieses kleine Zimmer ein Spuk war. Eine Geschichte, deren Worte kaputt sind. Unvermeidliche Folge: eine Leere in seiner Kehle, die er von diesem Punkt in seinem Leben an nicht einmal in den schönsten Sommernächten, nicht unter den vollsten Monden würde loswerden können. Er würde das auch nicht wollen. Er würde es nur, viele Jahre später, angenehm finden, sich im Winter in einer Welt von Wänden aufzuhalten, einer Welt von Schuppen, Scheunen, Pferdeställen und von Menschen, die zwar Gefühle in ihm weckten, ihm jedoch eine ganz andere Art von Kummer zufügten als den Kummer, den er bereits kannte. Jeder Mensch hat seine Gründe für unerklärliches Verhalten. Viele Jahre später sollte Joseph sich bei einer Frau wohl fühlen, die ihm mit windzerzausten Haaren im Obstgarten nachschaut, nachdem sie lediglich kurz geblinzelt hat, als er sagt: »Morgen fahre ich, Lucie.«

Sie verließen die Unterführung. Vor dem Bahnhofsgebäude gingen Leute in der Sonne, die redeten und einander grüßten.

Und dabei war sie beim erstenmal sogar schwanger. So etwas ist doch nicht zu verstehen, oder? Sie hatte schon einen ordentlichen Bauch, als sie ihn zum erstenmal bei kühlem Frühlingswetter in sein Auto steigen sah und genau wußte – ich weiß, daß sie es wußte –, daß er sie schon beim Elektrizitätshäuschen aus seinen Gedanken verbannt haben würde. Ich kann nicht in ihn hineinkriechen, schade, ich kann auch nicht hinter seine Augen kriechen, um zu schauen, wie grün seine Landschaft ist, wie golden seine Sonne, wie feurig rot sein Blut. Darum bleibe ich lieber bei ihr. Schließlich ist sie diejenige, die einen ganzen Winter lang, mit Armen und Beinen und allem anderen, seinen Schlaf geteilt hat, der es gelungen ist, mit angezogenen Knien eine Kuhle zu finden, in die eine Bäuerin und ein Vagabund vorbildlich passen. Über so ein Wunder kann ich weinen. Ich bleibe bei Lucie. Denn schau, mag er auch fahren, wohin er will, ich folge ihm doch. Das geht, wenn ich zu ihm ins Auto schlüpfe und ihn von der Seite her anstarre, doch sein wahres Gesicht ist genausogut dieser Sechsmonatsbauch.

Als sie eines Nachmittags ihr Bett unter der Dachschräge aufsuchte, hinter einem Bogenfenster diese Pracht von einem August, war ihr Mann nicht da. Er war schon den ganzen Sommer fort. Im Dorf hatte man darüber geredet, natürlich, da aber die meisten Lucie von klein auf als Geschöpf von abweichendem Charakter kannten und man mit der Zeit zu der Annahme gelangt war, sie kenne keine Emotionen und könne kein Leid empfinden, gab's wenig zu spekulieren. Wie schlimm war ein weggelaufener Mann in ihrem Fall? Sie hatten den Zigeuner in jenem ersten Winter durchaus gemocht. Er kam ins *De Kraan*, er ging gut mit Tieren um. Dennoch gab es eine Menge Leute, die erst nach Wochen merkten, daß er ihr Dorf verlassen hatte. Nur dieser oder jener spürte es mit einem erstaunlichen Instinkt sofort.

Am Tag nachdem er weggefahren war, kam Christina Cruyse gerade mit einem vollen Einkaufswagen aus dem Konmar, als sie Lucie auf dem Parkplatz mit einem Karton auf der Hüfte zu ihrem Auto gehen sah. Sie ließ ihre Einkäufe an der Tür stehen, um fast rennend auf sie zuzusteuern und sie wie eine alte Freundin zu begrüßen.

»Er ist weg, nicht wahr?« sagte sie sofort.

Ihr Blick glitt forschend von Lucies Gesicht zu dem langen Zopf auf ihrer Brust und blieb kurz auf dem Bauch liegen. »Ich hab ihn gestern die Abzweigung nach Hengelo nehmen sehen. Soll ich dir den Daumen halten, daß er zurückkommt?«

Lucie sah die andere mit ihrem üblichen ausdruckslosen Blick an. Anstatt zu antworten, reichte sie dem weißblonden Weib den Karton mit Katzenfutter, den sie gerade gekauft hatte.

»Sechzehn«, sagte sie düster. »Manchmal auch zwanzig. Kommt drauf an.« Sie schob mit beiden Händen den Kofferraumdeckel hoch und nahm ihr den Karton wieder ab.

Drei Tage später fing Christina Cruyse mit ihren Anrufen an.

»Noch nicht zurück, nicht wahr?«

Es war sehr früh am Morgen. Noch schlafend murmelte sie: »Nein, noch nicht.«

Einen Tag später passierte es wieder, diesmal gegen Abend. Ob er schon angerufen habe. Am Nachmittag darauf: ob er denn wirklich keine Adresse hinterlassen habe? Als Lucie am siebten Tag den Hörer abgenommen und eine sie verrückt machende Stimme gefragt hatte, ob er denn nicht wenigstens an das Kind hätte denken können, da konnte sie einen Moment lang nichts herausbringen, weil sie einen Kloß im Hals hatte.

»Miststück«, sagte sie dann.

Es war keine Wut. Es war ein simpler Ausdruck von Widerstand gegen die Bosheit von Fragen, suggestiv gestellt, die keine Fragen waren, sondern Taktik, ein Störmanöver mit keinem anderen Ziel als dem kleinen Kompaß ihrer Seele.

»Widerliches Weibsstück«, präzisierte sie.

Am anderen Ende trat eine perplexe Stille ein. Lucie wollte gerade auflegen, als sie, in Fahrt gekommen durch weiß der Himmel was, nach dem Diktat einer unendlich vertrauten scharfen Stimme, die, keine Ahnung von wo, zu ihr gekommen war, noch sagte: »Mögen die Maden dich fressen, möge dein häßliches Fleisch dir vom Leibe faulen, wenn du mich noch ein einziges Mal anrufst.«

Völlig getröstet legte sie auf.

Der Sommer war heiß und gewitterreich. Äpfel zogen die Äste zu Boden. Die Pferde waren so feurig, daß man zusätzlich Schulmädchen benötigte, um sie abzureiten. Jeden Tag war sie bis zum Einbruch der Dämmerung an der Arbeit. Dann hatte sie Schweife gewaschen, Mähnen verzogen, Hufe ausgekratzt, dann hatte sie am Nachmittag Hühner geschlachtet und eingefroren und zwischendurch, immer weiter wachsend in ihrem blauen Kleid, zum Telefon gegriffen und so entschlossen eine bestimmte Zahl von glasierten Blumentöpfen für die Terrasse bestellt, daß sogar ihr Vater überzeugt war von der Ordnung der Dinge und jeden Einwand gegen einen abwesenden Schwiegersohn hinunterschluckte.

Er sah auch damals schon alt aus, krumm, mit unbegreiflich scharfen blauen Augen. Anstatt zu modernisieren, wie alle anderen es seit Ende der fünfziger Jahre taten, verkaufte er ohne jedes Anzeichen von Bedauern große Stücke des Lands seiner Vorfahren. Er hatte etwas Unwirsches an sich, was nach Ansicht mancher höchstwahrscheinlich mit dem Verlust seiner Frau zusammenhing, einem sehr hübschen Mädchen aus IJlst, deren starkes, warmes Wesen im Winter einundfünfzig leider den kürzeren gegen ihre durchscheinende Haut gezogen hatte. Gerard blieb zurück mit einer zehnjährigen Tochter. Obwohl er beliebt war in der Gegend, gut aussah und im Ruf stand, im Widerstand gewesen zu sein, heiratete er nicht wieder. Er züchtete Pferde, baute mit Hilfe von Gelegenheitsarbeitern Hafer, Mais und Futterrüben an und sorgte durch ständig wechselnde Dienstboten dafür, daß das kleine Mädchen, Lucie, nicht ohne die Fürsorge einer Frau aufwuchs. In diesem Sommer war er milder und freundlicher gestimmt als seit langem.

Ihm gefiel der Umfang seiner Tochter. Warum sollte er keine Freude an der bevorstehenden Großvaterrolle haben? Man konnte ihn oft sehen, wie er mit den Händen auf dem Rücken dastand und um sich blickte. Siehst du die gewölbte Seitenwand des Pferdestalls? Drei Tage lang mischte er Mörtel und mauerte entlang einer gespannten Schnur eine neue Mauer, dann fuhr er ins *De Kraan*, gab ein paar Schnäpse aus, nahm ein paar an und hielt auf dem Nachhauseweg beim Supermarkt, um aus einem Impuls heraus einen Film, sechs mal sechs, zu kaufen, den er einen Tag später in einer alten Ikoflex mit schwergängigem Auslöser verknipste. Natürlich wurden es alberne Fotos, von einem Pferd, einem Hund, einer Scheune. Siehst du, daß ein dikker goldener Streifen auf dem Maisfeld liegt? Ja klar, natürlich machte er auch ein Foto von Lucie.

»Stell dich dahin«, sagte er und zeigte auf den üppigen Garten.

Sie gehorchte. Bereitwillig starrte sie ins Objektiv, während ihr Vater an den Ringen für Blende und Belichtungszeit zu drehen begann. An jenem Morgen hatte er sie gefragt: »Hast du schon einen Namen für das Kind?« Jetzt sagte er, sie dürfe sich nicht mehr bewegen, und drückte auf den Auslöser.

Das Foto gibt es noch. Ich habe es einmal in Gerards Zimmer in einer Schachtel mit lauter Krimskrams liegen sehen. Diesmal unterläßt sie ihr Lächeln. Ernst, mit herabhängenden Armen schaut sie auf einen ungeheuer fernen Punkt und zermartert sich derweil so heftig, wie sie nur kann, den Kopf über Jungen- und Mädchennamen.

Siehst du etwa den Urlauber, Lucie? Er denkt keinen Moment lang an dich. Und trotzdem will er, daß du ein hübsches Kind bekommst. Siehst du ihn mit seinem typischen Lovari-Hochmut etwa auf dem Markt vor der Wallfahrtskirche von Kobryn? Seine Augen haben aufmerksam gerechnet, jetzt wird der Kauf abgeschlossen, jemand streckt ihm die Hand entgegen, er schlägt kräftig ein. Eigentlich müßte er zu Hause sein. Jede Frau möchte die Hand ihres Mannes auf den strampelnden Füßchen hinter ihrer Bauchdecke spüren. Aber ja, Lucie, aus der wird man nicht schlau. Von allen Welten findet sie die eigene kleine Welt am besten. Trotzdem wird sie nicht böse auf denjenigen, der noch einen Monat lang oder länger wegbleibt. Gleich werden Joseph und seine Freunde ein Wirtshaus am Marktplatz aufsuchen. Sie werden die Asche von ihren Zigarren abklopfen und Bier in grünen Flaschen bestellen. Wenn sie dann ins Lager zurückkommen, werden sie sehen, daß es ordentlich was zu feiern gibt. Ein *patshiv* ist das Fest, das man anläßlich einer unverhofften Begegnung gibt. Schnaps, Lieder, Familie und Freunde: Das Gefühl für Zeit muß völlig ausgeschaltet werden! Das Leben geht von einem Wiedersehen zum nächsten. Abends wird getanzt.

Alte und junge Männer tanzen Tänze, die harmlos beginnen, unter den hitzigen Klängen einer Geige aber rasch bedrohlich werden können, sehr böse näher kommen können mit Füßestampfen auf dem Boden und einer völlig teilnahmslosen Miene als Gegensatz dazu in der Luft. Ich spreche hier von wirklicher Ironie. Gegessen wird natürlich auch. In Lehm gepackte Hühner schmort man in einem Ofen aus weißglühenden Steinen gar. Die Federn bleiben in dem Lehmmantel hängen. Erst ganz zuletzt pult man die Eingeweide heraus.

Der Verschluß klickte.

»Katharina«, sagte Lucie. »Beziehungsweise Kattela. Wenn es ein Junge ist, heißt er Hanzi.«

Das Kind wurde ohne Komplikationen geboren. Der Arzt hob es an den Fußknöcheln hoch. »Ein Riese«, sagte er. »Ungefähr acht Pfund.« Lucie, noch auf die Ellbogen gestützt, war total verloren. Hatte sie von klein auf auch aus allen möglichen Geburtskanälen neues Leben zum Vorschein kommen sehen, die vergangene Stunde war etwas von der Schattenseite der Welt, das nirgendwo hinpaßte und keine Erinnerungen hinterließ. Man legte ihr den Jungen in den Arm. Manche Neugeborene haben Falten im Gesicht, als hätten sie bereits ein paar sehr ernste Dinge erlebt. »Das vergeht«, sagte Lucie zu einem verschüchterten Gerard. »Ganz bestimmt, Pappi.«

Sie irrte sich nicht. Als sie vier Wochen später eine Dreiklanghupe hörte und die Hunde närrisch vor Freude den Weg entlangschießen sah, waren die Wangen des Babys rund und rosig. Da ist er, dachte sie, ja, ja, ich hatte mir schon so was gedacht. Sie erwartete ihn in der Tür. Noch eine Minute, und sie würde diesen Mann wieder in ihr Haus lassen, ihm den Säugling reichen und aufpassen, ob er das Köpfchen auch mit der linken Hand stützte. Jetzt stand sie noch in der Tür und sah den Zigeuner an der schwarzen Silofolie vorbei auf sich zugeschlendert kommen. Es war ein Spätsommer wie jeder Spätsommer. Mit dem ewigen

Gras- und Mistgeruch in der Luft. Dem ewigen ersten Hexenring unter den Bäumen. Während sie ihn näher kommen sah, regte sich nichts in ihrem Gesicht. Nicht das Gesicht, würde man sagen, von einer Frau, die die Liebe kennenlernen will. Die die nächsten vierzehn oder fünfzehn Jahre immer wieder diesem selben Mann begegnen will. Ihn an sich ziehend mit immer demselben – jahreszeitabhängigen – Blick.

2 Wie beim erstenmal.

Als Joseph im September 1963 auf der A 335 bei Stepelo eine Panne hatte, war er eigentlich auf dem Weg zu dem Wohnwagenlager bei Groningen. Im Jahr zuvor war seine Frau mit ihrer Familie nach Bosnien zurückgekehrt, Anfang August war sein Onkel Nikolaus gestorben, nach Streifzügen durch Schlesien und Pommern bekam er Lust, in der Gegend von Groningen mit Autoersatzteilen zu handeln. Obwohl es logisch war, von Haaksbergen kommend direkt in den Norden zu fahren, beschloß er, einem Impuls folgend, hinter Stepelo abzubiegen und kurz in das Gebiet der Äcker und Gehöfte einzutauchen, in dem er zu Beginn des Sommers noch mit seinen Verwandten gewesen war. In Benckelo konnte er dann in einem Wirtshaus, in dem rechts vom Tresen das Telefon hing, ein paar dringende Gespräche erledigen.

Nach einer Viertelstunde zeigte ein Warnlämpchen an, daß die Temperatur stieg, was nichts anderes bedeuten konnte, als daß der Kühler undicht war. Obwohl er es noch bis zur Tankstelle an der Kreuzung geschafft hätte, bog er in den Weg zu einem Bauernhof ein, um dort um Wasser zu bitten. Er stieg aus. Zwei blonde Labradore schossen herbei, schlugen an, verhielten sich aber nach einem scharfen Zuruf von Joseph sofort ruhig. Der Bauernhof hatte vier Fenster vorne heraus, die Tür befand sich an der Seite. Er klopfte an. Alles blieb still. Drinnen sah er eine Uhr und eine Vase mit roten Blumen. Sein Gefühl sagte ihm, daß niemand im Haus war.

So war es auch. Gerard war an jenem Morgen schon früh in optimistischer Stimmung zur Auktion gefahren. Der Ertrag seiner zwei Hektar Kartoffelacker konnte seiner Meinung nach durchaus bei tausend Zentnern liegen. Lucie stand in der letzten Box des großen Stalls und wendete die

Einstreu. Sie hatte alle Hände voll zu tun. Nachdem der Stallbursche zum drittenmal nicht erschienen war, wußte sie, daß sie künftig nicht mehr mit ihm zu rechnen brauchte. Also vergaß sie, daß die Hunde gebellt hatten, sie stellte die Gabel weg und ging zu dem Pferd, das als einziges noch im Stall stand.

»Na, wie geht's, Timone?« fragte sie leise.

Das Tier, eine goldbraune Stute, die die letzten beiden Tage schlecht gefressen hatte, senkte den Kopf. Lucie fühlte an den Ohren. Sie waren nicht mehr so warm. In den Augen sah sie ein heftiges Verlangen nach der Herde. Sie öffnete die Box, griff nach dem Halfter und ging mit dem Tier über die Stallgasse, unter dem Vordach hindurch ins Freie, zu den Bäumen und dem Wind und zu dem Zigeuner, der ungefähr dreißig Meter weiter, noch zwischen den Astern am Wohnhaus, plötzlich Getrampel und Geschnaube hörte, den Kopf wandte und aus dem Stall gegenüber eine Frau und ein Pferd auftauchen sah.

Er streckte sich. Eine junge Frau mit kupferrotem Haar, das ihr in einem Zopf über der Schulter lag, eine Frau in Hosen, Stiefeln und einer halb zugeknöpften grünlichen Bluse kam, überrascht durch das Morgenlicht, mit einem Pferd am Halfter aus dem Stall. Die beiden schwenkten herum, die Frau hob den Arm – das Gesicht ihm zugewandt – und band die Stute an einem der Pfosten des Vordachs an. Daraufhin hob sie noch einmal ihren weichen weißen Frauenarm, sagte etwas Freundliches, unverständlich, und drückte dann Zeige- und Mittelfinger fest gegen den Unterkiefer der Stute, wobei sich ihre Lippen bewegten und ihr Gesicht etwas Lebloses bekam. Sie zählte. Er wußte, daß sie zählte, daß sie den Pulsschlag des Pferdes zählte, weil das Tier nicht ganz in Ordnung war und leicht fieberte. In dem Moment, als sie den Arm sinken ließ und, um nachdenken zu können, den Blick abschweifen lassen wollte, trafen ihre Augen die seinen, und ihr ganzes Gesicht gefror.

Er ging auf sie zu. Geblendet und mit einer inneren

Dumpfheit, die im Grunde nichts anderes war als der Beginn eines lebenslangen Schauders über eine Welt, eine mögliche Welt ohne Lucie, überquerte er den Hof und ging zu der Frau, die ihn regungslos, das Gesicht dem Hals der Stute zugewandt, erwartete. Ohne auf das Lächeln zu achten, das um ihren Mund erschien, richtete er den Blick auf das Pferd. Er nahm den Kopf, schaute in die Nüstern, legte, genau wie sie es getan hatte, die Hand an den Unterkiefer und zählte lautlos das Pulsieren der Ader... vierzig ... fünfzig. Dann sah er die Frau mit aller ihm zu Gebote stehenden Autorität an.

»Sie hat bestimmt auf Erbsenstroh gelegen.«

Lucie nickte sofort. Das konnte schon stimmen.

»Ja«, sagte sie. »Das kann schon stimmen. Das Stroh hat eine Zeitlang draußen auf dem Feld gelegen, und sogar eine ziemliche Zeitlang, verflixt, mal im Regen, verstehen Sie, und dann wieder in der Sonne ...«

Sie brach ab, lachte, dachte nach und runzelte die Stirn.

Er sagte: »Schimmliges Erbsenstroh.«

Sie: »Und dabei hatte Pappi es gleich häckseln wollen.«

Sie sahen sich an, beide mitgerissen von, von – sagen wir mal, einer Anwandlung von Fröhlichkeit –, bei der man so hoch steigt, daß man zusammen mit der Sonne und den Wolken auf die Welt blicken kann. Und was für eine Erkenntnis! Steigen ist Schweigen. Worte sind eines, die düstere Seite eines Menschen etwas anderes. Ich sehe einen Mann in Schwarz, mit einem Hut auf dem Kopf, und eine bereits früher beschriebene Frau, die von der allerersten Sekunde an aufeinander fliegen.

Wieder hörte er ihre Stimme.

»Und Timone ist dumm, ich meine: jung. Aber mit gutem Blut! Bald ist das Turnier in Enschede, also trainiere ich sie bereits, Sie wissen schon, erst über Stangen, dann über ein Cavaletti, und zum Schluß nach zwei Galoppsprüngen ein kleiner Oxer. Da geht sie drüber wie nichts ...«

Er sagte nichts, sah aber auf ihre gestikulierende Hand.

»Ja«, sagte sie dann. »Sie hat auf Erbsenstroh gelegen. Sie haben recht. Und also hat sie auch davon gefressen.«

Sie band das Pferd los, um es auf dem Sandweg entlang dem landwirtschaftlichen Gerümpel ihres Vaters zur Koppel zu bringen. Joseph ging mit. Während er die Kisten und den Stacheldraht und einen abgeblätterten roten Trecker betrachtete, war er mit seiner ganzen Aufmerksamkeit bei der Frau, die ihm erzählte, daß sie gleich zwei große Reitpferde scheren müsse, weil der Stallbursche nicht gekommen sei. Ohne sich vorzustellen, wie und wo, wußte er, daß ein Augenblick denkbar war, da seine Hand der Linie ihres Halses und ihrer Brust folgen würde.

»Hier«, sagte sie. Sie öffnete das Gatter. Die Stute wurde sofort von einem älteren Pferd in die hinterste Ecke der Koppel gejagt.

Er ging interessiert zur Pumpe. Die Frau erzählte ihm, daß diese Pumpe im vorigen Jahrhundert von ihrem Urgroßvater montiert worden sei. Er starrte auf das grün gestrichene gußeiserne Ding. Rein aus Spaß legte er die Hand auf den Schwengel, bewegte ihn und freute sich über das Wasser, das aus der Tiefe der Erde in die Betonwanne plätscherte. Kurz darauf suchte er seine Taschen nach Zigaretten ab, und beide zündeten sich eine an. Der Tabakrauch, das Gras und das Wasser hatten ein besseres Gedächtnis als sie.

»Ich hab dich schon mal gesehen«, sagte Joseph.

Einen Moment lang versuchte sie ihr einfältiges Lächeln. Dann sagte sie: »Ich weiß. Ja, im Ernst, ich wollte es vorhin schon sagen.«

Wenig später standen sie im Putzstall und schoren die beiden Tiere. Joseph war geschickt. Er griff dem sich sträubenden Pferd fest an die Lippe, befahl ihm, stillzuhalten, und fuhr mit dem kleinen Schergerät über den Hals. Lucie, die neben ihm arbeitete, meinte etwas Denkwürdiges sagen zu müssen.

»Die Stute hier heißt Delaleen. Ihre Mutter ist die schwere Gelderländer Stute, die du bestimmt am Gatter gesehen hast.«

Ohne die Arbeit zu unterbrechen, sagte er: »Dann ist der Vater aber irre schnell und hat eine irre gute Schulter.«

Erst jetzt hörte sie seinen eigenartigen Akzent. »Ein Vollblüter«, sagte sie. »Ja, ein Angloaraber aus Hengelo.«

Danach sagten sie nichts mehr, weil sich der nach Schweiß und Lorbeerfett riechende Stall, in den spärliches Sonnenlicht fiel, in eine sinnbetörende Welt verwandelt hatte, die ihre ganze Aufmerksamkeit in Anspruch nahm. Sie schoren die Pferde, ja, und wenn sie sich überhaupt ansahen, dann nur mit einem Seitenblick. Trotzdem war der kleine Stall eine ganze Stunde lang von einer von Minute zu Minute wiederholten Liebeserklärung erfüllt. Lucie war als erste fertig. Als sie das Schergerät weglegen wollte und die Augen aufschlug, begegnete sie einem Männerblick, der ihr das Blut in die Wangen trieb. War der Augenblick gekommen? Joseph fand, ja. Wir wollen etwas voneinander, wie wär's, wenn wir uns zu diesem Stapel weicher grauer Pferdedecken begäben? Er trat einen Schritt vor und berührte schon fast ihre Schulter, als sie mit einemmal wieder so dumm zu lachen begann.

»Du, jetzt ist Vesperzeit. Wie wär's, kommst du mit?« Und sie sagte das so, daß er ganz genau verstand, daß ihn dort drüben, im Bauernhaus, nur die Kaffeekanne erwartete und nicht zum Beispiel das Schlafzimmer unter dem Dach mit den Schwalbennestern. Sein Gesicht blieb beherrscht, innerlich fluchte er, aber ich weiß, daß er nicht wirklich verärgert war. Daß der nicht zum Zuge gekommene Joseph, der jetzt mit Lucie wieder in die Sonne hinausging, es großartig fand, es insgeheim wirklich großartig fand, daß sich die Frau, die er für sich beanspruchte, nicht so schnell ergab. Weil es sich nun mal in seinen Kreisen nicht gehört, daß eine Angebetete sich auf das erste kleine Zeichen hin wie eine Bürgermadam hinlegt.

Wie lange wird das Spielchen dauern? Du weißt es nicht, Joseph, aber ich denke, nicht zu lang. Sagen wir, eine Woche. Dann wird sie in der Waschküche einen Kübel ausschrubben, und du wirst gerade fertig sein mit den Futtertrögen. Ihr seid euch an diesem Tag immer wieder über den Weg gelaufen, quälende Begegnungen, bei denen ihr jedesmal die Augen niedergeschlagen habt und kaum noch schlucken konntet. Um zwölf habt ihr mit Gerard und dem Lohnarbeiter vom Mähdrescher Kartoffeln mit Stockfisch gegessen. Jetzt kann keine Macht der Hölle dich mehr aufhalten. Du klopfst. Du siehst, wie sie dir über die Schulter zulacht und mit der schäumenden Bürste in der Hand höflich auf die Stiefelbank zeigt. Du aber gebietest ihr mit einer Kopfbewegung, mitzukommen.

Ihr geht an der Scheune vorbei. Einer der Hunde kommt schwanzwedelnd angerannt, sie schickt ihn weg. »Ab mit dir! Los!«

September. Die Blätter der Linde färben sich bereits gelb. Taubnesseln blühen zum zweitenmal. Ist es September oder April? Alle Tiere sind draußen. In der Ferne schneidet sich eine giftgrüne Maschine brummend durchs Gras. Es gibt keine bessere Idee, als jetzt zu zweit an dem Wassergraben hinter dem Obstgarten entlangzugehen, einer hinter dem anderen. Hinter der Biegung ist ein Erlenwäldchen mit einem unendlich weichen Boden. Laß dich dort hinfallen. Spürst du, wie die Tiefe unter dir und die Höhe über dir wegfedern? Benebelung. Freiheit. So ist es doch? Direkte Verbindung, und du brauchst nicht zu wissen, womit. Joseph drückte nach einer Woche von Schmerz und Gewalt in der Brust eine Frau zu Boden, die ihn dann doch noch überraschte, indem sie die Zähne in seine Schulter grub. Als die Wut in ihren Augen erlosch, lockerte er seinen Griff. Sie richtete sich halb auf, und er sah, wie sie sich wie eine Tänzerin im Rock vorbeugte, um mit beiden Händen die Stiefel von den Fersen zu ziehen. Es war Mittwoch, so gegen zwei. Um sechs stand Lucie in der Küche, um für ihren Vater und sich selbst Pfannkuchen zu backen. Gerard saß mit hochgekrempelten Ärmeln am Tisch. Er wußte nicht, daß seine Tochter, die am Herd die Pfannkuchen in die Luft warf, eine verheiratete Frau war, unter der Bluse an einer Kette ein kleines Metallstück, eine ganz alte Landfahrerarbeit, auf der zwischen merkwürdigen Zeichen eine dunkle Frau abgebildet war, die, wenn man nun unbedingt wollte, eine Schwarze Madonna darstellen mochte, deren Wirkung jedoch eigensinnig auf die Urkräfte Anas, jener mütterlichen Göttin, zurückging, die völlig ohne eigene Schuld einem schmutzigweißen Vogel mit Doppelkopf das Leben geschenkt hat.

Vesperzeit, hatte sie gesagt. Er folgte ihr in die Küche. Er legte seinen Hut auf den Tisch und setzte sich erst, als sie ihm einen Stuhl anbot. Rauchend, die Zigarette unauffällig im Aschenbecher abklopfend, beobachtete er sie, während sie die Hunde hereinließ und Wasser aufsetzte.

»Hast du Hunger?« fragte sie. »Ich fange noch lange nicht mit Kochen an, aber du hast bestimmt Hunger. Ich hol mal eben Brot.«

»Mach keine Umstände, Lucie.« Sie hatte ihm ihren Namen gesagt, und jetzt übte er. »Mit einer Tasse Kaffee bin ich zufrieden.«

Er hörte sie mit den Tassen klappern. Als sie einen Schrank öffnete, roch er Zimt. Er sah sie zu den Fenstern gehen und mit in die Seite gestemmten Händen hinausschauen, während hinter ihr das Wasser durch den Filter lief. Ich will diese Frau, dachte er, ich fühle mich sehr gut. Noch vor kurzem hatte ich jede Nacht einen gräßlichen Traum.

Sie schob die Hunde mit dem Fuß beiseite und stellte den Kaffee auf den Tisch.

»Beleidige mich nicht«, sagte sie.

Sie meinte den Apfelkuchen, den sie für ihn angeschnitten hatte. Sein Interesse an ihr vertiefte sich, als sie anfing, von ihrem Betrieb zu erzählen.

Pferde hatten sie immer schon gehabt. Bis vor kurzem hatte ihr Vater sein Land nur mit ein paar Gelderländer Stuten oder Wallachen vor dem Pflug und der Mähmaschine bearbeitet. Von klein auf hatte sie den Stall geliebt, in dem im Winter allein schon dieses ganze Geschnaufe und diese Wärme etwas Angenehmes hatten und wo das Licht auf dem Heuboden jeden Monat ein Stück weiter einfiel. Im Sommer dann dieses ganze Spektakel mit der Arbeit. Tiere, die ganz aufs Land eingestellt waren und mit einer Zugkraft von je sechshundert Kilo dahinstapften und wieder kehrtmachten. Die dösend vor dem Wagen warteten, bis er beladen war. Sie hatte es ihrem Vater zu verdanken, daß sie sich mit einundzwanzig bestens mit der Pferdezucht auskannte. Er hatte es ihr zu verdanken, daß der Stall allmählich Geld einbrachte, denn sie hatte begriffen, daß sich die Zeiten änderten und daß ein Pferd besser schnell, stark und im Besitz des rot-weiß-blauen Stammbuchpapiers war. Dieses Jahr war eine Schwester von Delaleen mit sechs Pluspunkten beim Springen als Sportpferd nach Deutschland verkauft worden.

Sie holte tief Luft.

»Mensch, Joseph! Den Stall könnte man ganz toll ausbauen!«

Man könnte auf Delaleens Linie weiterzüchten, sie denke an den Holsteiner Hengst Amor, man könnte neben diesem Stamm gut und gern noch zwei neue Zuchtstuten dazunehmen, sie kenne eine schöne Courville-Stute mit einer Furioso-Tochter. Sie könnten von den jungen Pferden zuerst ein paar Fohlen ziehen und sie dann für den Springsport ausbilden, sie könnten mit einem Wahnsinnsstolz zu den Körungen gehen, und ob er wisse, daß ein Springpferd bis zu zehntausend Gulden bringen könne?

Sie streckte den Arm aus und fragte, ob sie ihm noch einmal eingießen dürfe. Dann sah sie ihn an.

»Aber ich sag's dir, kein Mensch wird mich soweit kriegen, daß ich mit dem Gelderländer aufhöre.«

Sie vereinbarten, daß er am nächsten Morgen um sieben anfangen sollte.

Es wurde, umständehalber, zwölf.

Zwölf Uhr mittags ist der Zeitpunkt, an dem die Sonne aufhört zu steigen. Plötzlich verstummen alle Geräusche, die Schatten werden blaß, die Zeit kriecht in sich zusammen. Bäume und Felder verschwinden in einem unermeßlichen Überall-und-Nirgends, das mit den Füßen auf dem Erdboden steht und mit den Fingern den Himmel festhält. Ich weiß, daß es Leute gibt, die sagen, dies sei die Stunde des *mulo*. Daß die Sonne für einen Moment stehenbleibt, um dem *mulo*, Ihm-der-tot-ist, die Gelegenheit zu geben, seine Reise zur anderen Seite des Grabes zu unterbrechen und der Gegend, in der er einst zu Hause war, still und leise einen Besuch abzustatten. Als Gerard den Zigeuner auf das Haus zukommen sah, verwechselte er ihn mit der Erinnerung an einen alten Freund.

»Himmelherrgott«, murmelte er bestürzt. »Da ist ja der Jannosch Franz.«

Ein auffallender Mann ging an den Fenstern des Hauses vorbei, in dem Gerard mit seiner Tochter beim Mittagessen saß. Seine Haut war trotz des Hutes von Sonne und Wind gegerbt, er hatte einen Schnäuzer, trug ein schwarzes Jackett aus gerippten Stoff, und in seinen Augen lag eine auf Illusionen erpichte Mischung aus Feuer und Gleichgültigkeit, die Gerard unter tausend Leuten sofort wiedererkennen würde. Donnerwetter, war der jung geblieben! Mit ein paar abgetretenen Stiefeln in der Hand ging er schnurstracks zur Seitentür. Er kannte den Weg. Gerard hörte ihn etwas zu den Hunden sagen und mit einem Gruß auf der Schwelle erscheinen.

»Mahlzeit!«

Seine Tochter sprang auf. Gerard brauchte sie weiß Gott nicht zu ermuntern, einen Teller und eine Gabel für seinen toten Freund zu holen. Ich werde verrückt, dachte er. Nächsten Monat werde ich dreiundfünfzig, und mit mir geht's jetzt schon bergab.

Während des Essens begann der Zigeuner ihm und Lucie etwas zu erklären. Gerard versuchte, von seinem Suppenteller hochzuschauen und von Zeit zu Zeit mit seinem normalen Gesicht zu nicken. Er hatte das Gefühl, daß ihm das nicht gelang. Natürlich wußte er Bescheid über den neuen Stallknecht. Seine Tochter hatte es ihm am Abend zuvor erzählt. Nun aber hatte sich hinter seinem Rücken eine Tür einen Spaltbreit geöffnet, durch die ein gewaltiger Luftstrom von Atem, Gerüchen, Geräuschen hereinkam, und, Allmächtiger, da saß er mit dem Mann am Tisch, mit dem er vor ungefähr zwanzig Jahren im Dunkel eines Waldwegs hinter einem feldgrauen Mercedes hergeritten war. In dem Versuch, sich zusammenzunehmen, hörte er dem jungen Mann aufmerksam zu, der erklärte, daß er nicht eher habe kommen können, weil das Auswechseln eines undichten Kühlers den ganzen Vormittag in Anspruch genommen habe.

Als Lucie und der neue Knecht nach einer Viertelstunde aufstanden, um an die Arbeit zu gehen, blieb Gerard mit Jannosch Franz am Tisch sitzen.

Stille. Dann: »Kleinen Genever, Jannosch?«

»Ja, gern, Gerard.«

»Es ist lange her, Jannosch.«

»Ich hatte Lust, mal wieder in diese Gegend zu kommen.«

»Das war eine gute Idee. Du hast ja bestimmt gesehen, daß sich hier einiges verändert hat?«

»Ach ja, so geht's eben.«

»Die Pferde verschwinden vom Land.«

»Tja.«

»Komm, laß uns trinken!«

»Nichts lieber als das!«

»Wir sehen euch hier nicht mehr so oft.«

»Muß ich dir etwa erzählen, wohin es uns alle geweht hat?«

»Gleich. Erst einen Schnaps.«

»Also dann, Prost!«

»Gesundheit!«

»Ach, mach mich nur neidisch! Ich trink auf deine, alter Bruder. Möge dein Blut bis zum Jüngsten Tag fließen. Möge sich dein Besitz verdoppeln. Was steht da in der Vase auf dem Schrank?«

»Richtig gesehen, Jannosch. Das sind die Blumen von deiner Frau. Die stehen da jetzt schon an die zwanzig Jahre.«

»Rote Papierblumen. Gisela verkaufte sie an der Tür. Die da hat sie euch zum Dank geschenkt.«

»Du durftest dein Pferd bei uns in den Stall stellen. Weil sie in dem Sommer schon zwei von mir beschlagnahmt hatten, haben sie den Rest hier in Ruhe gelassen.«

»Ich habe meinen schönen Steiermärker bei dir untergestellt. Das war im Spätsommer dreiundvierzig. Wir standen mit zwei Wagen im Wald. Auch mein zweirädriger Einspänner kam bei euch hinters Heu.«

»Kurz danach brachtest du wieder mal einen Piloten nach Limburg.«

»Weiß ich noch. Diesmal war es ein Pole, ein Kriegsgefangener.«

»Du warst der einzige von uns, der den Burschen halbwegs verstehen konnte.«

»Ich hab ihn mit meinem Einspänner weggebracht. Himmel noch mal, soll die Pest alle Angsthasen holen, aber eure Fahrten im Zug haben öfter mal böse geendet.«

»Stimmt. Die Strecke Zutphen-Arnheim hatte keinen allzu guten Ruf.«

»Es war ein klasse Ausflug. Nach vier Tagen waren wir bei Kaplan Emile. Schöne Grüße vom Gemüsemann, lautete, weiß der Teufel warum, die Parole. Wir waren nur am Tag gefahren. Gegen Abend ein kleines Feuer, Brot mit Käse, in der Feldflasche Zitronengenever. Dieser Pole war ein Bursche mit freundlichem Gesicht, aber er trank mir zu schnell. He, he, immer mit der Ruhe, sagte ich. Hör doch auf, sagte er. Wir schliefen in Strohscheunen, es war Ende September. Du wolltest immer, daß ich über Echt zurückfuhr, aber ich mochte die Gänge unter dem Pietersberg. Du findest den Weg, wenn du stehenbleibst und in aller Ruhe schnupperst.«

»Hinterher hat sich gezeigt, daß deine Fluchtlinie nie aufgeflogen ist.«

»Ach Mann, ich will tot umfallen, wenn ich lüge, aber ich hätte bis zu den Pyrenäen weiterfahren können.«

»Weißt du noch, der Überfall bei Wierden?«

»Ein Sommernachmittag. Überall Sonne. Der Wind kam von Osten.«

»Zweitausend Lebensmittelkarten, Jannosch. Zweitausend von diesen verdammten Karten, und einen Monat später die Aktion in Enschede.«

»Phantastisch! Und ob ich das noch weiß. Eine klasse Akrobatennummer im Freien, auf dem hohen Gittertor bei der Polizeistation. Das Publikum trug blaue Uniformen. Musik von Polizeipfeifen. Im Licht des Mondes richtete ich meine Waffe-ohne-Waffenschein auf ein paar Patrioten. Wenn ich mich nicht irre, mußten wir kurz darauf wie der Leibhaftige auf Socken die Straße entlangrennen.«

»Um die Ecke stand ein Plymouth mit laufendem Motor.«

»Was für Geschichten! Wir nichts wie weg. Vom Hinterrad flogen Fetzen vom roten Innenreifen. Was für Geschichten, die ich bedauerlicher Umstände wegen meiner Familie nie erzählen konnte.«

»Trink! Willst du noch einen?«

»Aber ja. Danke für die Gastfreundschaft. Was für ein Sommer! Als ich das letztemal einen gekippt habe, war's tiefster Winter.«

»Wir saßen zu viert hier in dieser Küche.«

»Ja, zwei Bürgerlümmel, ein Zigeunerdepp und dieses Weib. Kaum eine halbe Stunde später die Verhaftung. Stimmt es, daß dieses Weib uns verraten hat?«

»Sie half uns. Sie half und half und half. Mevrouw Nicolien Nieboer-Ploeg. Ein Plan vom Bezirksarbeitsamt. Berichte aus der Polizeidienststelle. Sie war eine kräftig gebaute Frau, weißblond, die anscheinend alles hinbekam.«

»Na, und ob. Sogar eine Zelle für uns im Untersuchungsgefängnis. Sag mal, Bruder, wie hast du das geschafft, daß du hier so picobello alt werden kannst?«

»Erst ein Prozeß. Dann das Zuchthaus in Siegburg. Meine Papiere waren verlorengegangen. Was hast du gemacht, haben sie gefragt. Gar nichts. Wo standst du vor Gericht? Nirgends. Daraufhin das Arbeitslager, wo man Tunnel graben mußte, fünfzig Meter tiefe Schächte. Das Schwierigste daran war, den Bohrer gerade aufzusetzen; wenn du ihn nicht senkrecht aufgesetzt hast, brach die Spitze ab. Die Essenspakete meiner Frau haben mich gerettet.«

»Laß das Geseufze. Freu dich doch, daß du Glück hattest.«

»Du hast keine Ahnung, wie schrecklich es ist, eine Katastrophe zu überleben.«

»Hör doch auf!«

»Wenn man zurückkommt, ganz allein. Da steht die Linde, nichts hat sich verändert, da sind die Pferde, die Hunde, die Hühner, die Tauben, in der Tür steht deine Frau mit einem drolligen pummeligen fünfjährigen Kind, mit kupferroten Locken ums Gesicht. Da brauchst du dich doch nicht zu wundern, wenn du nachts große Probleme kriegst.«

»Ja, ja.«

»Leuchtende Bilder hinter den Augen, alles wie im wirklichen Leben und mit wirklichen Menschen. Aber wo du schon mal hier bist, Jannosch, erzähl. Wie ist es dir tatsächlich ergangen?«

»Erst eine Zigarette.«

»Du hast doch immer so ’ne komische Marke geraucht.«

»Was?«

»Ein rotes Päckchen.«

»Hercegovina.«

»Bittschön! Und jetzt erzähl!«

»Es war Pech, Gerard, wahnsinniges Pech, daß ich es ganz zum Schluß doch nicht geschafft habe. Ich erzähl dir, wie es gelaufen ist. Also, zunächst einmal kam ich ins Lager nach Amersfoort. Das war noch im Dezember. Bei Schneesturm mußte ich zusammen mit ein paar anderen im Rosengarten warten, bis sie mich kahlschoren und mir meine Kleider und Schuhe abnahmen. Ja, Rosengarten haben sie das genannt, ein langes Feld, das ringsherum mit Stacheldraht eingezäunt war. Ich habe da später noch oft gestanden. Nach einer Nacht in dieser Wahnsinnskälte richten sie dann am Morgen die Feuerwehrspritze auf dich, auf dich und manchmal noch ein paar hundert andere. Lachen sich diese Schweinehunde doch schief, wenn's einen in den Stacheldraht drückt. Ich hab da im Sägewerk und im Steinbruch gearbeitet, aber meistens gab's nichts zu tun, und dann ließen sie uns alle, tausend Mann gleichzeitig, rumtrotten, robben und wieder aufstehen. Ende Mai kam ich dann ins Lager nach Vught, und von dort ging's ein paar Wochen später ab in den Zug. Da hatte ich schon gehört, daß Gisela und die Kinder, mein Vater und meine Mutter, meine ganze Familie in 's-Hertogenbosch und in Den Haag von der Polizei festgenommen worden waren.

Die Fahrt dauerte vier Tage. In einem Waggon, in den höchstens sechs Pferde gepaßt hätten, standen wir mit hundert Mann. Wie so was möglich ist, kapierst du nicht, aber auf Zehenspitzen durch den Stacheldraht zum Himmel schauend, wußte jeder nach einer Weile, daß wir uns auf dem Weg nach Oranienburg befanden. Und so war es. Eines Morgens wurden wir ausgeladen und marschierten dann durch ein Städtchen mit schönen Villen zum Lager Sachsenhausen. Als wir am nächsten Morgen wieder zum Tor hinausmarschierten, in Zehnerreihen, da sahen wir

Kornfelder, Bäume, Bauernhöfe und schließlich den Zaun der Heinkel-Werke. Dort schliefen wir mit zweitausend Mann auf dem Boden einer Halle, nachts sahen wir, wie Berlin bombardiert wurde, der Himmel ganz rot, am Tag ersetzten wir Benzin, indem wir, fünfzehn Mann hoch, Lastwagen zu den Gleisen schleppten. Und weißt du, was komisch war? Das Geprügel dieser Kapos wirkte immer und überall, nur bei diesem Kommando nicht: Wir bewegten uns so langsam wie Schnecken.

Dann kam der November, naß und kalt. Weil man mir die Schuhe gestohlen hatte, trug ich Holzpantinen, an denen die Spitze fehlte, alle magerten ab und begannen zu husten, und bei irgendeiner Malocherei mit Steinen und Sand im Wald hatten wir zwei Kapos, die sehr gut aufpaßten. Der eine, ein Pole mit einer ganz erstaunlich niedrigen Nummer, vierzehn, war ein richtiger Mistkerl, der es auf mich abgesehen hatte. ›Zigeuner!‹ schrie er, sobald er mich sah. ›Weißt du immer noch nicht, was Arbeiten ist?‹ Der Teufel soll dich holen, zur Hölle mit dir, denkst du, wenn du die Schläge auf deinem Rückgrat spürst.

Gegen Weihnachten ging's wieder zurück nach Sachsenhausen, wir kamen in Block 34. Außer den Norwegern waren alle Häftlinge rappeldürr, die Niederländer sogar am schlimmsten, die kriegten nämlich nie ein Paket vom Roten Kreuz. Das einzige Mal, wo es mir etwas besser ging, was das Essen betraf, war in der Halle, in der ich zusammen mit zwei russischen Kriegsgefangenen an die Walze kam. Einer von ihnen war ein Schmied aus Omsk. Er war ein Baum von einem Kerl, eiskalt und ein Meister darin, sich vor der Arbeit zu drücken. Von dort, wo er saß, lauerte er ständig zu den großen Hallentüren gegenüber von uns. Nur wenn ein Aufseher im Anmarsch war, dann ratterte seine Maschine los und spuckte das Zeug aus. Ansonsten nähte er nur Fausthandschuhe aus dickem Wollstoff, von denen er jeden Tag ein paar verkaufte. Am dritten Tag stieß er mich an. ›Rußki für Kamerad Hollanski‹, sagte er und gab mir ein Paar von diesen Handschuhen. ›Wieviel?‹ fragte ich und freute mich. ›Nix. Scheiße‹, antwortete er. Aber den Hundekuchen mußte ich doch bezahlen. Er stank wie Kadaver, man hatte den ganzen Mund voller Fäden, die weißen Punkte waren Knochensplitter, die wir hinter der Walzmaschine ausspuckten. Alles in allem war das mein bestes Kommando, zusammen mit einem Haufen Russen, die es sich im Schneidersitz auf den Tischen bequem machten. Ganz in der Nähe saß eine Gruppe Geschichtenerzähler. Aus ihren wütenden oder triumphierenden Blicken konnte man schließen, um was es gerade ging.

So wurde es tiefster Winter, und die Rote Armee stand bereits an der Oder. Im Revier und in den Baracken starben sie immer schneller; immer wieder gingen Transporte ab, aber das Lager blieb überfüllt, und das Leben lief weiter wie vorher. Sonntags Fußballspiele auf dem Appellplatz, jedenfalls wenn gerade keine Hinrichtung stattfinden sollte und man das Treppchen schon neben der Schlinge bereitstehen sah. Manchmal gab es auch Länderwettkämpfe. Von der Galerie über dem Eingangstor aus schauten die SS-Leute zwischen angelegten Maschinenpistolen interessiert zu und schossen vom Kurs abgekommene Bälle ordentlich zurück. Anfang Februar wurden die Russen abtransportiert. Eine Woche später saß ich in einem Zugwaggon, in dem es so voll war, daß man darum kämpfen mußte, sich unter den Leibern emporzuarbeiten. Mit der Mütze auf dem Gesicht habe ich dann noch ganz gut geschlafen, besser als jemals danach, im Kleinen Lager in Buchenwald.

Dort kamen wir mit ein paar tausend Mann nachmittags an. Es wurde schon dunkel. Damals war ich zu müde zum Schauen, heute sehe ich die Zufahrt üppig beleuchtet vor mir liegen, in der Ferne das Tor zwischen den Granitsäulen, auf denen dicke Bronzeadler saßen. Auch die Buchstaben auf dem Tor waren aus Bronze. ›Jedem das Seine‹, höre ich einen Mann neben mir murmeln, der dort in den allerletzten Monaten gestorben ist, wie die meisten von uns.

Glaub bloß nicht, daß man da auf uns gewartet hat. Zweitausendfünfhundert Mann kamen in eine Baracke, die so gerade eben für die fünfhundert ausreichte, die bereits drin waren. Ich traf einen Sinto aus Bremen, den ich von ferne kannte. Daß unter den fünfzigtausend Gefangenen auch noch ein Onkel von mir war, Onkel Mauschi aus Weimar, das wußte ich damals noch nicht.

Dies war das Kleine Lager, das übelste. Das Große Lager hielt aus Angst vor Krankheiten die Neuzugänge getrennt. Der Sinto und ich schliefen mit den Füßen in den Achseln des anderen. So war es am bequemsten. Wenn es auf uns tropfte, dann hofften wir, daß man den Ruhrkranken im Bett über uns bald auf die andere Seite bringen würde. Ja, und dort, in Baracke 61, sah ich also an einem trüben Wintermorgen meinen Onkel Mauschi. Man hatte ihn zusammen mit zwei anderen auf einem Karren durch den hohen Stacheldrahtzaun ins Kleine Lager gefahren, um ihn dort abzuliefern. Die beiden anderen lagen, er aber saß hohläugig steif und aufrecht da: ein Muselmann. Ich sah ihn, war mir aber nicht sicher, ob er es war. ›Bist du Onkel Mauschi?‹, fragte ich. ›Bist du noch von dieser Welt?‹ Er sah mich erst nach einer Weile an. ›Kannst du etwas sagen?‹ fragte ich. Da sagte er: ›Ich bin Mauschi aus Weimar, der Bruder deines Vaters.‹

Mitte März wurden die Nummern von mir und dem Sinto aufgerufen, für die Arbeit im Steinbruch. Man legte die Felsbrocken in Kippkarren, und die zog man dann mit ein paar Mann den Hang hinauf. ›Kaufen?‹ fragte ich einmal einen der Niederländer, die dort ebenfalls arbeiteten, und ich zeigte ihm eine der Zigarettenspitzen, die der Sinto und ich anfertigten, wunderschöne Dinger aus Glas und Ebonit. Der Niederländer schaute und seufzte. ›Wieviel?‹ fragte er. So kam es, daß der Sinto und ich manchmal in Baracke 32 des Großen Lagers kamen. Die Erleichterung, wenn man dort war, läßt sich nicht beschreiben. Tische, Öfen, dieselben Lieder von einer gewissen Zarah Leander, die auch bei uns aus den Lautsprechern drangen, *Liebling, wir müssen uns wiederseh'n*, klangen dort ganz anders.

Es wurde Ostern. Herrliches Wetter. Schon seit Tagen ein Luftalarm nach dem anderen. Allmählich verschwand der Gehorsam, anstatt zu arbeiten, sprach jeder nur von den Amerikanern, die schon in Thüringen waren. Im Großen Lager wurden auf Deibel komm raus Pläne geschmiedet, aber mit uns in der Gosse ging's weiter den Bach runter. Ich selber merkte gar nicht, daß ich zu schlurfen und weinerlich zu reden begann, die Zeichen des Muselmanns.

Die Spannung stieg von Tag zu Tag. Doch es passierte nichts, außer daß sogar da noch spätnachts ein Transport aus dem Osten eintraf. Sehr schnell, Gerard, wurde die Stimmung allerdings unerträglich. Es gingen zwar noch große Gruppen unter Gewalt zum Tor hinaus, aber noch sehr viel öfter weigerten sich die Häftlinge und tauchten unter. Am allerletzten Tag trat der Sinto eine Schranktür in der Tschechenbaracke ein, ich kroch zitternd hinter ihm her, hinter den Augen Kopfschmerzen wie Sägezähne, ich sah nur gelb, hatte da bereits Typhus, weißt du. Die Sirenen heulten, heulten noch einmal und verstummten wieder. Wir traten an die Fenster. Wir sahen eine weiße Fahne auf dem Turm. Wir hörten Gewehrschüsse und Maschinengewehrsalven. Irgendwie habe ich es bis zum Appellplatz geschafft. Ich traute meinen Augen nicht. Durchs Tor kam ein amerikanischer Tigertank.

Also gut, wir waren befreit. Unter den Amerikanern waren riesenhafte schwarze Soldaten mit blitzweißen Zähnen. Sie räumten schon nach einem Tag das Kleine Lager, unter ihnen gab es welche, die unseretwegen heulten. Auch mich brachten sie auf die andere Seite des Stacheldrahts, wo ein Krankenhaus war. Man wurde ins Bett gelegt, bekam zu essen, aber nicht zuviel. Die Atmosphäre, Gerard, in diesen letzten Tagen, dafür finde ich eigentlich keine Worte.«

»Versuch's.«

»Also, es war wie ein Fest. Aber an den Fenstern flogen Krähen vorbei. Da lagen eine Menge Leute im Sterben.«

»Wie ist es dir ergangen?«

»Abends wurde gesungen. Es wurden Grammophonplatten aufgelegt, und es spielten Kapellen.«

»Wie ist es dir ergangen?«

»Die Fenster standen offen. Verdammt, Gerard, ich starb, während ich einer Trompete lauschte!«

»Weißt du, was ich gern täte?«

Gerard hielt die Flasche hoch und schaute.

»Na? Was denn, Jannosch?«

»Daß wir drei von deinen schönen Pferden vor den Scharpflug spannen, und dann nix wie raus aufs Feld. Ich hab gesehen, daß du neben dem Mais einen Kartoffelacker gerodet hast.«

»Jetzt sofort?«

Sie nahmen den kürzesten Weg über die Tenne. Dort stand der alte Pflug, die Scharen rostbedeckt. Jannosch und Gerard stellten die schwere Gelderländer Stute in die Mitte, sie wußte noch, wie es ging, die beiden jungen Pferde würden wohl mitziehen.

»Hü-aah!«

In einer Wagenspur zwischen den Maisfeldern zog ein altmodisches Dreigespann einen Pflug, auf dem zwei Männer so dicht beieinander saßen, daß ihre Schultern sich berührten. Anfangs fuhren sie noch etwas schief und schlingernd. Aber als sie auf dem freien Feld waren, lief es wie geschmiert.

Gerard ließ den anderen lenken. Er sah die mit goldenen Ringen bedeckten Hände an den Zügeln. Und ringsum, so weit das Auge reichte, die Äcker seiner Vorfahren. Die Sonne stand noch immer hoch. Er hörte eine scharfe Stimme an seinem Ohr.

»... Mensch, Gerard, vor dem Krieg, da kamen wir doch

immer hierher, nicht? Gelderland, Brabant, durchs ganze Land mit ein paar Wagen und mit der ganzen Familie. Schlafen, wo man will, essen, wann man will, Geige spielen mit deinen Brüdern. Nachts waren wir oft unterwegs zum Pferdemarkt, Lampen am Bock, und hinten am Wagen waren die Panjepferde angebunden, die wir verkaufen wollten. Mann, weißt du eigentlich, wie schön es ist, zu leben?«

Sie näherten sich der Stelle, wo früher ein bizarr verzweigter Nußbaum gestanden hatte. Ein langes Leben von Blüten, Vögeln und am Stamm schlafenden Tieren stand eigentlich im Weg.

»Und um!«

Die drei Pferde schwenkten gehorsam nach links, dann nach rechts und sprangen wieder in die Spur. Quadratmeter um Quadratmeter wurde bearbeitet.

Die Erde wurde Minute um Minute bearbeitet. Die Spätsommersonne verblaßte. Jannosch und Gerard waren schweigsam geworden. Sie rauchten. Sie legten die Hände um die Flamme des Feuerzeugs und schauten beide auf die Rücken zwischen den Furchen.

»Mensch, weißt du eigentlich, wie gut so 'ne Zigarette schmeckt?«

3 Sie heirateten. Das heißt, sie heirateten standesamtlich, und zwar am Dreißigsten desselben Monats September. Ich weiß genau, wie Lucie an jenem Morgen in den Waschraum ging: voller Vorfreude, mit langen Schritten. Das Hochzeitskleid ihrer Mutter war ihr in der Länge und in der Breite zu knapp und ließ die glänzend geputzten braunen Schuhe frei. Die Nase dicht vor dem schmalen Spiegel an der Rückwand, zeigte sie mir, wie sie ihren Mund mit einem knallroten Lippenstift bearbeitete. Für einen Moment fing ich da ihren Blick auf. Wehrlos, und mit einem Lachen, das wie eine Stichflamme in meinem Herzen emporschoß. Glück, das kann sehr beunruhigend sein.

Im Dorf grinste man sich eins, als der Hochzeitszug vorbeikam. Ein Opel Olympia mit dem Brautpaar und dem Vater, zwei Opel Olympia mit Bauern aus dem Nordostpolder und zwei tiefliegende amerikanische Fords mit Zigeunervolk aus dem Lager in Enschede, das irgendwie Wind von der bevorstehenden Hochzeit bekommen hatte. Die Gäste parkten auf dem Dorfplatz und gingen dann zum Rathaus hinüber. Jeder sagt, daß es windig war an jenem Tag und daß Lucie und die Zigeunerinnen wie flatternde Fahnen rumliefen. Ich persönlich erinnere mich an eine Windstille und an Sonnenlicht bis tief in den Saal hinein, wo Lucie und Joseph sich, wie's sich gehörte, erhoben, um mit Riesenbuchstaben ihren Namen ins Standesregister zu schreiben.

Nachmittags waren wir zur Stelle, eine ganze Menge von uns, unter den Apfelbäumen. Das Fest war ohne große Planung in Gang gekommen. Joseph hatte seine Verwandtschaft weiß Gott nicht informiert, denn in eine *gadscho*-Familie einzuheiraten ist ja wohl das letzte, worauf man stolz sein kann. Also machten sich die Bauern und die aus

Enschede hereingeschneiten Zigeuner zunächst einmal in streng voneinander getrennten Gruppen über den Genever her. Einer der Hochzeitsgäste war dann wohl genügend in Stimmung gekommen, um zu seinem Auto zu gehen, in dessen Kofferraum eine Harmonika bereitlag, denn auf einmal klatschte alles mit einfach sagenhafter Leidenschaft in die Hände und sang, ein Feuer loderte auf, und Gerard war einverstanden, daß sein frei herumlaufendes Federvieh eingefangen und diesem mit einer geschickten Handbewegung der Hals umgedreht wurde. Tanz! sagte die Musik an jenem Nachmittag. Wirbel herum über einem Abgrund gegenseitigen Verständnisses, nur zu! Laß in der Großherzigkeit des Rausches mal dein wirkliches Gesicht sehen! So ging das an jenem Nachmittag. Es war der schönste Nachmittag des Jahres. Ich erinnere mich noch an eine Reihe von Autos am sonnigen Wegrand und ein Stück weiter, links vom Haus, einen Obstgarten mit Bürgern und Landfahrern. Man sah sie miteinander tanzen, ja, und durchaus wohlwollend gemeinsam essen und trinken. Musik macht ein wenig kindlich. Aber wer richtig hinschaute, wie ich, sah zwei Welten, die noch immer genauso traurig voneinander getrennt waren wie zwei zerstrittene Nachbarfamilien.

Mit Ausnahme dieses einen Paars. Für sie galt die Fehde nicht.

»Weißt du was«, sagte Lucie zu ihrem Mann, »ich glaube, ich bleib dir mein Leben lang treu.«

»Das will ich dir aber auch geraten haben«, sagte Joseph.

Und dann sehe ich sie ein Stück den Weg hinunterschlendern, die beiden, sich mit einem Schritt bewegen, der viel von einer absoluten Einsicht in die Welt verrät, und das macht mich neidisch. Ich beobachte das unkomplizierte Verhalten zweier Geschöpfe, die sich selbst und einander zu kennen scheinen, Herzschlag, Blutbahn, wie Tiere, und dann fühle ich mich bis in die Fingerspitzen ausgeschlossen. Nicht, weil ich die Atmosphäre nicht kenne, die sie beide umgibt, das Geheimnis, nein, gerade weil ich dieses Geheimnis vor meinen Augen habe verströmen sehen, wie eine Flüssigkeit aus einem eingekerbten Baum, ohne auf die Idee zu kommen, die Schale meiner Hände darunterzuhalten.

Gerard sah es auch. Er sah, daß seine Tochter völlig vernarrt in diesen jungen Mann war, seinen Segen hatte sie. Wenn jemand an diesem Nachmittag zu ihm sagte: »Mit einem Zigeuner!«, dann nickte er, goß sich selbst und dem anderen noch einmal ein und antwortete: »So ist es, mein Freund.« Er verspürte keinerlei Drang, herauszufinden, warum das so war, aber es ärgerte ihn absolut nicht, daß jemand in sein Haus eingezogen war, der den ganzen Tag Kaffee trank und rauchte, der sehr laut redete und morgens, trotz der für teures Geld installierten Dusche, zur Pumpe auf dem Hof ging und sich mit keinem Menschen zu unterhalten wünschte, bevor er nicht Kopf und Hände unter den kalten Strahl gehalten hatte.

Meiner Meinung nach hatte er schon längst vergessen, daß er seinen Schwiegersohn damals, bei jenem ersten Mal, für einen anderen gehalten hatte. Diese Leute, die verwechselt man doch ganz leicht, nicht wahr? Wenn er einen schlanken Joseph im dunklen Anzug die großen Stalltüren öffnen sah, dann dachte er nicht an Jannosch. Wenn er einen jungen Mann mit schrecklich besorgter Miene und laut in einer fremden Sprache denkend Zaumzeug oder Wagenbeschläge reparieren sah, dann hatte er keinerlei Déjà-vu-Gefühl. Wenn Gerard es angenehm fand, daß er seit der Heirat seiner Tochter einen Wetterpropheten, einen Mechaniker und einen Pferdehändler zur Verfügung hatte, der sich noch auf die altmodische Kunst verstand, ein Pferd so aus dem Takt laufen zu lassen, daß der Besitzer sich für das Gebäude des Tiers zu schämen begann, so hieß das alles noch keineswegs, daß er unbedingt an etwas erinnert werden wollte, das wie ein Stachel in seinem Herzen stak.

Es gibt Dinge, denen man einfach nicht ins Auge sehen

kann. Was soll man tun? Sie vergessen? Sich abwenden? Völlig durcheinandergeraten und sich selbst der Pflicht entheben, logisch auf die so unbeschreiblich unlogisch eingerichtete Welt zu reagieren?

Gerard schlägt sich seit einem Winterabend im Krieg mit Folgendem herum: Er selbst ist nach seiner Festnahme zurückgekehrt, Jannosch nicht. Es hat eine Zeit gegeben, in der er den Atem anhielt, wenn er die Hunde anschlagen hörte: Vielleicht geht jetzt ja die Tennentür knarrend auf, und er sieht den Zigeuner, wie immer in Schwarz, in die Küche kommen. »Mahlzeit!« Sein Herz macht einen Satz. Mit einer Riesenbewegung breitet er die Arme aus.

Hokuspokus des Gewissens. Nebel, die Luftdruckunterschiede zwischen Gut und Böse. Was hatte geschehen dürfen und was nicht: Wer außer dir befand sich dazwischen? Gerard war eine kleine Schachfigur in der Widerstandsbewegung in Twente, nur ein kleines Rädchen, und er tat die üblichen, tödlich gefährlichen Dinge. Konspirieren, Leute verstecken, Überfälle begehen, nachts an der Bahnstrecke liegen, nachts durch die Wälder reiten, es gab noch mehr, die das taten. Wofür eigentlich ... ging verständlicherweise schon mal diesem oder jenem durch den Kopf. Daß es Heldenmut um des Heldenmuts willen gibt (und Verrat um des Verrats willen), ist keine ganz einfache Vorstellung. Gottesgehorsam ist, was die Prinzipien angeht, um einiges akzeptabler, oder auch Liebe zum Vaterland, oder Treue zum Hause Oranien. Was daran wohl wahr ist? Daß das Einfachste vom Einfachen – der Wille, sich nicht zu beugen – sich nur allzugern an einem höheren Motiv hochzieht? Gerard ist Bauer, ein Witwer, der mit seiner Tochter ziemlich zurückgezogen lebte. Erst nach Jahren begann Jannoschs Motiv, dessen unabwendbares Schicksal, ihn zu mahnen: Freundschaft, und er fühlte sich nicht mehr schuldlos.

Als Jannosch an einem Abend im Januar 1944 festgenommen wurde, war das für ihn weniger ungewöhnlich als für seine Schicksalsgenossen. Inhaber der Amtsgewalt stellten ihn an die Wand, durchsuchten ihn, drehten ihm den Arm um und stießen ihn durch den Regen zu einem Auto, dessen Türen bereits offenstanden. Er kannte das. Er war gut dreißig. Mit Dreißig war man damit vertraut, immer wieder mal eine Nacht in der Zelle zu verbringen. Schließlich gab es immer irgendeinen nicht bezahlten Strafzettel oder eine Aufenthaltsgenehmigung, die nie hätte erteilt werden dürfen, oder die Anschuldigung einer Dame aus Bussum, man habe ihr die Wäsche von der Leine gestohlen.

Die Fahrt der drei Autos in die Stadt ging sehr schnell vonstatten. Noch in derselben Stunde wurde Jannosch, getrennt von seinen Komplizen, an einer Reihe grauer Türen im Untersuchungsgefängnis vorbei in eine Zelle gebracht. Ein Bett, auf allen Seiten Wände und in Augenhöhe der eiserne Gucklochdeckel. Jannosch, bereits mit geschwollenem Unterkiefer, setzte sich. Gleich sollte er beim ersten Verhör eine gnadenlose Abreibung bekommen, jetzt stützte er sich noch mit den Ellbogen auf die Knie, gähnte und konzentrierte sich auf das Donnergetöse, mit dem irgendwo ein Tor zuschlug. Das hatte er schon früher erlebt. Gut. Das ist schon mal passiert. Beim Schein einer Glühbirne versank er in die Verstörtheit der Einzelhaft.

Vor allem so eine erste Stunde in der Zelle, daran mußte er sich erst gewöhnen. Er war also hier. Sein Körper war offenbar wieder einmal festgenommen worden. Er blickte auf die Wandfläche vor sich, und in seinem Hirn waren die anderen Male, als er das getan hatte. Kein Unterschied zu damals in Venlo, in Eysden, kein Unterschied auch dazu, wie sein Vater und seine Onkel auf diese Mauer gestarrt hatten. Ihr seid geliefert, ist auf den Putz gekritzelt. Nicht, weil ihr euren Wohnwagen ohne Genehmigung aufgestellt habt, ehrlich gesagt nicht deswegen, sondern weil ihr sehr lästig seid. Ihr sprecht Rotwelsch. Unser Staatssystem hat etwas gegen eure ambulanten Gewerbe, eure Spitzfindigkeiten und überhaupt gegen euer Zigeunergehabe. Jannosch war noch klein, als sein Vater und seine Onkel die Wagen einmal in Brabant an einem breiten Wegrand aufstellten.

Hinter den Pappeln kräuselte sich ein kleiner Fluß. Zwischen dem aufschießenden Schilf suchten Enten kopfunter nach Futter. Der Wagenreihe folgte schon seit Zundert die Militärpolizei. Es war den Beamten bekannt, daß diese komischen Vögel mit ihrem dunklen Äußeren oft einwandfreie Papiere besaßen. Ärgerlich, aber es gab noch immer Bürgermeister, die keine Veranlassung sahen, Männern mit genügend Erwerbsmitteln und Frauen, die Zigarren rauchten, aber schwiegen, wenn ihr Mann sprach, Steine in den Weg zu legen. Artikel einundvierzig des Strafgesetzbuchs bot dann manchmal einen Ausweg. Wenn man sich ein wenig anstrengte, konnte man jemandem Arrest in der Zelle besorgen, weil er einen Wagen am Straßenrand abgestellt hatte. Konnte man dann ein Vorstrafenregister anlegen und ihn aufgrund dessen mitsamt seiner ganzen Familie ausweisen und ihn bei Gelegenheit, wenn er wieder zurückkam, an der Grenze auch wieder zurückschicken. Die Sonne schien. Es wehte ein leichter Wind. Die Pferde waren bereits ins hohe Gras gejagt worden, als die Wachtmeister sich die Uniformjacken zurechtzogen und vortraten.

Da war es. Schritte und Schlüsselgeklirr draußen vor der Tür. Jannosch erhob sich schon mal für das nächtliche Verhör. Schwer zu sagen, wie oft er bereits von diesem oder jenem Helden dieser oder jener europäischen Obrigkeit Prügel bezogen hatte, oft genug jedenfalls, doch in jener Nacht ging es schlimmer zu als sonst. Zwei niederländische SD-Leute, Oosterlink und Plugh, wollten die Namen aller aus der Widerstandsgruppe wissen, was von ihrem Standpunkt aus verständlich war. Er wurde in einen kleinen Raum geführt. Sehr helles Licht. Ein Tisch mit einer Remington. Oosterlink und Plugh empfingen ihn lächelnd. Jannosch wußte, daß er nicht sicher war. Jeder hätte das gewußt. Dazu bedurfte es keiner Erfahrung, die Jannosch aber zufällig hatte. Vergiß nicht, er war so einer, den man nicht mit seinem Namen ansprach.

Zigeuner, sagte die Polizei. Zigeunerplage, sagte die Zeitung. Eine gründliche Lösung des Zigeunerproblems auf internationaler Ebene war in den dreißiger Jahren bei der Justiz ein Gesprächsthema, und auf den Schreibtischen des Ministeriums konnte man diverse Ideen herumliegen sehen, die der Wirklichkeit gar nicht einmal so sehr vorgriffen. Registrierung unter einer Nummer, Fingerabdrücke und, wenn es sich irgend machen ließ, permanente Überwachung. In dieser Atmosphäre brauchten sich Leute wie Jannosch nicht zu wundern, wenn ein überarbeiteter Polizist schon mal wild wurde. Wenn er mit einem Gummiknüppel dem Nachdruck verlieh, was im Grunde, wenn man's richtig verstand, lediglich eine wohlgemeinte, ja väterliche Ermahnung war, fortan in einem Haus zu leben. In dieser Atmosphäre, der Atmosphäre der Krisenjahre noch immer, konnten Arbeiter, die im Süden der Niederlande umherzogen, vor den Augen der Polizei mit Hilfe von Mistgabeln und Schaufeln dazu gezwungen werden, es doch ein Stückchen weiter, jenseits der Grenze, zu versuchen.

Doch auf dem Weg zum Pferdemarkt in Antwerpen wurde Jannosch an der belgischen Grenze gestoppt. Das geschah auf derart überrumpelnde Weise, daß das Pferd und die Vorderräder des Wagens bereits in Belgien waren, während der hintere Teil noch in den Niederlanden stand. Nicht die geringste Aussicht, daß die Belgier die Familie ins Land lassen würden, kein Gedanke daran, daß die Niederlande sie zurücknehmen würden. Nach fünf Tagen reichte es sowohl den Belgiern als auch den Zigeunern. Genau in dem Moment, als Jannosch und seine Leute losfahren wollten, kamen die Belgier, die zufällig betrunken waren, auf die Idee, ihre Revolver über den Köpfen der Pferde leer zu ballern, einfach so, um ihnen einen Schrecken einzujagen oder weiß der Teufel warum. Die Pferde stiegen, stürzten, die Zigeuner sprangen vor, und die Gendarmen, die kaum wußten, was sie tun sollten, versuchten, das Ganze zurückzudrängen, sie fuchtelten übel mit ihren Knüppeln herum und gingen, vielleicht bedingt durch den Alkohol, in ihrer Gewalt ziemlich weit.

Oosterlink und Plugh gingen noch weiter. Als Jannosch wieder in seine Zelle flog, war er nicht mehr bei Bewußtsein, und sein Kopf sah schauderhaft aus. Weil er gedacht hatte, ich gehe sowieso drauf, hatte er zurückgeschlagen, woraufhin die Behandlung ausgedehnt worden war. Er hatte nichts preisgegeben. Er hatte lediglich geflucht, leise und grob in seiner eigenen Sprache, denn mit jemandem zu reden, der Macht ausübt, das wußte er schon so lange, war nicht möglich. Er hatte nicht einen Namen genannt. Auch seinen eigenen nicht. Auf dem Tisch hatte neben der Remington ein aus seiner Innentasche stammender Lappen-mit-Foto gelegen. Niemand hatte sich die Angaben darauf ernsthaft angesehen. Zigeuner, diese ärgerliche Tatsache war bekannt, wechseln eher den Namen als den Hut. Gefälschte, geklaute oder gekaufte Papiere sind in ihrer Welt schon so lange von lebenswichtiger Bedeutung.

Jannosch schlief viele Stunden. Als er wach wurde, wußte er nicht, wo er sich befand. Er führte eine schwere Hand an sein Gesicht, hob ein Augenlid an und sah, daß hinter dem kleinen vergitterten Fenster oben in der Außenmauer vermutlich die Sonne schien. Wußte er da wieder, was passiert war? Man hat dich zusammengeschlagen, Jannosch, das Risiko war drin. Du hast dich, weiß der Himmel wofür, meiner Meinung nach aber nicht unbedingt für Königin und Vaterland, an sehr gefährlichen Aktionen beteiligt. Er seufzte. Sein Arm fiel wieder zur Seite. Und wieder verlor er das Bewußtsein.

Was vielleicht auch besser war. Es muß nicht besonders schön sein, jetzt mit seinen Gedanken bei den Kindern und der hochschwangeren Frau zu sein, die ohne Erlaubnis im

Wald stehen. Vielleicht war es besser, zu schlafen, so unnatürlich tief du nur kannst, und dich zwischendrin auf nichts anderes als deine gebrochenen Finger und diverse Blutergüsse zu konzentrieren. In ein paar Tagen kannst du wieder auf den Beinen stehen und kommst nach Amersfoort, dann nach Vught. Im Mai, geraume Zeit bevor dein Zug nach Osten geht, wirst du dort hören, daß sie geschnappt worden sind, alle: deine Frau, deine Kinder und ein paar Brüder in 's-Hertogenbosch, deine Eltern, ein anderer Bruder und deine Schwestern in der Hoefkade in Den Haag, daß sie und alle anderen am sechzehnten Mai in aller Frühe von der niederländischen Polizei aufgegriffen worden sind, auf daß unser Land in Kürze seit zweihundert Jahren zum erstenmal wieder zigeunerfrei sei.

Vielleicht besser, sich jetzt noch eine Weile ruhig zu verhalten.

Ob er noch etwas von jener früheren Schicksalszeit weiß? Ob er, benommen auf einer schmutzigen Matratze liegend, wohl weiß, daß seine Lebensbedingungen Hunderte von Jahren vor seiner Geburt begonnen haben? Wer nicht lesen und schreiben kann, verfügt oft über ein ganzes Arsenal an alten ererbten Erinnerungen. Daß die Geschichten ihm erzählt worden sind, weiß ich genau: Vor sehr langer Zeit, Jannosch, ist deine Familie schon mal in dieser Gegend umhergezogen. Eine deiner Ururahninnen beispielsweise wurde in Zutphen gehenkt. Ihre achtjährige Tochter sah zu. Zufällig kenne ich ein paar Einzelheiten. Bleib ruhig liegen, ich erzähle sie dir.

Sie hieß Demeter. Sie nannte sich Maria Jansz, man sagte aber auch manchmal »Monplaisir« zu ihr, denn diese entfernte Vorfahrin, Jannosch, rechne doch selbst mal aus, wie entfernt, war eine Frau von sonnigem Gemüt. Die Ereignisse, um die es hier geht, spielten sich um 1726 herum ab. Wir befinden uns in der Provinz Gelre. Gut. Hör zu, wenn du kannst und willst. Eines schönen Morgens in der letzten Aprilwoche wurde in den Wäldern bei Eerbeek eine Heidenjagd veranstaltet. Heiden, das muß ich noch sagen, das wart ihr. So wurdet ihr in der Zeit genannt, als jede Provinz zwar eigene Plakate aufhängen wollte, deren Wortlaut jedoch auf genau das gleiche hinauslief: Innerhalb unserer Grenzen ist der Aufenthalt für Heiden bei strengster Strafe verboten.

Maria Jansz rannte im Morgengrauen hinter ihrer kleinen Tochter her, denn das Kind kannte den Weg unter den Bäumen besser als sie. Auch die anderen der Gruppe kannten sich besser aus, so zum Beispiel ihr Mann Schoppe, ihre Schwester Laurina, ihr Schwager Cooyman und sogar die allerkleinsten Kinder, denn Maria Jansz hatte gerade vier Jahre Arbeitshaus hinter sich und mußte sich erst wieder daran gewöhnen, eine freie, wenn auch auf Lebenszeit verbannte Frau zu sein. Sie rannte hinter Mie Magdaleen in die sich entrollenden Farne und versteckte sich da. Das taten sie alle an jenem Tag und notgedrungen auch noch am nächsten. Willem van Haarsholt, der Drost des Bezirks Veluwe, war fest entschlossen, die Gruppe zu fangen, und das Gesetz unterstützte ihn. Denn wer sich in Gesellschaft der Heiden befand, tat unrecht, einfach so, dafür brauchte man nicht mal ein Paar Schuhe geklaut zu haben, dafür brauchte man nicht mal die Waffe auf einen Bauern gerichtet und mit böser, gemeiner Miene gesagt zu haben: Meine Kinder und ich schlafen heute nacht in deiner Scheune.

Als Maria Jansz am Ende des zweiten Tages Hunde hörte, wußte sie, daß sie geliefert waren. Mie Magdaleen wußte es auch. Sie saßen hoch oben in der samtweichen Gabel einer alten Kiefer, die noch warm war von einem sonnigen Tag.

»Schau mal genau, Mie Magdaleen, sind es diese verfluchten Höllenhunde?«

Deine beiden Ururahninnen, Jannosch, streckten die Nase durch die Zweige und sahen, daß sie gleich von Experten einkassiert werden würden. Vier Männer, Kerle, die seit Jahr und Tag das Amt des Armenjägers bekleideten, kamen grinsend auf den Baum zu, der mittlerweile ein einziges Gekralle und Hundegebelle war. Sie schossen wild um sich. Maria Jansz kannte die roten, mit gelber Seide gefütterten Uniformjacken noch von früher. Sie rollte mit den Augen wie eine Teufelin.

In der Arrestzelle fanden sie Laurina und ihre Kinder vor, auch Cooyman saß auf dem stinkenden Fußboden, nur Schoppe war nicht dabei. Dir brauche ich ja nicht zu erzählen, daß keiner sich sicher fühlte, als Schritte ertönten und vor der Zellentür innehielten. Zum Erstaunen aller wurde als erste die achtjährige Mie Magdaleen zum Verhör mitgenommen.

»Wo sind dein Vater, deine Onkel, deine Vettern? Sag uns ihre richtigen Namen. Sag, wo ihr die letzte Zeit geschlafen habt.«

Das Mädchen, das außer seiner eigenen Sprache Französisch, Deutsch und Niederländisch verstand, dachte gut daran zu tun, als erstes zu erzählen, daß sie getauft war, was niemand glaubte.

»In Arnheim«, sagte sie, was keinen sonderlich interessierte, denn die Provinz Gelderland hatte in dieser Zeit größere Sorgen. Jetzt, da ein jahrhundertealtes Ärgernis derart überhandgenommen hatte, daß es dafür nur noch ein Wort gab, *Heidenplage*, wurde innerhalb und außerhalb der Republik an einer gemeinsamen Lösung gearbeitet. Hoheitliche Passionen, die auf die Utrechter Union zurückgingen, wurden beiseite geschoben. Es war erlaubt, bis weit über die eigenen Grenzen hinaus Menschen nachzujagen, sie zu fangen, zu verhören und aufzuknüpfen. Eine Menschenjagd läßt sich nicht einfach so anzetteln. Für ein Aufräumen großen Stils braucht es Theorien oder zumindest höhere Motive. Was soll man im Jahrhundert des klaren Gedankens mit einer Gruppe von Hungerleidern, die sich nicht erziehen lassen? Die kosmopolitische Republik, in der ausländische Schriftsteller und Philosophen überaus herzlich begrüßt wurden, in der Bücher, die in Spanien, Italien und Frankreich verboten waren, ungehindert erscheinen konnten, die tolerante Republik der noch immer sehr reichen Kaufleute fing einen Krieg gegen eine Gruppe von Vagabunden an, die in einer Atmosphäre gnadenloser Verfolgung tatsächlich höchst lästig geworden waren. Was soll man im Jahrhundert des klaren Verstandes mit Wahrsagerei, Tierbändigung und der geheiligten Bettlerhand aus dem Mittelalter?

»Namen!« Das wurde sehr laut gebrüllt.

»Schoppe, Werenfridus, Abraham, Pierro...« flüsterte Mie Magdaleen.

Großartiges kam aus dem Kind nicht heraus, aber doch genug, befanden die Verhörenden, um jetzt Maria Jansz zu holen und sie nach einer schallenden Ohrfeige von ihrem Mann erzählen zu lassen.

»Schoppe Elias«, sagte sie und fragte sich insgeheim, wo er wohl war.

»Er ist Reiter von Beruf«, sagte sie und hoffte insgeheim, daß er daran gedacht hatte, die Herberge von Jan Libertijn aufzusuchen, einem ehemaligen Söldner, den die Polizei kaltließ und ebenso die Strafe – drei Gulden damals –, die auf die Beherbergung von Heiden stand.

Maria Jansz erzählte, daß ihr Mann Reiter in der Kompanie von Rittmeister Dammaerts in der Provinz Holland gewesen sei und später, als das Heer seinen scharfen Blick und seinen wilden Galopp nicht mehr benötigte, in Friesland Treidelpferde geführt habe. In der Hoffnung, dem Gespräch eine andere Wendung zu geben, begann sie jetzt, sich wie eine Närrin aufzuführen. Unter Gelächter und Grimassen sagte, nein, schwor sie beim lebendigen Gott, daß sie, Maria Jansz, niemals Glück prophezeit habe und auch, beim vergossenen Blut des Erlösers, kein Wort der Sprache der Heiden kenne, kein einziges Wort dieser Teufelssprache...

Im Verhörraum, wo hinter den offenen Fenstern eine Wäscheleine mit Röcken und Mützen zu sehen war, nahm die Ungeduld zu. Einer der Magistratsräte, nicht der Vogt, sondern einer der Schöffen, erhob sich, packte Maria Jansz am Hemd und zerfetzte es mit einem einzigen Ruck. Da, da war es. Auf dem Rücken, gleich unter der Schulter, schrie ein schreckliches Brandmal heraus, daß diese Heidin, ja, diese hier, einst auf dem Großen Markt von Brüssel gestäupt und danach für alle Zeiten aus den Ländern seiner Kaiserlichen Majestät Karl VI. verbannt worden war.

Zehn Tage später konnte das Gericht den Henker schicken.

Deine zweiundzwanzigjährige Ururgroßtante Laurina, Jannosch, wurde sehr schwer gestäupt, der drei Kinder wegen jedoch nicht ins Arbeitshaus gesteckt. Es war wesentlich günstiger, ihr das Brandeisen auf die Schulter zu drücken und sie für immer davonzujagen. Cooyman, dein Ururgroßonkel, wurde ebenfalls gestäupt und gebrandmarkt, wurde aber, jung und stark, wie er war, zu Arbeitshaus verurteilt, und zwar für dreißig Jahre. Um den Aufenthaltsort seiner Freunde herauszubekommen, hatte man ihn hochnotpeinlich verhört. Man hatte ihn ein wenig gestreckt, aufgehängt und eine Weile hängen lassen. Erst als man ihn zum zweitenmal aufhängte, erzählte er, an welcher Stelle im Wald zwischen Eerbeek und Loenen eine große, längliche Erdkuhle zu finden sei, in der der Rest einer einst sehr großen Familie wochenlang biwakiert habe. Schoppe wurde tatsächlich am Tag darauf gefaßt, wenn auch nicht lebend und natürlich schon gar nicht in der Nähe dieser Kuhle. In der Herberge von Jan Libertijn hatte jemand sich nicht bezähmen können. Verrat an sich kann schon eine schöne Sache sein, mit einer nicht unerklecklichen Belohnung obendrauf ist er noch schöner. Schoppe hörte den bekannten obrigkeitlichen Lärm näher kommen. Er flüchtete aus seinem Quartier, versteckte sich in einem Hühnerstall hundert Meter weiter und wurde von einem griesgrämigen Bauer, der das vollste Recht dazu hatte, mit einem Schnapphahnvorderlader erschossen.

Blieb noch Maria Jansz mit der achtjährigen Tochter.

Stell dir eine ungefähr dreißigjährige Frau mit rabenschwarzem Haar und funkelndem Blick vor, ja, tut mir leid, aber deine Ururahnin sah sehr gut aus. Sie trug drei Röcke übereinander und ein Umschlagtuch, das Familienkapital freilich, die goldenen Ohrringe, war bereits aufgebraucht. Zwei, drei Wochen saß sie mit Mie Magdaleen in der Zelle, in Erwartung, wie das heißt, eines Urteils, das sie selbstverständlich bereits kannte. Was für ein Tamtam wurde um sie gemacht! Heiden waren Heiden, Gesindel, das in Zelten in der Nähe der Grenzen kampierte. Sie kämpften lieber bis zum Tod, als sich ergreifen zu lassen. Sie flohen von einer Provinz in die nächste. Man durfte sie erschießen, bestrafen, dafür bedurfte es weiß Gott nicht immer eines Prozesses. Für Maria Jansz dagegen wurden doch wahrhaftig in Den Haag und Zaltbommel Prozeßunterlagen angefordert! Ich denke – und du wirst mir wohl zustimmen –, daß zur Abwechslung einmal alles ordnungsgemäß vonstatten gehen sollte. Was hier vor sich ging, war die Einhaltung der Gesetze.

Also aß Maria Jansz noch ein paar Wochen und trank. Die phantastische Tatsache ihres bevorstehenden gewaltsamen Todes hinderte sie nicht daran, Mie Magdaleen und sich selbst noch von Meeren und Bergen und Städten und Straßen zu erzählen – das Leben, Mie Magdaleen, bedeutet im Prinzip Glück –, und wer sie so dasitzen sähe, mit einem Anflug von Lächeln unter einem vergitterten Fenster, durch das die Gerüche der Stadt hereinwehen, der käme schlichtweg zu der Überzeugung: Jede Stunde, jede Minute nimmt dich voll in Anspruch, auch wenn du auf den Henker wartest.

Unterdessen trafen die Akten ein. 1717. Zaltbommel. Maria Jansz hatte bereits einmal die Todesstrafe bekommen.

Als Maria Jansz seinerzeit in der Nähe von Zaltbommel ergriffen worden war, da standen ihre Chancen schlecht.

Von der Gesellschaft, mit der sie unterwegs war, trugen fünf das Brandzeichen aus Brüssel und sechs das aus dem Amstelland, fünf hatte man aus Den Haag verjagt und zehn aus Kampen, einem – IJsbrand Montagne, ihrem Vater – war in Tiel die Wange aufgeschnitten worden, ihre noch kleinen Brüder Willem und Nobel waren in Friesland und Waterland gestäupt worden, und ihren ersten Mann, den man Sinte nannte, hatte man in Utrecht gezüchtigt, *freylich ohn Ihm Arm oder Beyn zu brechen*, wobei letzteres noch ein Glück war. Denn vor das Problem gestellt, irgendwo zu bleiben, konnten sie jetzt wenigstens ziemlich schnell ins verbotene waldreiche Gelderland ausweichen. Dort wurden sie noch im selben Jahr vom Schultheiß von Bommelerwaard entdeckt, als sie eines Nachts auf hohen Feuern kochten. Niemand von ihnen konnte nachweisen, auf ehrliche Weise in den Besitz des Brennholzes und des Essens gelangt zu sein. Auch ihr, Maria Jansz, mit all ihrem Talent einer vogelfreien Zwanzigjährigen, glaubte man nicht, als sie angab, sie habe den Schweinskopf in ihrem Kessel mit einem schönen Taschentuch bezahlt.

Alle Männer wurden gehenkt, und von den Frauen wollte man ihrer Jugend wegen nur Laurina verschonen. Aber sieh da, und schwer zu erkennen war das nicht, Maria Jansz befand sich in strafaufschiebenden Umständen: schwanger, und wie! Genausowenig wie ein Mensch jemals uneingeschränkt gut oder uneingeschränkt schlecht ist, ist eine mordlustige Obrigkeit uneingeschränkt mordlustig. Das Gewissen ist versessen auf Poesie. Die einfältige und unschuldige Frucht kam einen Monat später zur Welt, als die Januarsonne in alle Häuser fiel und sie ganz hell und klar machte. Es war schön, daß an diesem Tag eine Frau in einem dunklen Verlies, die dort unter wütenden Schluchzern gerade niedergekommen war, eine gute Nachricht erhielt. Die aufgeschobene Todesstrafe war aufgehoben worden. Die Ratsversammlung gewährte auf wahrlich humanistische Weise Gnade. Geh nur, Maria Jansz, will sagen:

Scher dich fort und laß dich ja nie mehr in unseren Landen blicken!

Nun, du weißt ja: Sieben Jahre später sollte man sie bei der dortigen Justiz doch wiedersehen. Sie war inzwischen wieder bemannt und leider auch wieder abgeurteilt und hatte in Den Haag gesessen. Ehrlichkeit ist nicht leicht für einen, der ewig gejagt wird, und von einem Psalmenbuch mit silbernen Schlössern kann eine ganze Familie einen Monat lang essen. Nachdem sie auf dem Groenmarkt ausgepeitscht worden war, hatte das Arbeitshaus an der Prinsengracht zwar Arbeit für die kräftige junge Frau gehabt, aber natürlich nicht für das Kind. Als Maria Jansz die Anstalt betreten hatte, die mit drei Fensterreihen übereinander das größte Gebäude war, das sie je von innen sehen sollte, bekam Mie Magdaleen einen Schubs. Dort, Mädchen, dort steht deine Familie, die achtundvierzig Stunden Zeit bekommt, um die Provinz Holland zu verlassen!

Heute würde sie zuschauen müssen.

Maria Jansz hatte mittlerweile alles, was in den Prozeßunterlagen stand, zugegeben und außerdem noch ihre Auspeitschung in der Nähe von Hamburg und die in Koblenz erwähnt, von welcher sie noch wußte, daß es um den Diebstahl von drei Kommißbroten gegangen war.

»Aus Armut«, hatte sie höflich erläutert.

Was folgte, war ein schlüssig und logisch aufgebautes Plädoyer, das mit einem kühlen Strafantrag endete.

Es war ein schöner Morgen, jener neunzehnte Mai. Gegenüber dem Schafott auf dem Marktplatz von Zutphen stand eine Reihe blühender Kastanien, unter denen das Alltagsleben zu hören war, Geschwatze und Lachen. Dann konnte man auch das Geratter eines näher kommenden Karrens hören. Die erste, die ausstieg, war Mie Magdaleen. Weil die bürgerliche Obrigkeit das junge Geschöpf dazu zwingen wollte, sein Leben zu bessern, enthielt das Urteil der Mutter, daß das Kind, um ein Exempel zu statuieren, die Hinrichtung aus nächster Nähe mit ansehen mußte.

Mie Magdaleen folgte der Richtung eines ausgestreckten Fingers, nahm an der linken Ecke des Podestes Platz und blickte mit zerknautschtem Gesicht und fassungslosen Augen in die Menge. Sie wußte, daß irgendwo Laurina stehen mußte, die Tante, mit der sie nach der Erhängung wieder losziehen würde.

Die Hände an den Röcken, kletterte Maria Jansz jetzt nach oben. Die Menge fing an zu schimpfen. Den Tumult ignorierend, vielleicht weil sie nichts davon mitbekam, drehte sie sich zum Publikum um, straffte die Schultern und wartete, ohne einen Muskel in ihrem Gesicht zu verziehen. War ihr Geist bereits entfleucht? Blickte sie, hoch über alle erhaben, vielleicht bereits auf die in der goldenen Abendsonne schimmernden Felder und Dörfer? Während eine kleine Prozession förmlich gewandeter Männer ihre Plätze aufsuchte, entstand unter den Zuschauern eine unerträgliche Spannung, die sich auf den Körper und ganz besonders auf die Augen der Heidin konzentrierte. Keinen Menschen interessierte mehr, was sie verbrochen hatte, man war lediglich darauf erpicht, ihr Geheimnis zu verletzen. Kurz vor elf, als die Sonne schon warm war, legte der Scharfrichter ihr den Strick um den Hals, und die Verurteilte wehrte sich nicht. Schau nicht hin, Mie Magdaleen, von dieser Könnerschaft wirst du nie und nimmer etwas lernen! Es wurde still. Muß ich noch erzählen, daß Demeter alias Maria Jansz, gebürtig von diesseits des Kölner Lands, das häßlichste Gesicht ihres Lebens zog?

4 Jahrelang sahen wir in Benckelo die beiden auf eine Weise zusammenleben, die in einer bäuerlichen Gegend wohlbekannt ist. Dem Anschein nach trifft *er* alle Entscheidungen. Immer konnte man sehen, daß es Joseph war, der handelte. Mit feuriger Miene begutachtete er den Hengst, mit dem Bellaheleen gekreuzt werden sollte. »Okay«, sagte er, bereits im Umdrehen, und ging schon fast genervt weg. »Gut. Ich sag Bescheid, wenn sie soweit ist.«

In jenem ersten Jahr gab es herzerfrischend viel zu tun. Die Erweiterung des Stalls, der Entwurf dazu, das Holz, die vier Millimeter dicke Dachpappe: Mit genüßlicher Überzeugung gab Joseph an, wie alles gemacht werden sollte. Lucie stand dann ein wenig beiseite. Sie verfolgte die lautstark geführten Verhandlungen, lächelte ein bißchen, blinzelte ein bißchen und sorgte dafür, daß er es war, ihr Mann, der bei der Anlieferung die Baumaterialien bezahlte.

Na los, macht, wozu ihr Lust habt, war Gerards keineswegs so abwegiger Standpunkt damals, und er fuhr fort, sein Land Hektar um Hektar zu verkaufen, wozu er sich aus irgendeinem unerfindlichen Grund entschlossen hatte. Daß Josephs Ernst und Vorstellungswelt sich perfekt in den Herzschlag seiner Tochter einzufügen schienen, war eine Sache. Die andere war, daß das kleine Gestüt mit der Zeit immer höhere Gewinne abwarf.

Ehrlich gesagt, glaube ich nicht, was alle glaubten: daß Lucie ihrem Mann untertan war. Was er wollte, war richtig, das schon, und was er verabscheute, das fand auch sie falsch. Einmal, als sie schwanger war und in einem großen Emailtopf Muscheln kochen wollte, da verbot er ihr das mit einer Handbewegung, die stark an eine Ohrfeige erinnerte. Aber wie das mit den beiden wirklich war, darüber erfuhr man nicht so leicht etwas. Wenn Joseph, um nur ein Beispiel zu nennen, im Frühsommer verschwand, ein Ereignis, das Lucie jedesmal völlig überrumpelte, das im Dorf jedoch nach den ersten paar Malen als unvermeidlich und vorhersehbar betrachtet wurde, wenn Joseph also im Mai nach Hengelo abbog, dann lief der Pferdehof in perfekter Ordnung weiter.

Benckelo ist schön im Sommer. Wenn Lucie ihrer beider Leben allein auf sich nahm, dann schossen die Felder in die Höhe. Dann versanken die Bauernhöfe im grünen und gelbbraunen Land so weit, daß sie niedrig und flach erschienen und genauso wohlgenährt aussahen wie die Kühe, die mit angewinkelten Beinen dalagen und wiederkäuten. Der Boden besteht hier aus diluvialem Sand, vermischt mit dem Lehm kleiner Flüsse und Bäche. Das alles klingt sehr friedlich, würde man sagen. Und trotzdem hat an der Nordwestseite des Dorfs ein Schloß mit zwei Toren gestanden. Die Gegend rund um Benckelo hat reichlich Gewalt erlebt. Spanier, Preußen und Franzosen schickten ihre Reiter auf heckengesäumten Wegen nach Enschede und Hengelo. Plünderungen, endlose Auseinandersetzungen mit den Bischöfen von Münster, die erst im achtzehnten Jahrhundert einlenkten, ja, als man der Meinung war, das Problem dieser elenden Landstreicherei könne doch besser gemeinsam angepackt werden. Der letzte Zigeuner, der damals in dieser Gegend aufgegriffen wurde, war ein kindlicher alter Mann, den man Hondje nannte. Der, der ihn anbrachte, erhielt eine Prämie von dreißig Karolusgulden.

Pferde und Maschinen, auf den Feldern Männer und Frauen mit zupackenden Händen in der Farbe von Weizen. Dieses Land hat immer für Arbeit und Brot gesorgt. Um deinen Betrieb instandzuhalten und ihn möglichst noch etwas zu erweitern, brauchst du einen Partner. Trotzdem wird, auch hier, die Ehe seit langem vorzugsweise aus Liebe geschlossen. Da gibt es *einen* Menschen, *ein* unbegreifliches Wunder, das nur in deine Welt gehört. Was ist beruhigender, als diesen Himmel auf Erden in deine Küche zu führen, in deinen Stall? Ist es nicht entschieden das Beste, den

Wahnsinn deines Herzens, der eigentlich unerträglich war, mit einer Pflugschar, einer Schürze, einem Tisch für deine Kinder, einem Gemüsegarten, einer ganzen Reihe Kühe zu bändigen? Eines Tages dann ist die Liebe ruhig geworden, so ruhig, daß man fast nichts mehr von ihr merkt.

Lucie war ein Kind, das früher, in der Schule, während des Unterrichts oft einschlief. Breit verschränkte sie ihre Arme auf der Bank, legte den Kopf darauf und schloß die Augen. Ich habe immer geglaubt, ich verstünde alles besser als sie. Ich verließ das Dorf und ließ mich treiben. Sie wurde Bäuerin. Um sechs Uhr morgens stand sie auf und ging in die Küche, um die Hunde zu versorgen. Sie schaltete das Radio ein und weckte die Kinder. Während des Kaffeekochens löste sie ihre dicken Zöpfe. Frühling um Frühling kam der Morgen, an dem man sie auf dem Weg neben dem Obstgarten finden konnte, wie sie dem Auto ihres Mannes nachsah, eine Frau mit kräftigen Knien, die geduldig zu erkennen gab, daß sie folgendes verstand: Sie war verliebt in einen Fremden. Der Mann, der mit ihr schlief, der jeden Spätsommer zurückkommen durfte, um sich im Bett an sie zu schmiegen, mußte ihr unendlich vertraut, aber am liebsten auch unendlich fremd sein. Sie hatte, was man geschwungene Lippen nennt. Wer bist du? fragten sie. Und was hast du erlebt? Dann schwiegen sie. Die Ellbogen auf den Tisch gestützt oder im alten Sessel versunken, wartete sie auf die Geschichte, die sie gleich zu hören bekommen würde. Sie war sein Sultan. Sechzehn Jahre lang konnte sie sich im Herbst, im Winter und im Frühjahr hundertprozentig sicher sein, daß er sie nicht verlassen würde.

Sie fand es komisch, daß sie nicht zu Hause gebären durfte. Er brachte sie im letzten Moment in die Klinik, und da kam an einem nebligen Morgen Katharina zur Welt. Sie fand es eigenartig und schämte sich fast, als sie wieder zu Hause war und er nach einem Routinebesuch des Arztes unbedingt wissen wollte, aus welcher Tasse dieser getrunken habe.

»War es die hier?«

Sie nickte und folgte ein wenig neugierig seinem Blick zum Geschirr auf der Spüle. Die benutzten Tassen, die Löffel und ein paar Teller sahen in ihren Augen völlig normal aus. Der Doktor war ein schon etwas älterer Mann mit grauen buschigen Brauen über den Augenhöhlen.

»War es die hier? Kannst du's beschwören?«

Sie zögerte und bückte sich, um den Hund zu streicheln, der an ihren Schuhen schnüffelte.

»Ach, Joseph«, murmelte sie, »laß doch.«

Sie erschrak sich zu Tode von dem Geklirr und sah nur noch, wie er mit beiden Händen das gesamte Geschirr zusammenfegte. Geschäftig, aber ohne das geringste Anzeichen von Wut, ging er ein paarmal zwischen Küche und Nebenraum hin und her, um alles in die Mülltonne zu werfen.

Daß er jeden Tag denselben Anzug trug, daß er sie unter gar keinen Umständen pinkeln hören wollte, daß er bei einem Film im Fernsehen heulte, daß er ein Pferd, mit dem schon seit Wochen irgend etwas Unbegreifliches im Gange war, zu heilen verstand, indem er ihm mit einem ganz scharfen Messer in den Hals schnitt, das Blut in heftigen Stößen hervorschießen ließ und danach die Haut mit einer Schnur sehr stramm zusammenband ... sie fand das alles merkwürdig und wunderbar. Sie schüttelte den Kopf, streichelte ihn ein wenig, zumindest wenn sie allein waren, oder sagte mit einem Gesicht, als wäre alles total an ihr vorbeigegangen: »Noch eine Woche, dann bekommen wir Schnee. Wie wär's, wenn wir morgen anfangen würden, das Wellblech und die Ketten wegzuräumen?«

Und dann gehorchte er ihr. Dann brachte er den Hof für den Winter in Ordnung, während sie die Pferde striegelte. Dann half er seinem Schwiegervater im Gewächshaus, legte Leitungen um, zimmerte, während sie sich die Sattelkammer vornahm. Er trug die Kinder auf dem Arm, streichelte und küßte sie und schlug sie bis zu ihrem neunten Lebensjahr nie, das tat sie. Das Leben lief genau so, wie es sollte.

Sie ging durch den getrockneten Schlamm, er stand im *De Kraan* am Tresen, sie schnitt Kohl, Äpfel, Kartoffeln klein und machte einen Eintopf daraus, er rauchte und sah fern. Der Wind peitschte das Haus, von Westen zogen metallische Wolken auf, und nachts plätscherte ein Wasserstrahl aus einem Loch in der Regenrinne. Er kam mit dem Plan, einen ausgedienten Mercedes teilweise auseinanderzubauen, mit Hilfe eines Kettenantriebs das Übersetzungsverhältnis der Hinterachse zu verändern, die Kardanwelle zu verlängern und so im Handumdrehen einen mit Petroleum laufenden Trecker daraus zu machen, sie schaute auf seine gestikulierenden Hände und hielt es für eine gute Idee. Gut fand sie auch, wie er mit den Pferden umging, die gehorchten ihm, und mit den Hunden, die knickten aufgrund des Ansehens, das er bei ihnen genoß, manchmal in den Beinen ein und krochen auf dem Bauch auf ihn zu. Eisige Felder, Glockengeläut, Vögel, im Winter standen die Pferde manchmal zu lange im Stall. Es war wie ein Rausch, dann Seite an Seite mit diesem Mann die ungebärdigen Tiere abzureiten. Den halbbefestigten Weg entlang der Smeenk-Fabrik zu nehmen, zum Waldrand zu kommen, zuerst rechts und gleich danach links abzubiegen, über einen Steg zu springen, einem Sandweg zu folgen, der in einer Gabelung endete, und etwa vierhundert Meter dahinter in ein Heidegebiet zu gelangen, das vor allem im Winter von sinnbetörender Anmut war. Im Frühling begleitete sie ihn manchmal zum Fluß. Während er seine mickrige Angelausrüstung inspizierte, saß sie neben der Dose mit dem Köder. Sie liebte seine Herumkommandiererei und sein Geschrei, seine fremdartige Ausdrucksweise; wenn er sich nicht in ihrer unmittelbaren Nähe befand, war die Welt aus dem Gleichgewicht. Kam er, so war alles wieder gut. Neben ihr ertönte ein schwacher Schrei. Den kannte sie. Die Angelleine flog in die Höhe, und sie wußte, daß ein Fisch angebissen hatte, wie es dank des in das Harz der Steineiche getauchten Köders immer innerhalb kürzester Zeit der Fall war. Mit anderen Worten: Die Monate gingen dahin, und Lucie, in ständiger Nähe ihres Mannes, sah, wie ihre Verliebtheit Stück für Stück ausgefüllt wurde.

Bis dann eine Pause kommt, eine Atempause. Er durchstreift den Balkan, sie trainiert Bellaheleen und Lucky Boy, mit denen sie im September aufs Turnier nach Zwolle will. Sie gibt den Kindern Süßigkeiten und Obst und den Hunden Pansenstücke. Mit ihrem Vater und ein paar Knechten steht sie am Rande des Maisfelds und raucht. Sie hört, wie der raschelnde Wald hinter ihr den Klang einer Stimme weitergibt, heiser und schroff. Dann verwandelt diese sich in ein Rauschen, als ein dichter Schwarm von Vögeln plötzlich zum Himmel emporfliegt, wo sich eine Straße schwerer weißer Wolken würdevoll voranschiebt. Deliriumserscheinungen. Ein Teller kriecht zum Tischrand und fällt hinunter. Eine Krähe sitzt auf einem Baum und miaut wie eine Katze. Kunststücke einer Verliebtheit, die frei über den Hof schweift. Es wird September. Sie verspürt ein Kribbeln im Magen. Als sie eine Woche später wach wird, riecht sie den Geruch von Eisen und feuchter Schnur. Mit dem Gesicht zu ihr liegt er fest schlafend da.

Als erstes fragte er sie immer nach den Springpferden.

»Wie geht Bellaheleen?«

»Wie eine Athletin, Joseph, ja, wirklich, du wirst schon sehen.«

Es war Morgen. Sie schlenderte mit einem Kleinkind auf dem Arm neben ihm zu den Ställen.

»Wenn du sie nur läßt, dann brauchst du ihr keine Bewegungen beizubringen.« Sie lachte los. In ihrer Kehle hatte sich Fröhlichkeit angestaut. »Die Seitwärtsgänge, Joseph, die macht sie mit links!«

Er drängte sich vor ihr in den Stall. In der Putzecke stand der Stallbursche und striegelte Lucky Boy.

»Nervig!« erläuterte sie, während Joseph das Tier streichelte und mit ihm sprach. »Aktiv, gut in der Vorhand, und er legt nie die Ohren an, wenn man ihn treibt. Aber nervig, tja, das ist er wirklich.«

Sie erzählte ihm den Sommer. Sie schenkte ihm, in Worten, die vergangenen Monate, die Arbeit, das Geschäft, das Training und die Dressur, und sie machte ihm klar, daß im Mittelpunkt dieser Dressur sie, sie gestanden hatte. »Verdammt noch mal, Joseph, das geht doch nur mit einem Pferd, das auch will ...«

»Lucky Boy, Timone, Bellaheleen«, sagte Joseph vergnügt, während er an den Boxen vorbeischlenderte. »Das sind alles solche heißblütigen Tiere.«

»Und so muß es auch sein!« Sie nickte leidenschaftlich. »Die Gutmütigen, die sich so schön zurechtkneten lassen, ach, Joseph, die muß man zum Schluß doch regelrecht treten, damit sie überhaupt noch was tun!«

Später am Vormittag rückte er mit seinen Berichten heraus. Sie saßen drinnen, am Tisch. Joseph, den Hut noch auf dem Kopf, erzählte ihr, dem Stallburschen und Gerard, daß er am Tag zuvor in einem Rutsch von Magdeburg bis nach Hause gefahren war. Wegen eines alten Mannes, den er mitgenommen hatte, ein entfernter Verwandter großmütterlicherseits, hatte er einen Umweg zum Wohnwagenlager in Stein gemacht.

Um etwas zu sagen, fragte sie: »Wie hieß er?«

»Das war Lazaro Theodorovic«, sagte Joseph und fügte noch hinzu, daß es ein Bosnier sei, aus einer sehr alten Familie von Bärenführern.

Sie erhob sich. In einem kleinen Stieltopf auf dem Herd kam die Milch hoch.

»Meine Augen hatten ihn den ganzen Sommer über gesehen«, sagte Joseph. »Er hatte ein scharf geschnittenes Gesicht, das im Dämmerlicht noch schärfer wurde. Er hatte eine Kellerstimme.«

Sie starrte ihn an, den Topf und den Schaumschläger in der Hand.

»Er trug ein rotes Tuch um den Kopf, eine Art Turban.«

Ihr Gesicht war gerötet, als sie den Kaffee eingoß. Verwundert lächelnd, kein Mensch wußte, warum, schob sie Teller und Kuchengabeln über das Tischtuch.

Aber ich wußte natürlich, was sie beschäftigte. Lazaro Theodorovic, wiederholte sie in Gedanken. Lazaro Theodorovic. Sah sie die scharfen Wangenknochen seines Gesichts im Dämmerlicht? Machte sie sich eine Vorstellung von der Kellerstimme? Was Joseph erzählt hatte, in Worten, die sie unmittelbar berührten, gehörte zu einer Geschichte, die mit ihr nicht das geringste zu tun hatte, und ich wußte, daß sie dachte: um so besser. Warum sollte sie auf der Suche nach sich selbst sein? War sie nicht das Ding, dessen Geschmack sie schon ihr ganzes Leben lang kannte? Die Nase über dem Kaffee mit der heißen Milch, sann sie über das rote Tuch nach, das zwar wie ein Turban um den Schädel eines alten Mannes gewunden war, aber genausogut – wie, wußte sie nicht genau – etwas über ihn, Joseph, erzählte.

Es sollte allerdings noch etwas dauern, bis sie mehr über Theodorovic zu hören bekam. Die ersten Tage war soviel los. Beim Streichen des Hühnerstalls erzählte Joseph ihr außerdem ein paar andere Geschichten. Er war offenherzig, der Stromer. Daß er im Sommer wegfuhr, bedeutete weiß Gott nicht, daß er sie ausschloß. Ich werde dir von Parasja erzählen, sagte er zum Beispiel eines Abends im November, und Gerard und anfangs auch ein paar von den Kleinen saßen dabei. Sie war die Enkelin eines Teppichhändlers aus Banja Luka, dessen Halbbruder von einem entfernten Blutsverwandten von mir auf unverzeihliche Weise beleidigt worden war. Lucie nickte. Erzähl weiter. Sie lauschte mit allen Poren. Nie versuchte sie dahinterzukommen, was und in welchem Ausmaß die Geheimnisse, die ihr in suggestiven Sätzen entgegenstrahlten, mit der Welt zu tun hatten. Hat er sie wirklich nie wiedergesehen? Hat er sie denn nicht überall gesucht? fragte sie, als die Geschichte zu Ende war, und das tat sie nur, um die Stimme, die Stimme, die die Worte in Szene setzte, noch etwas in Gang zu halten.

Eines Nachmittags im Mai hatte sie einen Unfall mit ihrem Pferd. Das kann dem besten Reiter passieren. Sie ritt auf einem frisch eingerittenen Fuchswallach an einem Roggenfeld entlang, als das Tier über eine schwarze, im Wind flatternde Silofolie erschrak, einen Satz zur Seite machte und im Graben neben dem Straßenrand landete. Keine fünf Minuten später wurde Lucie von einer nachfolgenden Autofahrerin bemerkt. Blaß und mit einem angeknacksten Halswirbel ging sie am Straßenrand entlang. Sie mußte einen Moment lang das Bewußtsein verloren haben. Als sie wieder zu sich kam und sah, daß das Pferd nicht mehr da war, blieb ihr nichts anderes übrig, als nach Hause zu laufen.

Christina Cruyse stoppte. Sie langte nach rechts, um die Beifahrertür zu öffnen und Lucie schnell nach Hause zu bringen.

»Es sind und bleiben Nervenbündel«, sagte sie kurz darauf halb spöttisch, halb ernst, als Lucie ihr von der schwarzen Folie und dem Graben erzählt hatte. Dann bog sie auf den Hof. Der Fuchswallach stand bereits wartend unter der Linde. Sie stiegen aus. Christina Cruyse erbot sich, das Pferd abzusatteln und in die Box zu bringen.

»Das ist nicht nötig«, sagte Lucie.

Als Joseph gegen drei nach Hause kam, fand er es überall sehr still. Die Kinder waren noch in der Schule, auch Gerard war nirgends zu sehen. Im Schlafzimmer lag Lucie, gar nicht gut beieinander, auf der Steppdecke. Ihre Augenlider waren halb geöffnet, die Iris schwarz. Er kniete sich neben dem Bett hin und blickte auf die Schweißtröpfchen an ihrer Nase und Oberlippe. Noch nie hatte er eine Frau mit einer derartig weißen Haut gesehen. Als sie ihn erkannte, lachte sie ihn an, so fand er, wie ein Kind, das sich verlaufen hat.

Obwohl er eigentlich im Begriff gewesen war, wegzufahren, blieb Joseph daheim, zwei von den drei Wochen, die Lucie den Hals nicht drehen durfte. Und obwohl er nicht mehr in der Stimmung dafür war, gab es Momente, in denen er mit dem Rücken zu den Fenstern dasaß und schwadronierte, als wäre es noch Winter. Ich bin nie dahintergekommen, was sie sich eigentlich genau vorstellte, wenn er vom Vogelsberg erzählte, von den Zelten bei einem Bergarbeiterdorf in Serbien, den Wasserbüffeln, den Bergstraßen, dem Geld, das Dinar oder Pengö hieß: kleine Stücke von ihm selbst, die er zu ihr brachte. Aber als sie nach Theodorovic fragte und er tatsächlich von ihm zu erzählen begann, da war es, als ob ich diejenige wäre, die auf dem Sofa lag, platt auf dem Rücken, mit einem Gipskragen um den Hals.

»Theodorovic«, sagte Joseph, »kam mit einer Gruppe von zehn, zwölf Leuten mit einem Schiff von Lemmer nach Kampen. Das war lange vor dem Krieg. Sie hatten drei Bären und einen Esel bei sich und beabsichtigten, musizierend durch die Straßen zu ziehen. Aber Kampen ließ sie nicht an Land gehen.«

Dritter Teil

1 Deshalb fuhren sie am nächsten Morgen weiter. Im Hafen von Harderwijk ging ein Teil der Gesellschaft ohne Probleme von Bord. Wie es ihnen in der Stadt und in den Dörfern des Hinterlandes erging, tut hier nichts zur Sache. Es reicht, wenn ich dir sage, daß die Familie von Lazaro Theodorovic, die seiner Schwester sowie eine Großmutter mitsamt ihren Tieren die Seereise fortsetzten. Es war ein bewölkter Tag mit viel Wind. Über dem Schiff kreisten kleine Raubvögel. Das Licht des Spätsommertags wurde bereits fahl, als sie Huizen erreichten, ein Dorf mit tausend Einwohnern, von denen die meisten sterben, ohne je etwas anderes gesehen zu haben als Wasser, Schiffsmasten mit schwarzen Segeln und Fisch. Sie legten in einer ruhigen Stunde an. Theodorovic und seine Leute konnten die Tiere aus dem Schiffsbauch ungehindert zur Laufplanke bringen und über einen baumbestandenen Deich mit ihnen davonspazieren. Nur drei Mädchen, die ihnen Arm in Arm entgegenkamen, blieben stocksteif stehen und sahen sich danach noch eine ganze Weile um.

Hier wurde Joseph unterbrochen, weil einer der Hunde auf dem Hof anschlug. Von seinem Stuhl am Fenster aus spähte er kurz über die Schulter nach draußen, in einen trüben Maiabend. Da ist nichts, dachte ich ungeduldig, erzähl doch weiter, da wendet lediglich ein Auto auf dem Randstreifen. Zwei Lichtbündel strichen über den Weg, dann wieder Stille. Es war dämmrig und warm in der Küche. Ich hörte Gerard in der Ecke neben dem Ofen schläfrig seufzen. Aber Lucie, fast unsichtbar ausgestreckt auf dem Sofa, hob die Hand, um zu erkennen zu geben: weiter, und dann? »Sie schliefen in einer offenen Scheune«, sagte Joseph. »Gegenüber einer riesigen Windmühle mit Segeln an vergoldeten Achsen, die die ganze Nacht wie ächzende Seelen im Kreis herumsausten.«

»Sie hatten also Obdach bei dem Bauern bekommen?« fragte Lucie.

»Bärenführer bekommen immer Obdach.«

»Wieso?«

»Jeder Bauer weiß, daß ein Bär die Seuchen vom Hof mitnimmt und vertreibt.«

»Das weiß ein Bauer?«

»Selbst wenn er noch nie einen Bären gesehen hat, weiß er das.«

Joseph dachte kurz nach, runzelte die Stirn und suchte mit seinem Blick Lucies Augen.

»Ich erzähle dir das, wie ich es von Ottoman gehört habe, dem Sohn von Theodorovic«, sagte er dann. »Er ist Schmied und wohnt in einem Dorf in der Nähe von Mostar. Den werde ich nicht so schnell vergessen, das Bärenführen steckt ihm irgendwie im Blut. Wenn ich dir heute abend erzähle, wie ein Mädchen auf dem Marktplatz von Weesp von einem Bären totgebissen wurde, dann kommt diese Geschichte aus der Gegend um Mostar in Bosnien, wo wir eines Abends nach dem Essen unter dem Mond beisammensaßen. Wenn ich dir erzähle, daß dieses Mädchen wie eine Königin gekleidet war, mit goldenen Nadeln an der Stirn und einer spitzen Gazehaube, dann tue ich das mit Worten, die das Eigentum meines Vetters Ottoman sind. Möge sein Leben fortan ein Spaziergang sein. Mögen seine Feinde im Knast krepieren!«

Joseph begann ausgiebig und mit einer gewissen Zufriedenheit zu husten. Zufrieden, daß er die Frage des Urheberrechts geregelt hatte? Danach klang seine Stimme tief und leise, aber sogar für mich war sie sehr gut zu verstehen.

An jenem Sonnabend gaben sie im Dorf ihre erste Vorstellung. Zu den aufreizenden Klängen eines altertümlichen Rebecs, einer viersaitigen Balkanfidel, die von Theodorovics Schwager mit alarmierender Besessenheit gespielt wurde, marschierten sie in feierlicher Formation die

Hauptstraße entlang. Vorneweg die beiden Bären, die von dem wie ein Vagabund gekleideten Theodorovic und seiner Schwester in einer goldbestickten Türkenhose dazu angehalten wurden, sich von Zeit zu Zeit auf die Hinterbeine zu erheben und, gleichsam auf der Suche nach Publikum, die halbblinden Köpfe in Richtung der Fenster zu drehen. Die Bewohner des Fischerdorfs kamen interessiert herbei. Sie lachten den vier Kindern zu, die gewohnheitsgemäß flehend die Hände ausstreckten, und eine Doppelreihe von Schulbuben teilte sich auf einen Wink ihres Lehrers hin und blieb mit abgenommenen Mützen stehen, um die Großmutter auf dem Esel vorbeizulassen.

Sie kamen auf den Marktplatz. Es war Punkt elf. Kurzzeitig wurde der Rebec von einem ratternden Glockenspiel übertönt. Dann war nur noch Theodorovics Stimme zu hören, der, um die Neugier des Publikums anzustacheln, eine Rede in der Ursari-Sprache begonnen hatte, wobei er den Leuten einem nach dem anderen in vollem Bewußtsein seiner Autorität in die Augen sah. Das Mädchen, eines der drei, die am Abend zuvor über den Deich spaziert waren, stand ganz vorn.

Sie war hübsch, vielleicht ein wenig mollig. Ottoman zufolge hatte sie die mondfarbene Haut und den trägen Blick einer Vierzehnjährigen, die in Kürze einem Mann versprochen werden wird. Festkleidung trug sie natürlich noch nicht. Auf die Idee sollte sie erst später kommen, kurz bevor der Bär sie biß, am Abschiedstag in Weesp. Als Theodorovic, der seine Rede beenden wollte, zum Schluß ihre Augen suchte, merkte er, daß keine Macht der Welt imstande wäre, diese grauen Tiefen von etwas Ehrfurchtgebietendem hinter seinem Rücken abzulenken: dem einen Bären, seinem, der Bruin hieß. Unverzüglich sprang er zur Seite und richtete seinen zwei Meter langen Stock auf das Tier.

»Appa, Bruin!«

Der Bär trottete auf vier Beinen vor. Das Tamburin begann ihn anzufeuern.

»Appa, Bruin, stara planina. Hopp, hopp, hopp!«

Da richtete sich vor den starren Blicken des Mädchens das honigbraune Tier auf, wild, mit ausgestreckten Vorderbeinen, deren Krallen sie an etwas erinnerten, für das es keine Worte und auch keine Begriffe gab. Der Kopf mit dem Maul lachte gutmütig, und in den halb geblendeten Augen las sie, daß Dinge eine Kehrseite haben.

Bruin tanzte. Er trat vor und auch zur Seite. Er wackelte mit dem Hintern. Er war üppigst behaart. Der andere Bär, Martin, wurde von der Frau jetzt auch in das Spektakel mit einbezogen. »Hojle, Martine!« schrie sie, und jeder konnte sehen, daß das hieß: Tanzen, Martin, und zwar ein bißchen dalli! Die Bären, so erzählte Joseph, ergötzten die Bewohner von Huizen und flößten ihnen Respekt ein, nicht nur vor ihren Kunststücken, sondern auch vor der höllischen Geduld, mit der diese in einem Lager im Balkangebirge einstudiert worden waren, und damit auch, im weiteren Sinne, vor dem Lager und dem Gebirge selbst.

»Verdammt, Lucie, was es allein schon bedeutet, die Tiere am Ende des Winters zu fangen!«

Dafür waren sie in den bulgarischen Balkan gezogen, über den Paß bei Tărnovo, im westlichen Teil, der das Alte Gebirge genannt wird. In der Zeit, als die Kosaken hier kämpften, hatte sich ein Zweig von Theodorovics Familie dort niedergelassen, die wie Lazaro und dessen Verwandte zum Stamme der Ursari gehörte. Sie hielten den Ramadan ein, feierten aber auch das Fest des heiligen Petja. Alle waren sehr bewandert im Umgang mit Bären. Nach Wochen beißender Kälte traf Vater Aasap Theodorovic mit Frau, Kindern und Packeseln an der hochgelegenen Stelle ein, wo die Familie in Zelten, die sie aus den Häuten schwarzer Ziegen angefertigt hatte, biwakierte. Hart, rätselhaft teilnahmslos, überstanden diese Menschen die Qualen des Winters. Sie sagten, sie wüßten für Lazaro, den Sohn Aasap Theodorovics, und für Thuli, die Tochter, ein paar gute Bären, zweijährige, behaupteten sie, die sie, noch kurz bevor der Winter einbrach, beobachtet hätten. Sie sagten, sie würden sie fangen, sobald die Mutter herauskäme, um die Frühlingsluft zu schnuppern. Und so geschah es. Am Abend eines der ersten Frühlingstage befanden sich im Lager der Ursari zwei Tiere, die, wenn die Zeichen nicht trogen, Spaß, Geld und Gesundheit bringen würden. Nach anfänglicher Untröstlichkeit fügten sie sich rasch, denn der ganze Stamm tat nichts anderes, als ihnen Koseworte zuzuflüstern und sie zu verwöhnen. Keiner der Ursari war so dumm, zu glauben, die jetzt beginnende Lehrzeit würde der Seele der Bären etwas anhaben. Denn genauso wie sie selbst durch die Wildheit der beiden Bären bereichert wurden, würden diese Spaß daran finden, die menschlichen Signale verstehen zu lernen, die sie dazu veranlaßten, sich auf dem Boden zu rollen, im Kreis zu drehen, die Tatzen hochzuheben.

In der Erde neben dem Fluß, wo der Boden aus Lehm besteht, legten Lazaro und Thuli ein schwelendes Feuer an. Sie deckten es mit einer Eisenplatte ab und ließen die Bären abwechselnd über die Platte auf sich zulaufen. Wenn das Tier, von der mysteriösen Wärme überrascht, reflexartig die Tatze hob, rasselten sie mit dem Tamburin. Bald kannten Bruin und Martin die unerbittliche Verbindung zwischen dem Tamburin und ihren Muskeln.

»Bruin!« sagte Lucie auf einmal, und ich war froh, daß sie es tat. »Wie konnte der Bär denn einen niederländischen Namen haben?«

Joseph drehte sich zur Anrichte um. Weil sein Schwiegervater im Lehnstuhl eingeschlafen war, goß er nur sich und Lucie Kaffee ein. Lucie richtete sich mit einer behutsamen Bewegung ein Stück weit auf, das Gesicht leer, jedes Ausdrucks beraubt durch die Geschichte, die sie vielleicht wegen der Jahreszeit besonders schön fand. Morgen würde der ganze Obstgarten in Blüte stehen, doch soweit es Joseph und sie betraf, war es Winter.

»Na ja«, sagte Joseph. »Bruin. Und ich sag dir, das ging

Ottoman glatt über die Lippen. Er sagte, daß sie diesen Namen dort schon lange für Bären hatten, schon seit der Zeit des Türkenkriegs, als einer seiner Urgroßväter in die Niederlande gezogen war, ja, in dieses flache Land, wo so viele Kühe muhen, wo es seinem Vorfahren aber ziemlich mies erging, als seine Gruppe von der Grenzpolizei auf ein Fährboot gesetzt und mit Gewehrschüssen aus der Provinz Limburg über die Maas gejagt wurde. Der Bär, der dabei getroffen wurde, hieß Bruin.«

Joseph ging auf und ab, ein paar Schritte zur Zwischentür, ein paar zu den Fenstern, hinter denen es goß. Lucie schien ihren Mann zu beobachten, aber ich weiß, daß sie von nichts anderem berührt wurde als von seinem Erzählen in einem weichen, von Gott gegebenen Tonfall, sag ruhig herzzerreißend, der in ihrem Alltagsleben einfach undenkbar war. Ließ er sie in aller Aufrichtigkeit hören, in was sie so verliebt war? Es gibt Menschen, die das, was sie zu sagen haben – und damit meine ich die sehr persönlichen Dinge –, lieber in ein Gebiet verlagern, das sehr viel klarer, sehr viel aufschlußreicher ist als die eigene Psychologie. Was ich meine, ist folgendes. Als Joseph sagte: »Stunden später, am selben Tag, als sie in Naarden eine zweite Vorstellung gaben, war das Mädchen wieder da ...«, da überlief es Lucie für einen Moment kalt.

Sie war durch einen Wald von Birken und Farnen hinter der Truppe hergelaufen. Sie hatte vergessen, daß es Samstag war. In der Stunde, als ihre Mutter das Huhn für den Sonntag gerupft und angebraten hatte, hatte sie den Huizerstraatweg überquert und war, vorbei an einigen reichen Höfen, in Naarden gelandet, einer Stadt wie ein sternförmiger Kerker, die an ihrer einen Aussicht genug hat: der Kirche, der größten der Niederlande, die genau in der Mitte aufragt und den Himmel ganz und gar in Beschlag nimmt.

Als sie sich auf dem kleinen Kirchplatz, der nicht mehr war als eine verbreiterte Fortsetzung der Galerie, in der vordersten Reihe des Publikums auf den Boden setzte, da spürte sie von neuem den irrsinnigen Charme der Bären.

»Vorsicht!« sagte ein Junge, der neben ihr saß. »Diese Viecher sind zu allem imstande.«

Sie sah ihn mit einem mitleidigen Lächeln an.

Wieder werde ich erzählen, was Bruin vor ihren Augen so alles zum besten gab, denn die Dressur, die Verschwörung zwischen Bruin und dem Ursari, war ein Teil der Obsession, die ihr Lebensschicksal bestimmen sollte.

Er winkte mit der Tatze und ließ sich von Theodorovic einen Kamm bringen. Er winkte noch einmal und bekam einen Schal. Er brachte sein Äußeres in Ordnung, tanzte ein paar Minuten lang und legte sich dann dicht vor den ersten Zuschauern auf die Seite, drückte eine Pfote an seine Wange und hielt, während das Publikum lachte, den Kopf verführerisch schräg: Sie wollte ihn berühren. Das Mädchen, von dem Ottoman wußte, daß sie in der Fischsalzerei ihres Vaters arbeitete, streckte die Hand aus, und nichts hätte sie gehindert, eine der Monstertatzen zu ergreifen, hätte nicht das Tamburin gerasselt, das Bruin blitzartig aufstehen ließ.

»Er war auch keine fremden Hände gewöhnt.«

Nicht Bruin, Martin war das Tier, das angefaßt werden durfte. Ottoman sagte, das Schauspiel bekomme einen anderen und in gewissem Sinne tieferen Charakter, wenn Martin mitmache. Denn er, dressiert durch die Kraft einer Frau, habe gelernt, Heilung zu bringen. Dieser Bär könne durch das Auflegen einer seiner Tatzen, deren Krallen man ihm ausgezogen habe, Gicht und Geschwüre heilen, er könne ohne das geringste Ungemach für den Betroffenen Migräne, Epilepsie, Aderbrüche und Lendenschmerzen zum Verschwinden bringen und manchmal auch, unter bestimmten Voraussetzungen, Mannesschwäche beheben. (Er war es auch, mit dem die Jungen aus Bussum etwas später in derselben Woche gekämpft haben.) An jenem Nachmittag verstand Thuli Theodorovic auf dem Platz vor der Großen Kirche in Naarden einen besonderen Moment herbeizuführen, indem sie eine Fischersfrau aus dem Publikum dazu bewegte, vorzutreten und sich auf den auf dem Boden ausgestreckten Bär zu legen. Der Rebec spielte einen schleppenden transsilvanischen Tanz, der Bär blieb ruhig liegen, die Fischersfrau schloß die Augen, und jedem, der schon einmal um ein Wunder gefleht hatte, war klar, daß sie in vollem Glaubenserleben um Heilung von irgend etwas betete.

»Danke schön, mein Junge«, murmelte sie, als sie sich verstört wieder aufrappelte. »Vielen Dank.«

Das Mädchen hatte neugierig, aber unbewegt zugeschaut. Mit einer Unbeirrbarkeit, die an beginnenden Wahnsinn grenzte, heftete sie ihre Gedanken auf Bruin.

In den darauffolgenden Tagen nahmen die Dinge allmählich eine Wendung ins Anormale, und es läßt sich schwer feststellen, ob sie den Keim dazu bereits in sich trugen oder ob alles vorzeitig durch die bevorstehende Tragödie entfacht wurde. Ottoman sagte, daß die Bärenführer zwei Wochen in dieser Gegend blieben, daß sie überall in den Dörfern, die nur einen Fußmarsch voneinander entfernt lagen, willkommen waren und daß das Mädchen immer dabei war.

»Reiche Dörfer«, sagte Joseph, »an der Küste eines kleinen Meers, eigentlich nicht mehr als eine Bucht der Nordsee, aber sagenhaft gefährlich.«

Genüßlich senkte er seine Stimme noch weiter. Er rückte mit seinem Stuhl in die Zimmermitte, dicht zu Lucie, die in ihrer Gipshülse doch tatsächlich keine Miene verzog, als sie hörte, daß in den niederländischen Dörfern die Häuser eines wie das andere aus Birkenholz sind, mit feuerrot glasierten Dachziegeln, und daß man hinter den Fenstern Kaffeekannen, Rauchutensilien, Vogelkäfige und Spiegel bis zu den Fenstern an der Rückseite des Hauses sieht, wo kleine Gärten liegen mit Taubenschlägen und

Hühnerställen und Leinen mit Wäsche, die noch weißer und steifer ist als Großmutters Gebeine.

Joseph lächelte im Dämmerlicht. Ich verstand ihn besser als jeder andere.

»Kupferne Glockenzüge an den Türen, kupferne Lampen, kupferne Klappen mit Sprungfedern für die Post ...«

Hier, in der Küche, war seine Unruhe völlig verschwunden. Plötzlich muß er nirgendwohin, denn er sieht alles auch so. Kleinigkeiten springen hervor. Fix und fertige Geschichten rücken aus der trüben Vergangenheit in die leuchtende Zukunft. Freunde! Sein Blick glitt in einem weiten Bogen über die Täfelung, die Marienfiguren, den Gummibaum und das Bücherbrett. Er weiß zweifellos, wie richtig es ist, Menschen, die gewohnt sind, auf gut Glück loszufahren, schon mal eine Vorstellung davon zu vermitteln, was ihnen begegnen wird. Türme und Windmühlen, trichterförmige Meeresbuchten, die bis weit ins Land hineinreichen, kalte Regenschauer. Schon bevor man das alles gesehen hat, erscheint es einem im Traum und löst Heimweh aus. Da der Wind immer von Westen kommt, hat man die Häuser leicht nach vorne geneigt gebaut. Alle Bäume stehen schräg. Die Flüsse sind eingedeicht, die Straßen mit Klinkern gepflastert, aus jedem Turm erklingt viertelstündlich zu jeder Tages- und Nachtzeit Musik, und jedes Kind kann so gut schreiben und lesen wie die Mönche des Klosters Sam Trapista bei Zvijezda. Merk dir, daß die Bauernfrauen wie alle Bauernfrauen Kinder, Gesundheit und Liebesglück wollen, dort jedoch, in jenem Land, auch noch Bücher. Verheiß ihnen ganze Bücherschränke voller Lederbände mit Goldschnitt. Und was die Freigebigkeit anbelangt: Die Menschen sind zäh, Stück um Stück tragen sie ihren Reichtum zusammen, manchmal aber werden sie plötzlich von einer rasenden Freigebigkeit besessen, niemand weiß, warum. Starke schwarze Pferde im Norden. Blumenplantagen am Meer. Es heißt, sie haben im Nordosten noch Sklaven. Halt dich von Limburg fern, halt dich um jeden Preis fern von den südlichen Grenzen!

»Mein Gott, ja!« stammelte Lucie nach einer Stille. Und dann: »Gib mir eine Zigarette, Liebster.« Er gehorchte, tat aber selbst erst einen tiefen Zug.

»Nach drei Tagen begann Theodorovic sich vorzustellen, wieviel Geld er in diesen Dörfern zusammenbringen könnte.«

»Wieviel denn?« Ihr Ton war genauso anheimelnd, wie wenn sie von ihren Buchhaltungsheften aufsah.

Und tatsächlich antwortete Joseph: »Soviel wie ein Pferd kostet.«

Sie zogen von Naarden nach Muiden und danach entlang einem blauen Fluß mit einer Betonbrücke nach Weesp, einer großen Stadt, wo sie drei Vorstellungen gaben und daraufhin auf der Ausfallstraße nach 's-Graveland jedem, dem sie begegneten, versprechen mußten, innerhalb einer Woche wieder zurück zu sein. Lazaro Theodorovic und seinen Leuten sollte für immer im Gedächtnis bleiben, daß diese Reise, die mit dem Unglück, von Spätsommersonne und festfreudig bimmelnden und hämmernden Türmen erfüllt war.

Wenn sie in einen der größeren Orte kamen, führte ihr erster Weg sie stets zum Rathaus. Die Bürgermeister, die Theodorovic in ihren Amtsstuben empfingen, waren ausnahmslos beeindruckt von der Distinktion des in Lumpen gekleideten Fremden und von der Summe Bargelds, die er bei sich trug. Außerdem wußten sie von den Heilungen, der Volksbelustigung und den Lehrern, die Theodorovic und seine Schwester einluden, ihre Bären gegen Bezahlung in die Klassenzimmer zu bringen: Es bestand nicht der geringste Anlaß, diesen Leuten eine Arbeitserlaubnis zu verweigern.

Die Reise verlief damit in einer Atmosphäre, die keinen Menschen störte. Die Bürger dieser Gegend, die Gooier, die doch weiß Gott nicht zu den Temperamentvollsten gehörten, ließen sich mit wahrer Wonne von den Bären betören. Sie sahen fassungslos auf die bettelnden Kinder reicher Väter. Sie überließen der rotzfrechen Frau von Theodorovic ihre Hand, um sich die Linien ihrer Illusionen erklären und dabei die verrücktesten Dinge versprechen zu lassen. Man kann nicht umhin, daraus zu schließen, daß sie in dieser exotischen Bande irgend etwas, weiß der Himmel was, gespürt haben müssen, das ihre eigene Natur ergänzte.

»Wenn diese Hundsfotte sich nicht eingemischt hätten, dann wäre gar nichts passiert«, sagte Joseph.

Die treueste unter den Zuschauern war stets das Mädchen. Sie folgte der Gruppe durch die Dörfer. Rötlich, blaß, die Haare mit Honigseife gewaschen, stand sie unweigerlich vorn unter den Zuschauern. Es war ihr nicht schwergefallen, ihren Liebling, Bruin, zu engeren Kontakten zu bewegen. Er verdrehte den Kopf, wenn sie ihn rief, kam auf sie zugetrottet. Die Umstehenden gerieten ganz aus dem Häuschen. Ah, was so ein Mädchen, stolz auf sein Glück, sich nicht alles traut, und schau doch nur, wie der riesige Bär das Weißbrot aus ihrer Hand nimmt! Sie sprach mit ihm, und daß er sie verstand, daß etwas Dunkles, etwas, das sich wesentlich und für immer von ihr unterschied, nun doch ein Teil von ihr wurde, das sagten ihr die Schläge ihres Herzens. Eines Abends im Bett stellte sie sich den Bären so deutlich vor, daß sie nicht mehr schlafen konnte. Während sie an seine Ohren und Tatzen dachte, hatte sie das Gefühl, sie müsse ihn trösten. Sie schlüpfte aus dem stillen Haus zum Fahrradverschlag. Als sie nach einer Viertelstunde zu einem an der Küste bei Valkeveen gelegenen Bauernhof kam, stahl sie sich an den Ursari vorbei, die dort am Feuer unter dem sich emporkräuselnden Rauch aßen, und fand den kleinen Schuppen, den sie suchte. Lediglich wenige Sekunden lang konnte sie in die schwülwarme Dunkelheit spähen. Dann gaben ihr die Ursari einen Schluck *rakia* und eine Zigarette und schickten sie zu ihrem Vater zurück.

Joseph rieb sich über das Gesicht.

»Was jetzt kommt, erzähle ich nur äußerst ungern.«

Er stand auf, um sich noch etwas von dem kalt gewordenen Kaffee einzugießen. Ich schaute auf seinen Rücken und wußte, daß er das Einschreiten der Militärpolizei meinte. Ich spürte, wie seine Stimmung sank. Verdammte Pest, die Militärpolizei kam! Er legte eine Wut in seine Worte, schwarz wie Galle, die auch mich durchtränkte. Diese gottverdammten Hurensöhne. Eine Vorahnung bestätigte sich. Von Anfang an war etwas Böses mit ihnen gewandert, womit die Leute hier im Gooi, die die Bären so großartig gefunden hatten, so gesittet und so wild, nicht das geringste zu tun hatten. Auch die Ursari hatten nicht gleich Probleme gesehen. Schade für beide: Die Militärpolizei kam, um zu kontrollieren. Warum, warum nur? Theodorovic zeigte wieder sein Geld vor. Und sein Schwager kam mit der Schnapsflasche. Sie zeigten auf das Großmütterchen, das wirklich steinalt war, sie lächelten, alles an ihr war alt, ihre Knochen, ihre teerfarbene Haut und die Augen, die alles, was sie in ihrem Leben gesehen und wieder vergessen hatte, noch kohlschwarz ausstrahlten, warum also? Ach, und da kam die ewige Antwort.

»Papiere!«

Es waren zwei Wachtmeister von der Militärpolizei, die den Nachmittag in Eemnes störten. Stell dir die Situation mal vor. Da sind ein paar Bauernhäuser, niedrig und weiß. Ein kleiner Platz mit einer Pumpe. Eine Ansammlung von Menschen und Tieren in der noch immer wohligen Septembersonne. Da treten zwei Männer vor, die schon eine Weile im Hintergrund gestanden haben. Sie tragen lange Mäntel, Käppis, am Koppel einen Schlagstock.

Theodorovic zeigte seine Papiere. Nachdem seine Höflichkeiten in keinster Weise beantwortet worden waren, zeigte er die Papiere vor, in denen er selbst, sein Schwager und alle anderen Personen und Tiere seiner Gruppe aufgeführt waren, sie waren in bester Ordnung.

Weiter! würde man sagen, alles in Butter, und tatsächlich

wurde die Vorstellung fortgesetzt. Die Bären tanzten, aber vor allem Bruin war durcheinander und tapste, obwohl der Rebec Funken sprühte, nur ein wenig von einem Bein aufs andere. Einige Leute gingen daraufhin lieber nach Hause.

Einen Tag später kam die Polizei ins benachbarte Laren, um die Landfahrer über die Rechtmäßigkeit ihres nächtlichen Biwaks zu befragen. Das geschah während einer gut besuchten Vorstellung. Und im Zentrum von Blaricum, am darauffolgenden Dienstag, erklärten zwei Polizisten den Boden zu Füßen einer herrlichen Kastanie zum verbotenen Gelände für Vorstellungen und verwiesen die Fremden auf einen kleinen Platz, der zwar geeignet, aber häßlich, von einer nicht zu überbietenden Häßlichkeit war. Es gab nur wenige Zuschauer, die sich in dieser zunehmend kriminellen Atmosphäre noch wohl fühlten. Noch in derselben Woche beschloß Theodorovic, die Gegend zu verlassen, und das Mädchen, erkältet und mit einem Anflug von Fieber, begriff, daß der Sonntagnachmittag in Weesp der letzte sein würde.

Ich nehme Abschied, muß sie am Sonntag morgen gedacht haben. Was soll ich anziehen? Mein Festkleid mit dem uralten Streifenmuster? Meine Ohrgehänge? Meine Haube mit den goldenen Nadeln? Sie öffnete das Fenster ihres Schlafzimmers und blickte mit leichtem, ganz und gar nicht schwerem Herzen auf den Hof ihres Elternhauses, auf dem die Hunde schlafend lagen. Das alles wird bald kälter und leerer aussehen. Ich lege meine Korallen an.

Ich muß noch dazusagen, daß sie etwas fieberte und in dieser Nacht schlecht geschlafen hatte. Gegen eins setzt sie sich auf ihr Fahrrad, ich nehme Abschied, und fährt eine endlose Straße mit Pappeln entlang, die bereits gelb werden, dem entgegen, was sie erwartet. Weesp. Wieder Polizei. Und ein Theodorovic, der da wohlgemerkt rumschreit, und ein paar Spaziergänger, die das für Sonntag nicht gerade passend finden. Was ist hier los, denkt sie und stellt, so schnell sie nur kann, ihr Rad ab, denn sie sieht Bruin, der, an einem Pfosten angekettet, in übermenschlicher Ruhe auf sie wartet. Ich sehe, daß sie ihm gleich um den Hals fallen wird, ihn sanft knufft, ich kenne nicht mal den Namen dieses Mädchens, das gleich sterben wird. Was ist denn, denkt sie. Ich weiß nicht, was mit dir ist, warum brummst du, du hast schlechte Laune, aber schau, ich bin's doch.

Sie beugt sich jetzt weit vor, ach, was soll ich sagen, er steht da auf seinen vier Beinen einfach herum. Sie reibt ihren Kopf an seinem, streichelt die Ohren, riecht seinen Atem, und dann, bei der Allerreinsten Jungfrau, bei allen schwarzen Höllenmächten, wird das Bild der Welt unscharf. Der Bär beißt sie in einem Reflex, als sie eine der goldenen Nadeln ihrer Haube versehentlich in sein Auge stößt und ein wahnsinnigmachender Moment aus seiner frühen Jugend wiederkehrt. Er beißt. Aus ihrer Verwunderung wird Schreck, aus dem Schreck Aufmerksamkeit, aus der Aufmerksamkeit ein großer Augenblick des Einverständnisses. Mir wird siedendheiß. Mit einer kurzen, harten Bewegung des Kiefers wird eine Kehle durchgebissen.

Eine polizeiliche Untersuchung wurde vorgenommen. Das Ergebnis war, daß Theodorovic strafrechtlich gesehen keine Schuld an dem Drama traf. Nach sechs Tagen wurde er auf freien Fuß gesetzt, nachdem er versprochen hatte, die Bären in den Amsterdamer Zoo zu bringen. In Wirklichkeit zogen er und seine Gruppe in einem Bogen nach Südosten, wo sie gemeinsam mit dem französischen Tierdompteur Charl Ismael Dollé noch in Arnheim auftraten, und überquerten etwas später im selben Jahr bei Babberich die Grenze.

2 *Ich werde dir von Parasja erzählen,* diese Worte fielen ihr eines Morgens im August plötzlich wieder ein. Vor Jahren, im Winter, hatte sie die Geschichte schon einmal von ihm gehört, aber verschwunden war sie natürlich nicht. Weizen und Mais standen hoch, als sie zur Strohscheune ging, an den Wegrändern blühte der Mohn. Geschichten sind wie Flüsse, sie ziehen Wasser und Luft an, sie verändern sich unaufhörlich, bleiben jedoch bei alledem, was sie sind. Sie schob mit beiden Händen die Scheunentür auf. Eine Katze schoß heraus. Das Sonnenlicht auf den Strohballen war einladend. Sie setzte sich gehorsam, ihr Blick verdunkelte sich.

Worte können Dinge beschreiben, die einem von der Sache her fremd sind. Und dennoch kann etwas von ihnen ausstrahlen, was das Herz bereits wußte. Ich werde dir von Parasja erzählen.

Ihre Großmutter väterlicherseits hat ihr das Leben gerettet. Sie war noch klein, vielleicht drei, aber sie sagte mir, daß sie noch alles wisse, und was sie nicht wußte, sei ihr später erzählt worden. Es war nach dem Aprilkrieg einundvierzig, auch das wußte sie noch, als sich das Königreich bereits nach zehn Tagen ergeben hatte und die Ustascha im Norden die Zigeuner auszurotten begannen. Parasjas Großmutter, stell dir eine imposante Frau vor, die eine Steinpfeife raucht, war eine erfahrene Führerin, eine *puri dai* nennen wir so jemanden. Sie scheuchte die Familie sofort hoch. Ihr, Nenat Glan, war bereits in jenen ersten Apriltagen klar, daß sie den Lagerplatz nördlich von Zagreb besser verlassen sollten. Im Trab, mit vier Wagen, ergriff die Familie die Flucht, Nenat und ihr blonder Mann Simon, ihre Tochter, die beiden Söhne, alle verheiratet, mit Kindern, sowie die Familie von Simons Halbbruder Lajos, von dem du noch mehr hören wirst. Wenn ich ehrlich bin, muß ich sagen, daß er schwachsinnig war, na ja, ein bißchen schwachsinnig, und dazu fürchterlich stolz.

Ein Jahr lang zogen sie kreuz und quer durch die Gegenden und Provinzen, die sie von früher kannten. Turopolje, Cazin, Banja Luka, nirgends trafen sie Bekannte, dafür aber, bis in die kleinsten Weiler, Spuren von Vergewaltigung und Mord. Manchmal, wenn sie irgendwo anhielten, wo die Leute ihnen wohlgesinnt waren, bekamen sie zu hören, wo die Ustascha steckten und wie sie außer Schußweite dieses bösen Gesindels bleiben konnten. Und dann zogen sie weiter. Eines Tages kamen sie von den Prosara-Höhen herunter und stießen nach einer ordentlichen Strecke auf die Save, dort, wo der Fluß sehr breit ist. Stromabwärts gibt es riesige Wasserräder, die, von der Kraft des Wassers langsam bewegt, Strom erzeugen. Siehst du sie vor dir? Nun, und da passierte, was passieren mußte. Ich glaube, Nenat Glan hat bestimmt eine Stunde lang auf die Familie eingeredet, sie wollte noch in derselben Nacht weiterziehen, und das hat sie auch getan, zusammen mit Simon, mit Lajos' Familie und mit Parasja, die zufällig im Wagen ihrer Großmutter schlief. Aber die anderen waren zu müde. Sechs Erwachsene und mehr als fünfzehn Kinder sollten am nächsten Tag nachkommen und biwakierten in dieser Nacht auf der Uferwiese. Sieben Morgen später stand Parasja mit ihrer Großmutter wieder an dieser Stelle. Sie hat immer gesagt, daß sie in jedem Augenblick ihres Lebens vor sich sehen könne, wie die Röcke ihrer Mutter, ihrer Tanten und ihrer Kusinen vom Schöpfrad durch den Fluß gezogen wurden.

Ach, findest du, ich habe das zu schnell erzählt? Soll ich es besser machen?

Dann ist dies die Geschichte, die Nenat Glan nach sieben Tagen zu hören bekam, als sie bei einem Bauern, der ganz in der Nähe des Unglücksorts wohnte, auf dem Hof erschien. Der Mann nahm den Hut ab und bekreuzigte sich.

Es sei gleich in der ersten Nacht passiert, sagte er. Die Familie lagerte im Gras am Ufer. Klee für die Pferde, gutes Wasser. Es hatte den ganzen Tag geregnet, aber jetzt war es trocken, und sie machten ein Feuer. Zwei Männer seien zu seinem Hof gekommen, um Milch und Fleisch zu kaufen. Es seien magere, nette Männer gewesen. Sie hätten ihm einen Buchara-Teppich zum Kauf angeboten.

Rada, dachte Nenat Glan. Golubo! Ihre Söhne.

Nun gut, sie haben ihre Feuer geschürt, sie haben gegessen und sie sind schlafen gegangen, wie spät war es da? Zehn Uhr? Elf? Alles wurde still, und man hörte nichts mehr außer dem Wasser des Flusses, das in dem Schöpfrad in die Höhe gehoben wurde, herabstürzte und weiterfloß wie immer. Die Ustascha kamen im Morgengrauen. Sie waren guter Laune. Tagelang hatten sie im Gebiet um Sisak patrouilliert und wollten sich nun noch, bevor sie nach Zagreb zurückkehrten, eine Zigeunergruppe schnappen, die angeblich in dieser Gegend umherzog. Wer solche Nachrichten weitergibt? Wie kann man das wissen? Verrat gehört zu den Dingen des Lebens. Jemand ist ins Wirtshaus gegangen, wo die Ustascha herumstanden und tranken, in bester Stimmung, in offenen Uniformjacken, und hat in allen Einzelheiten erzählt, wo die Landstreicher kampierten und wie man diese Stelle fand.

Oh, und dann ging alles seinen verfluchten Gang. Die Ustascha kamen mit zwei Lastwagen und hielten unter den Weiden an. Und die Zigeuner spritzten nach allen Seiten und banden die Pferde los. Sie hatten nicht die geringste Chance. Die Männer in ihren Armeemänteln, fröhlich, ja, aber auch ungeduldig durch den Anblick der Frauen, warfen eine Granate zwischen die Pferde. Zwei oder drei von ihnen erteilten Befehle. Die Zigeunermänner sollten festgenommen werden. Warum? Wollten sie eine Rechtfertigung für ihre Aktion? Eine greifbare? Ganz in der Nähe lag das Lager Jasenovac, ein düsterer, schrecklicher Ort hinter Stacheldraht. Aber mit einem Gittertor, das jedermann offenstand, der nicht zum eigenen Volk gehörte. Serben, Juden mit ihrem Abzeichen auf der Brust, im Laufschritt ging's vom Bahnhof aus zu diesem Tor, vorwärts getrieben von den schießenden Soldaten des Ustascha-Staats. Es gab dort eine Eisenfabrik, hier mußte ein Kai ins Wasser gebaut werden. Eine ganz bestimmte Halle, 3 b, hatte kein Dach, keine Wasserversorgung, und dort wurde auch nie Essen hingebracht: Das war die Endstation für die Zigeuner.

Es waren nur noch zwei. Golubo war umgekommen. Umgekommen waren auch die ältesten Jungen.

Dusan, dachte Nenat Glan, Wansjo, Remi!

Inzwischen hatte es zu regnen begonnen, Wind kam auf. Rada, Parasjas Vater, wurde an die Deichsel eines Wagens gebunden, und das gleiche geschah auch mit dem Mann seiner Schwester. Ringsum, auf der nassen Wiese, wurden die Kinder eilends niedergestochen und die Frauen von zwei, drei Mann gemeinsam zu Boden geworfen. Nicht einmal soviel später, vielleicht nach zwanzig Minuten, ging die Schufterei los, die Körper an Armen und Beinen zum Fluß zu schleppen. Das Bett der Save ist an dieser Stelle tief ausgewaschen. Am Ufer wachsen Pflanzen einer überhängenden Art, dicht wuchernd, mit Stengeln voller Blätter, die niedersinken und wieder über die Wasseroberfläche zurückfedern. Nach einigen Tagen wurden die Körper hochgeschwemmt. Bei Tageslicht, in dem grünlichen Strom, der die Wasserradanlage bewegt. Parasja muß gesehen haben, wie einige, mit ausgebreiteten Röcken, in dem triefenden Bogen des Rades mitgeschleppt wurden.

Wie schon gesagt, ihr Vater hieß Rada, Rada Georgevic. Wenn ich dir nicht von ihm erzähle und wie es ihm nach dieser schrecklichen Sache erging, dann erzähle ich dir nicht genug von Parasja. Also gut, er und ihr Onkel Janko wurden an jenem Morgen, eingeklemmt zwischen Ustascha, in einem Lastwagen abtransportiert. Janko war völlig verstört durch das, was passiert war, Rada dagegen fühlte sich noch kälter als ein eisüberzogener Stein. Während er den Druck der Schultern und Schenkel der Männer neben sich ertrug, wußte er, daß sein Leben in weniger als einer Stunde ein anderes geworden war, hart und gemein, und der Auslöser dafür waren die im Gras auf dem Rücken liegenden Toten seiner Familie.

Die Route folgte in südlicher Richtung den Windungen des Flusses und bog dann ab. Durch die offene Rückseite des Lastwagens konnte man in der Landschaft die niedergebrannten Häuser der Serben sehen, schwarze Bäume; es ist ein ulkiger Anblick, wenn ein dickes Schwein frei umherläuft. Bei Gradina stieß die Straße wieder auf den Fluß. Dort, an einer flachen Stelle des Wassers, lag ein elender Kahn. Man hielt an. Hier war es. Dies war das elende Fährboot, das das Ufer mit dem Lager Jasenovac auf der anderen Seite verband. Die mittlerweile müden und mißlaunigen Ustascha feuerten eine Salve ab, um den Fährmann zu rufen. Aus einem Schuppen kam ein Kerl mit zwei Rudern zum Vorschein. Vielleicht eine Minute nachdem die Klappe hochgezogen worden war, etwa fünf Meter vom Ufer entfernt, baten Rada und Janko um den Segen und verschwanden im Wasser. Janko war verloren, sofort, ein Kugelregen durchsiebte ihn. Rada dagegen hat es bei dem grauen Nieselwetter geschafft, indem er sich unter der Wasseroberfläche treiben ließ, ein Stück schwamm, sich im Nebel zwischen dem Treibholz am Ufer ausruhte, und das zwei Tage lang. Dann wurde er von einem Mann mit einem Beil in der Hand bemerkt. Der nichts sagte, sondern ihm ernst vom Schilf aus zulächelte, weil er sich vorstellen konnte, wie das war, flüchten. Rada folgte dem Holzfäller zu einer Hütte am Rande eines Feldes mit jungem Mais. Eine Frau wies ihm ein Schaffell hinter dem Ofen zu. Er schlief, in der Wärme, im Geruch von Holz, und wer schläft, spürt einen weichen Arm um die Taille. Dennoch änderte sich nichts an seinem Schicksal.

In dem nun ein Mann vorkommen sollte, der Josip Broz

hieß, merk dir diesen Namen. Eigentlich wurde er von jedermann bei seinem Spitznamen genannt, sein ganzes langes Leben lang, aber Broz, Josip Broz, das war sein richtiger Name, und der Holzfäller, der Rada in die Berge brachte, kannte ihn. »Gut! Du willst kämpfen? Worauf wartest du noch?« Und dann fiel ebendieser Name, der für Rada der gültige bleiben sollte. Einen Tag später war er bei den Partisanen.

Oh, und das gefiel ihm, dieses Leben, in dem Denken Handeln war. Ständig unterwegs, manchmal zu Pferd, mit zehn oder hundert Mann. Die Partisanen eroberten Dorf um Dorf, die Verluste waren gewaltig, sie richteten in den Gebieten der Muslime und Serben Stützpunkte ein, befreiten das Land ringsum, und das alles geschah unter dem Kommando einer fernen Stimme, Josip Broz, der von der Front im Süden aus intensiven, freundschaftlichen Funkkontakt zu seinen *pukovniks* unterhielt. Es waren grausame Zeiten. Für jeden getöteten Deutschen wurden fünfzig bis hundert Kommunisten an die Wand gestellt. Sowohl das Böse als auch das Gute nahmen aberwitzige Formen an. Diese Männer von Josip Broz. Rada fühlte sich wohl in der extremen Gewalt ihrer Aktionen, wunderte sich aber über ihre gewaschenen und rasierten Gesichter. Sie fluchten auch wenig, vergewaltigten kaum, ein Soldat, der einem Kameraden zwei Kartoffeln geklaut hatte, bekam den Lauf eines Karabiners an den Schädel und: Feuer!

Hör zu, es geht weiter. Im Sommer hört Rada, daß Broz' Truppen einen massiven Umzingelungsring durchbrochen haben, Deutsche oder Italiener, denn vergiß nicht, die mischen immer noch mit, und daß er mitsamt seinen Verwundeten auf dem Weg in den Norden ist. Daraufhin setzt sich auch Radas Gruppe in Marsch. Auf Wegen von Mord und Zerstörung, durch abgeschlachtete Dörfer bis nach Kroatien. Jeder Ustascha, dessen sie habhaft werden, wird umgebracht, damit hat keiner von ihnen Probleme, aber kein Zivilist, ob auf der richtigen oder der falschen Seite, hat auch nur das Geringste zu befürchten, denn so lautet der Kodex von Broz' Truppen. Weiter nördlich, hinter Jajce, gibt man Rada ein Pferd und schickt ihn eines Nachts los, damit er das Gelände für einen Munitionstransport auskundschaftet. Er gilt schon lange als harter Soldat, mutig, wild, solche Dinge. Am Morgen darauf trifft er im Hauptquartier auf den damals schon legendären Josip Broz, einen Mann in heller Uniform, gebräunt, stahlgraues Haar und mit solchen blauen Augen, vielleicht kennst du sie, die noch im allergrößten Wüten kühl bleiben. Auch er hatte sein Gesicht sehr fachmännisch mit dem Rasiermesser bearbeitet.

Von diesem Tag an sind er und Genosse Stari, der Alte, wie sie den Anführer auch nennen, ziemlich oft zusammen losgezogen. Sie kommen durch Kula, Prozor, Bosanski Petrovac bis in die kleine bosnische Stadt Bihać, wo ein Kongreß abgehalten wird, ein stolzer, großer, bestimmt fünfmal so groß wie die Bevölkerung des Städtchens selbst, denn die Armee von Broz umfaßt zu diesem Zeitpunkt, gegen Ende jenes Jahres, acht Divisionen zu je drei kompletten Brigaden. Das nennt man Macht. Rada blickt auf die roten Fahnen, er ruft das *Smrt Fasizmu!* und trinkt von dem *rakia*, Kisten von Flaschen, die in den besten Brennereien beschlagnahmt worden sind. Frieden empfindet er nicht. Glück, will sagen die Vorzeichen von Freude, verspürt er erst, als er den Herzschlag des Krieges wieder fühlt.

Sie nehmen Jablanica ein. Im Februar durchbrechen sie die Linien der Tschetniks auf dem Berg Prenj und ziehen sich ins Herz von Montenegro zurück. Dort liefern sich die Partisanen und die Tschetniks gegen Ende des Winters die schlimmsten Schlachten dieses Krieges. Bruderkampf, ach, gibt es etwas Furioseres und Herrlicheres als den Kampf um das eigene Land? Ich weiß, daß das Rada völlig egal war. Unsereins kämpft nicht um dieses oder jenes Gebiet. Und trotzdem haben wir da Rada, einen von Broz' *pukovniks*, einen Mann mit zotteligem Schnauzbart: schreckenerregender Mut, Grausamkeit, Skrupellosigkeit, alles, was nötig ist, um das Messer in seinem Herzen zu schärfen. Ein Mann, durch und durch Wut. Verstehst du das, wenn ich sage, daß die Treue zu Broz, die Zuneigung zu diesem Soldaten, eine Folge seines früheren Lebens war?

Laß mich zu Ende erzählen. Rada ist dabei, als die Italiener gleich in ganzen Divisionen überlaufen und die Deutschen, sehr stark, mit Elitetruppen, Region um Region aufgeben müssen. Der Winter ist streng. Der Himmel geeignet für Bombenangriffe. Nachts speien die Schneefelder Flammen und Erde. Rada zieht mit seinem Bataillon von einem Feuergefecht zum nächsten, in Gegenden, in denen alles explodiert. Wenn in einer ruhigen Stunde gesungen wird, wenn heißer Kaffee gekocht und gesagt wird: »Bald, nach dem Krieg, wird alles besser…«, dann schlendert er mit teilnahmslosem Gesicht davon und streckt sich auf der Erde aus zum Schlafen.

Oh, und eines schönen Tages ist er mit dabei, als sie in die Hauptstadt einmarschieren. Das weiße Schloß wird von Broz in Beschlag genommen. Auch das Schloß des Königs und eine schöne Villa sind für den Partisanenmarschall bestimmt, der unter seinen Leuten einen Zigeuner hat, der sich in Zukunft in den Ställen hinten im Garten wunderbar um die Pferde kümmern kann. Es sollte anders laufen. Zum Teufel, es läuft anders, verdammt noch mal, stell dir vor! In dieser jubelnden Stadt, im Gefolge des berühmten Broz, konnte Rada nicht wissen, daß er zehn, elf Jahre später ein polizeilich gesuchtes Subjekt sein würde, ein Verbrecher, der in den Tagen des Friedens die Normalität der Kugeln vermißte.

Im Mai 1955 wird auf dem Gefängnisgelände von Srmska Mitrovica in letzter Sekunde eine Hinrichtung abgeblasen. Als Rada vors Tor gesetzt wird, begreift er, daß der Marschall, daß derjenige, dessen Büste man bis ins kleinste Dorf findet, von seinem Fall vernommen hat. Siehe da. Und sich an seinen Genossen aus Kampfestagen erinnert hat.

Ist das der Schluß? Die Geschichte eines Lebens? Ich muß dir noch sagen, daß jemand ihn nicht lange danach in einer Kneipe in Zagreb gesehen hat. Ein Halunke von einem Zigeuner, mit einem Schnäuzer bis zu den Ohren, hat da Lieder auf seiner Ziehharmonika gespielt.

Aber du hast recht. Ich muß auf Parasja zurückkommen. Schlafen die Kinder? Laß die Zwischentür auf und setz dich wieder. Genug von Rada. Ob sie ihn noch einmal gesehen hat? Nein, nie wieder. Nicht daß ich wüßte. Aber als letztes sage ich dir trotzdem dies: War er etwa nicht ihr Vater? Na bitte. Laß mich also weiterreden. Ich lege Wert auf die nötigen Abschweifungen. Denn die Geschichte von Parasja, hier, in meinem Kopf, ist eine Ebene, die ich auch nach Tagen nicht durchqueren kann. Die ich nicht überblicken kann. Wo ist der Weg? Den gibt es nicht. Wirklich nicht. Parasja ist meine Augenbinde.

Zu der Zeit, als ihr Vater in letzter Sekunde dem Henker entrann, war sie siebzehn. Ein Mädchen mit Haaren, schwärzer als schwarz, die in zwei Teile geteilt an ihrem tatarischen Gesicht herabflossen. Ihre Lippen lachten von selbst, das war etwas Erstaunliches, nie habe ich das mehr gesehen, sogar später, als ich ihren Kummer miterlebte, bewahrte ihr Gesicht den Ausdruck einer strahlend gelaunten Frau. Sie war nach der Tradition erzogen worden. Nenat Glan und ihr Mann Simon, letzterer starb genau in der Zeit, in der dies spielt, hatten ihr die alten Zigeunergesetze eingeschärft. Der *Romano Krissi* durchströmte ihren Kopf und ihr Herz. Daher war es die reinste Katastrophe, als sie sich im Sommer, ich glaube, es war sechsundfünfzig, den falschen Mann aussuchte. Den falschen: Stell dir einen zwanzigjährigen Rom vor, einen Niederländer, allerdings der Abstammung nach ein Lovara, dessen Familiengeschichte wie die ihre über den Balkan ins Rußland zur Zeit vor der Revolution zurückging und von dort weiß der Himmel wohin. Und mit einer Großmutter väterlicherseits, deren Ursari-Familie aus der Nähe von Karnobad kam, bei Burgas im Osten von Bulgarien. Das waren Bärenführer und Pferdehändler. Also, so ist es passiert: In dem Sommer, von dem hier die Rede ist, war dieser zwanzigjährige Rom, während er in seinem Auto in Europa herumkutschierte, in Serbien auf seine Ursari-Verwandten gestoßen. Er sah sofort, daß es Leute waren, die gut mit dem Leben klarkamen. Tanten, Onkel, Kinder mit Spaß an tanzenden Füßen. Was er ebenfalls sofort sah, war das schwarze Zelt aus halbzerschlissenen Ziegenhäuten, in dem Dragica, die alte Frau der Familie, es vorzog zu wohnen. Es war die Art von Unterkunft, die die früheren Bergbewohner seit alters her benutzten. Er fühlte sich wohl bei diesen Leuten. Er verspürte Lust, den Rest des Sommers mit ihnen umherzuziehen.

Also los! Mitte August, so um das Fest Santa Maria herum, kam er mit seinen Verwandten zu dem Gelände eines verlassenen Klosters bei Maricka, das nördlich von Banja Luka liegt. Die Sonne war bereits untergegangen. Er half, das Zelt und die Wagen aufzustellen. Undeutlich erkannte er die Umrisse anderer Wagen. Man erzählte ihm, daß sie der und der Familie gehörten. Er begriff fast sofort, mit dem Auge und mit dem Herzen, daß irgend etwas zwischen diesen beiden Familien nicht stimmte, doch niemand erlöste ihn in dieser Nacht von seiner Unwissenheit. Tags darauf sah er sie. Es war ein Blick, nicht mehr, gewechselt auf einem kleinen Feld zwischen den Pferden, doch Dragica hatte durch die zerlumpten Ziegenhäute hindurch die Wahrheit gesehen. »He ...! Zigeuner! Hast du diese Frau angesprochen?« rief sie, als er in derselben Minute an ihr vorbeiging.

»Ja«, log er. »Ist das etwa nicht erlaubt?«

»Du darfst den bösen Gott nicht versuchen.«

Dann erklärte sie ihm, warum zwischen den beiden Familien nicht geheiratet werden durfte.

»Zieh deine Schuhe aus und setz dich zu mir. Bei der uralten Jungfrau meiner Mutter, beim weißglühenden Gott, wie zum Teufel kann ich das Elend abwenden?«

Angefangen habe es mit einem Fall von verletzter Ehre, erzählte sie ihm. Ihr ältester Sohn Bajka hatte den schwachsinnigen Onkel von Parasja einen Hosenscheißer genannt. Ja. Lajos, den Trottel, der vor zwei Jahren zu Beginn des Pferdemarkts von Sitnica um jeden Preis vorneweg hatte reiten wollen, weil – so lautete sein Argument – er von ihnen beiden der ältere war und drei seiner Söhne bereits verheiratete Männer waren. Nun hat Bajka nach Ansicht eines jeden, der ihn kennt, ein besonnenes Herz, geschaffen für Freundschaft und Ehre. Obwohl die meisten Pferde, die sie verkaufen wollten, von seinen Leuten gestriegelt und aufgezäumt worden waren, war er willens, Lajos, diesem Strohkopf, seinen Spaß zu gönnen. Kurz vor Sitnica kam die Reitergruppe zu einer kleinen Brücke. Es war nicht mehr als eine über einen Tümpel gelegte Planke. Am Rande des Schlamms Schweine. So brüsk drängte sich Lajos da auf seinem Hengst vor, daß Bajka nichts anderes übrigblieb als der Weg durch diese Schweinerei. Ja, und dann gab's Zoff. Männergebrüll, die Wut fuhr die Krallen aus. Simon, alt, aber immer noch im Sattel, versuchte mit der Gerte, seinen Halbbruder zu einer rechtzeitigen Entschuldigung zu bewegen. Da aber ertönte bereits dieses häßliche Wort aus Bajkas Mund. *Hosenscheißer*, alle hörten es.

Dragica schüttelte japsend den Kopf. Sie schlug die Arme um sich. »Das schlimmste war von dem Moment an, daß der Groll nur so gärte. Die beiden begannen einander zu belauern, aus dem Wege zu gehen, zu belauern. Ich sah, wie das Drama sich entzündete, lange bevor es eines Abends in der Dämmerung soweit war. Knochen krachten, Gekeuche, mit Leichtigkeit hätten ihre Fäuste die Sache austragen können. Aber in einem bösen Moment fiel Lajos mit dem Kopf auf die verrostete Armierung eines Betonmäuerchens. Mit offenen Augen lag er da. Eine helle Flüssigkeit lief ihm aus den Haaren. Daraufhin lag er bestimmt zwanzig Tage im Krankenhaus von Jajce im Koma. Seitlich am Kopf hat er noch immer kleine Schrauben.«

Ah, so etwas ist Mord! Das steht völlig außer Zweifel. Und bei Mord muß man weitermachen mit Mord. Zwei Familien stehen am Beginn einer Rachefehde, die Tote fordern wird. Keine schöne Aussicht. Für solche Fälle haben wir die *Kris*, die höchst geheime Rechtsprechung der Sinti und Roma. Ein Urteil, hart, von unbefangenen Richtern ist dann das einzige, das aus der Welt schaffen kann, was nicht aus der Welt zu schaffen ist. Der Prozeß gegen meinen Onkel Bajka fand zwei Monate nach dem Verbrechen statt. Eine Kneipe in Triest füllte sich mit Männern, die dieses ernsten Falles wegen teilweise von sehr weit her gekommen waren. Hunderte. Die unmittelbar beteiligten Parteien waren bereits angehört worden, mußten während der Verhandlung jedoch schweigen. Tief in der Nacht erging das Urteil. Bajka mußte seinem Opfer ein Bußgeld in Höhe von dreißigtausend D-Mark zahlen. Er mußte sich, um dessen Wut nicht zu verletzen, fünf Jahre lang aus dessen unmittelbarer Nähe fernhalten. Währenddessen sollte kein einziger Mann aus seiner Familie eine Frau aus der Familie des Opfers heiraten dürfen.

Erst jetzt sah Dragica ihm fest in die Augen. Sie sagte: »Schau, mein Junge, dieses Blutgeld, das war noch das Einfachste. Es wurde bereits ein Jahr später gezahlt und noch am selben Tag von Lajos verbrannt.«

Und dann sagte sie nichts mehr. Ich nehme an, sie dachte, der ganze Fall und die damit zusammenhängenden Vorschriften müßten ihm nun wohl klar sein. Auch du wirst vielleicht sagen: Na schön, wo ist das Problem? Ein Mann ist gewarnt und weiß, daß er aufpassen muß, was er tut. Aber schau, dann machst du es dir zu leicht, denn am nächsten Tag treffe ich Parasja wieder, und sie sieht mich an, schaut mir voll ins Gesicht und läßt mich auf einem kleinen Weg vorbei, der zu einem in der ersten Morgensonne glitzernden Bach führt. Vogelgezwitscher. Duft von jungem Tabak. Parasja war ein Mädchen mit tiefschwarzen Augen, die ... ach, was soll ich jetzt noch darüber sagen? Ein schönes Lied könnte sie vielleicht wieder aufleuchten lassen.

Auf dem Lagerplatz wissen beide Parteien sofort über diese Verliebtheit Bescheid. Niemand sieht sie zusammen, niemand hört sie auch nur ein Wort zum anderen sagen, aber alle geraten außer sich. Hitzig sind sie und schrecklich bedacht auf die eigene Ehre. Eines der Mädchen braucht nur aus Dußligkeit Waschwasser an der falschen Stelle in den Bach zu kippen, und schon ist die Hölle los. Und die Pferde, ein einziges Getrappel und eine Unruhe!

Am dritten Tag kommt es zu dem schlimmen Treffen zwischen Nenat Glan und Dragica. Als sie einander begegnen, zufällig unter den Bäumen, da erinnert sich Nenat Glan auf einmal, daß sich einer ihrer Urgroßenkel die ganze Nacht übergeben und geweint hat. Sie geht weiter. Ja, genau, sie geht weiter, und die andere ebenso, aber sie haben einander angesehen. Und als sie wieder am eigenen Standplatz sind, Nenat Glan in ihrem Holzwagen, Dragica in ihrem Zelt, da erwachen diese Blicke zum Leben. »Möge dir dein stinkiges Fleisch von den Knochen faulen!« schreit plötzlich eine laute Frauenstimme durchs Lager, und als nächstes wird Dragica des bösen Blicks beschuldigt. Die sofort kontert, natürlich, die sofort laut lachend zu erzählen weiß, daß Nenat Glan von den Hunden abstammt und daß jeder auf dieser schwarzen Erde das weiß.

»Pustistu!« Verrecke! Schlimmer geht's nicht, und was kommt dann? Genau, zwei steinalte Furien, die so richtig unter Dampf aus ihren Unterkünften hervorgewankt kommen. Sie sind so böse, daß einem das Mark gefriert, und so strömen die Familien, die den Lagerplatz bevölkern, denn auch herbei, um die zwei entzückt zu begaffen.

Ergötzt man sich an den Fäusten, den aufeinandergepreßten Lippen, den höchst merkwürdigen kleinen Schritten, mit denen sich diese unter vielen Rockschichten völlig verborgenen Frauenbeine steif aufeinander zubewegen? Da, jetzt strecken sie wie Schlafwandlerinnen die Arme vor. Als Nenat Glan und Dragica unter ausgesuchten Flüchen und ohne die geringste Eile aufeinander zumarschieren, macht das Publikum zwischen den Zelten und Wagen Platz. Kammacherin! Dreckige Schlampe! Gibt es denn niemanden, der die beiden stoppt? Jetzt haben sie sich schon auf ungefähr dreißig Schritte genähert. Will das Publikum denn seelenruhig bei dem zuschauen, was die beiden so überdeutlich im Schilde führen? Ein großer Kerl tritt zwischen sie und verschränkt demonstrativ die Arme. Er wird von ihnen nicht mal bemerkt. Die beiden Frauen suchen mit verdrehten Augäpfeln von neuem die kerzengerade Linie, die ihrer beider Wut verbindet. Wollt ihr sehen, wie zwei Großmütter sich gegenseitig die Augen auskratzen?

Schade, denn es geschehen andere Dinge. Noch gut und gern zehn Armlängen voneinander entfernt, bleiben sie stocksteif stehen. Keinen Schritt tun sie mehr. Oh, die beiden verstehen sich noch immer aufs Fluchen, mit Männerstimmen werfen sie einander Verwünschungen an den Kopf. Möge der Bocksfüßige den Seelen deiner Vorfahren bis in alle Ewigkeit einheizen! Möge der räudige Satan ... Jetzt setzen sie die Fäuste in Bewegung, gut eine Minute lang trommeln sie sich auf die Brust und zerreißen sich dann die eigene Bluse. Reicht es nun immer noch nicht? Moment. Jetzt muß noch mit Erde geschmissen werden, Steine müssen vom Boden aufgehoben werden. Man kränkt die andere schrecklich, indem man ihr, bevor man zu seinem Zelt zurückgeht, den wackelnden Hintern zukehrt ...

Sommernachmittag. Ein Gelände, auf dem knochentrockene Wäsche in der Sonne hängenbleibt. Stille nach einem großen Tumult. Ich nehme an, das kannst du dir vorstellen. Du kannst dir die Wagen auf den plattgefahrenen Brennesseln vorstellen, die Kinder, die Pferde, die elenden Bremsen. Du glaubst vielleicht, daß die Wut verraucht ist, aber dem ist nicht so. Sie weilt lediglich in anderen Sphären. Der Sphäre des Kummers, zum Beispiel. Nach ihrem Rückmarsch hat sich Nenat Glan in ihrem Wagen hingesetzt. Ihre Lippen bewegen sich, erst lautlos, dann stöhnend. Plötzlich heult sie wie eine Wölfin in der Ebene um ihren verstorbenen Mann Simon und gibt die Schuld an seinem Tod ihrer Feindin. Dragica. Ich nehme an, du kannst dir vorstellen, was du siehst, wenn du durch die Öffnung ihres Zeltes ins Innere schaust. Da sitzt sie, mit zerzausten Haaren. Verbittert schreit sie dem kleinen Teppich zu ihren Füßen zu: »Deine Schuld, Nenat, daß mein Sohn verurteilt wurde!« In jener Nacht laufen Parasja und der niederländische Zigeuner gemeinsam weg.

Sie nehmen zwei von Lajos' Pferden und preschen wie der Wind quer durch das Maisfeld. Sie folgen einem Weg, der bergan führt. Der Boden wird steinig, sie sehen ein Tal mit dunkelgelben Feldern, es ist Halbmond. Er ruft dem Mädchen, das den Mund noch nicht aufgetan hat, zu, ob sie schon müde sei. »Ein Stück weiter kommt ein Heuschober«, schreit sie zurück. »Da ist auch ein Fluß!«

Sie reiten in Richtung Busnovi, Pflaumenbäume, zur Linken eine Holzmoschee.

»Nur noch ein kleines Stück!« ruft sie.

Es geht auf Santa Maria zu, die Zeit, in der die Sonnenwärme vierundzwanzig Stunden lang in der Luft bleibt. Er ist es, der den vorzüglichen Ort als erster sieht.

»Halt, stopp!« Er pariert sein Pferd durch, springt ab. »Da wären wir also!«

Als sie aus dem Sattel gleitet, packt er sie um die Taille. Keinen Moment lang während ihres eiligen Ritts hat er die Bewegung und Form dieser Taille *nicht* gespürt. Und die Glut. Ach, du weißt ja bestimmt, nehme ich an, wie es ist, wenn es um dich herum nur so wimmelt von diesen Dingen? Der Heuschober, ein Tabakfeld, in Hörweite ein kleiner Fluß, an dem die Kröten drei Nächte lang flöten. Kannst du dir vorstellen, daß das alles eins wird mit dem

Strömen deines Blutes? Er und Parasja, und das ist die Welt. Oder soll ich jetzt, da alles vorbei ist, nur noch sagen: Parasja, drei Nächte lang so wahnsinnig schön unter diesem bläulichen Himmel. Sie angeln im Fluß. Sie fangen Igel. Er weiß nicht, wie es passiert ist, aber er weiß, dieses Mädchen ist seine Seele. Am vierten Tag sind sie sich so sicher, daß sie die Pferde wieder satteln. Was sie wollen, sind fröhliche Gesichter und der Segen. Sie glauben, daß jeder im Lager sie mittlerweile bereits als Paar betrachtet. Daran zweifeln sie nicht. Ohne Eile, aber doch voller Vorfreude, reiten sie zurück. Sie glauben, daß dort bereits ein Feuer gemacht wird, daß Wein gekauft worden ist, die Fehde hat an allen gezehrt, aber jetzt gibt es ein überwältigendes Verlangen nach ein paar guten Liedern.

Dort sind die Wagen. Es ist verflixt ruhig. Und leer. Die *kumpania* von Dragica hat das Lager abgebrochen und ist fort. Später sollte Parasja behaupten, sie habe den Fluch Nenat Glans als Krähe in den Bäumen sitzen sehen.

Sechs Jahre vergehen. Parasja und er ziehen durch die Länder Europas, und das tun sie in Gesellschaft seiner Familie. Nikolaus Andrias, von Geburt ebenfalls Niederländer, hat Parasja denkbar freundlich aufgenommen. Seine erste Frau und seine beiden Söhne sind während des Krieges ins Gas getrieben worden. Katya, eine ungarische Zigeunerin aus einer Familie von Kupferschmieden, die ihm einen neuen ältesten Sohn und zwei Töchter schenkte, hat Parasja sofort umarmt. Neckend behält sie ihre monatliche Wäsche im Auge.

Doch die Jahreszeiten kommen und gehen, und es geschieht nichts, was auf die allergrößte Belohnung für eine Familie hindeutet. Parasja und er sind trotzdem glücklich. Das behaupte ich. Er kauft, verkauft und reitet zu, sie kümmert sich um das Essen und denkt an die Kinder, die sie ganz bestimmt bekommen werden. Er diskutiert mit seinen Vettern Branco und Sani über die Profitmöglichkeiten in der Autobranche, sie lenkt in Dörfern und Städten die

Aufmerksamkeit von Bürgerfrauen auf sich und greift nach deren widerstrebender Hand. Ich behaupte, daß jedenfalls in der ersten Zeit kein Wölkchen am Himmel zu sehen war. Nachts klopfte ihr Herz an seiner Wange wie das eines jungen Vogels. Ich erzähle dir so gut wie möglich, wie es war. Bevor sie zu ihm unter die Decke geschlüpft ist, hat sie beim Schein eines Andachtslämpchens die alte Jungfrau von Kiew angerufen. Murmelnd und sich unentwegt bekreuzigend, hat sie sich vor der Ikone mehrmals verneigt.

Dann kommt die Zeit, in der sie ihre Gemütsruhe verliert. Er merkt es nicht gleich, und auch heute kann er sich nicht daran erinnern, wann sie den Mut sinken ließ, jedenfalls stellt sie ihre Fruchtbarkeitsvorkehrungen ein. Wie die aussahen? Zum Beispiel, ihn ein rohes Ei aussaugen und es dann in ihren Mund spucken zu lassen. Daran glaubt sie eines Tages nicht mehr. Aber sie kocht weiterhin phantastisch gut. Und ihr Gesicht ist freundlich. Sie ist zu nah. Er sieht nicht, daß sie genug bekommt von ihrem verzauberten Körper, der straff und glatt bleibt wie der eines Mädchens. Nenat Glans Fluch? Du wirst spüren, wie er schwerer und schwerer wird.

Eines Tages stehen sie auf einer kleinen Wiese beim Ammersee. Es ist noch früh am Morgen. Parasja ist gegen sechs Uhr aufgestanden. Sie will zur Melkzeit auf einem nahegelegenen Bauernhof sein. Sie nimmt eine Milchkanne mit. Als sie zurückkommt, gibt sie die volle Kanne ihrer Schwägerin, geht weiter, ohne ein Wort zu sagen, und besteigt die Stufen zu ihrer Küche. Ihr Mann stutzt sich gerade vor dem Spiegel den Schnurrbart.

»Uh, verflixt!« sagt sie. »Sie sind da!«

Er weiß sofort, wen sie meint.

»Sie stehen hinter dem Schilfgebiet dahinten. Ich hab die Wagenspuren gesehen, als ich Milch holen ging.«

Er sagt, die Schere noch an den Lippen: »Dürfte ich vielleicht wissen, wovon du sprichst?«

Er sieht sie in dem gesprungenen kleinen Spiegel ernst

an. Sie will weg. Auf einmal, und mit rückwirkender Kraft, weiß er das. Das Bedürfnis, ihn zu verlassen, setzt ihr schon so lange zu, sie hat auf nichts anderes hören können.

»Lajos hat keine Pferde mehr. Neben seinem Wagen steht ein großer Mercedes.«

»Schau an, schau an«, sagt er und dreht sich zu ihr um. Er weiß jetzt, worauf sie all die Wochen mit geschärften Sinnen hingearbeitet hat. Sie hat ihre Familie zu dem Schilfgebiet am Ammersee gelotst.

»Hast du sie schon begrüßt?«

Sie schlägt die Augen nieder.

»Noch nicht.«

Abends schlendern er und Parasja am Seeufer entlang. In dem im Schlaglicht einer tiefstehenden Sonne rotkupfernen Wasser schwimmen Kaugi-Enten. Bei ihrer Rückkehr liegt ein köstlicher Duft von gebratenem Fleisch über dem Lager. Parasja bekommt einen goldbraunen Schenkel. Er sieht sie zufrieden daran knabbern. Die *rakia*-Flasche geht herum. Zigaretten, Pfeifen. Die Familie Andrias raucht und ist ein wenig schweigsam. Nachts hört er sie an seiner Schulter schnarchen. So war es. Weißt du, wovor man das Haupt am leichtesten beugt? Vor dem, was man nicht begreifen kann. Am frühen Morgen hat sie wieder die Milchkanne genommen und ist die Stufen ihres Wagens hinuntergegangen.

Ein Seufzer. Das war Lucie. Die verstand, daß es aus und vorbei war, für immer. Sie sah ihren Vater am Tisch die Zeitung lesen. Auf der anderen Seite des Flurs lagen Hanzi, Katharina und Jojo im Bett. Sie hatte sie vor einer Stunde schlafen gelegt.

Joseph hatte sich von seinem Stuhl erhoben. Er würde wohl noch einmal nach den Pferden sehen wollen. Es war gegen neun.

»Aber hat er sie denn wirklich nie wiedergesehen?« fragte sie.

Er nahm etwas vom Büfett und stellte es wieder zurück. Durch nichts ließ er erkennen, sie verstanden zu haben.

»Hat er sie denn nicht überall gesucht?«

Einer der Hunde stand neben dem Ofen und streckte den Rücken. Gewaltiges Schwanzgewedel. Das Tier blickte freudig zu Joseph auf. Der jetzt in die Diele ging und Jacke und Stiefel anzog. Sie schaute ihnen durch das dunkle Fenster nach, in dem sich die Einrichtung spiegelte. Sie sah, wie der andere Hund über den Hof angerannt kam. Am Himmel stand ein harter Mond. Noch ganz erfüllt von der Stimmung der Geschichte schaute Lucie von den Wolkenfetzen zum Liguster, den sie am Nachmittag mit der Gartenschere gestutzt hatte. Die Zweige lagen noch auf der Erde. Als Joseph nach ungefähr einer halben Stunde wieder hereinkam, brachte er einen Luftstrom von draußen mit. Sein Gesicht war vergnügt. Er ging zum Fernseher. In dem Moment, als er auf den Knopf drückte, fragte sie noch einmal: »Hat er sie denn wirklich nie wiedergesehen?«

3 »Sie nicht.«

Der Fernseher stand auf einem kleinen Tisch in der Ecke neben dem Fenster. Joseph zog sich einen Stuhl heran, so daß er ohne große Mühe an die Knöpfe kam. Bilder eines Western erschienen. Pferde, Kühe, eine Frau mit schönen Brüsten. Auch Gerard rückte seinen Stuhl herum. Einen Ellbogen noch auf dem Tisch, schaute auch er auf die Mattscheibe. Sein Schatten fiel groß auf die Wand zwischen den Fenstern.

»Wen dann?«

»Lajos!« Joseph lehnte sich zurück. Der Fernseher war voll aufgedreht. »Lajos und Bajka«, schrie er.

Lucie drehte sich um und ging zum Schrank, um Schinken, Senf und Brot zu holen. Als sie ihnen den Teller reichte, sagte sie: »So, die beiden!«

Gerard und Joseph sahen fern. Gerard hatte sich und seinem Schwiegersohn einen Genever eingegossen. »Gib mir auch einen«, sagte Lucie. Sie hielt ihm ihr Glas hin. Während Gerard bedächtig mit der Flasche hantierte, dachte er: Ich wollte, sie würden endlich mal den Mund halten.

»Die beiden!« wiederholte seine Tochter in diesem Moment. Joseph antwortete, ohne von den Filmbildern wegzuschauen.

»Ja, zum Teufel! Das war im Sommer vor drei, nein, vor vier Jahren in Wien!«

Lucie bot noch einmal den Teller an und setzte sich dann, das Gesicht Gerard und Joseph zugewandt, neben den Fernseher, wobei sie die sonnenüberfluteten Szenen von Pferden in vollem Galopp unbeabsichtigt ein wenig verdarb, weil sie überhaupt nicht hinsah. Dieser Zigeuner, arbeitete es in ihrem Kopf weiter, und diese beiden, die ihm doch eigentlich Unglück gebracht haben. In Wien gesehen. Ich weiß ja nicht, Mannomann, was für eine Situation!

»Schau«, sagte Joseph zu Gerard. »Schau mal, das wilde Kalb da!« Und zu Lucie: »Willst du wissen, wie's war?«

Sie nickte. »Ja. Schon.«

»Er hatte Bajka, seinen Onkel, den ältesten Sohn von Dragica, im Lechfeld getroffen, als der gerade nach Wien fahren wollte. Bajka behauptete, daß Lajos in der letzten Nacht im Schlaf zu ihm gesprochen hatte. Daß er gesagt hatte: ›Gut, ich sterbe. Wollen wir einander nicht, bevor ich im Grab für immer schweige, vergeben?‹ Seine Stimme war wegen der großen Entfernung sehr schwach gewesen!«

Joseph dämpfte jetzt selbst sein Geschrei. Gerard hatte den Fernseher leiser gedreht. Von irgend etwas berührt, hörte auch er jetzt zu.

»Er fuhr mit. Hinter Bajka und dessen Frau fuhr er nach Wien, wo Lajos, reich geworden – und nur Gott weiß, wie –, in einem Haus lebte. ›Kämm dir die Haare‹, sagte Bajkas Frau, als sie dort mitten in der Nacht ankamen. Auch er war beeindruckt von dem Haus am Rande der Stadt. Aus den Fenstern fiel so viel Licht, daß die am Straßenrand abgestellten Autos und Wohnwagen der Familien im Regen glänzten, das Wetter war sehr schlecht. Auf dem Hof sah er Leute an kleinen Feuern unter aufgespannten Segeltuchplanen. Der Wind spielte mit den Flammen. ›Komm, Freund.‹ An Räumen voller Leute und spielenden Kindern auf der Treppe vorbei folgte er Bajka, dem entfernten Vetter seines verstorbenen Vaters, zum Sterbebett, wo jemand jetzt, da es noch möglich war, das mit dem Verzeihen erledigen wollte.«

Gerard schaute zur Seite, ganz kurz. Dann folgte er wieder Josephs Blick, der in Augenhöhe mit einer sonnigen Landschaft sagte: »Da lag er. Im Bett, die Hände unter dem Kopf gefaltet, als ob er nur dem Regen lauschte, der gegen die Fenster schlug. Seine Augen waren auf die Tür gerichtet. Er grinste munter, als Bajka auf das Bett zuging, und schien gar nicht gemerkt zu haben, daß noch jemand ins Zimmer getreten war, ein jüngerer Mann, der sich verdattert in die Ecke neben einen Schrank setzte. Denn Lajos machte keineswegs den Eindruck, als würde er innerhalb der nächsten vierundzwanzig Stunden beweint werden. Sein Haar lag auf dem Kissen, und die Hand mit den goldenen Ringen drückte Bajkas Hand kräftig. Nichts deutete darauf hin, daß die Frauen auf dem Hof schon bald zu schreien beginnen und sich die Haare raufen würden und daß man einen orthodoxen Priester würde holen müssen, damit der am Rande eines offenen Grabes, das heftige Wehklagen übertönend, seine Sprüche sänge, während man gleich daneben regelrecht würde kämpfen müssen, um eine untröstliche Alte daran zu hindern, sich in die Grube zu stürzen.

›Ich bin's. Bajka.‹

›Ich wußte, Bruder, daß du es bist.‹

Seine Stimme klang tiefer, und es schwang mehr Verstand darin, als es sein Leben lang der Fall gewesen war.

›Wie fühlst du dich?‹

›Ich bin am Ende.‹

›Du siehst aber noch gut aus.‹

›Na, dann schau mal richtig hin, würd ich sagen.‹

›Du bist reich geworden, Lajos. Du hast ein Haus.‹

›Ja, ein Haus. Du hörst das Knarren der Treppen. Du spürst die Stärke der Mauern. Bei Wind hörst du die Bäume auf der Straße. Und trotzdem macht ein Haus einen auf die Dauer müde.‹

Sie begannen miteinander zu sprechen, wie man überall spricht, wenn es Nacht ist. Nachts hat man alle Zeit der Welt. Er, in der Ecke neben dem Schrank, ließ seinen Gedanken freien Lauf. Sie durften tun, was sie wollten, er schaute derweil zu den Schatten an der Zimmerdecke und lauschte in die Nacht. Ein Windstoß rüttelte an den geschlossenen Fenstern. Ein Dachziegel rutschte mit scharfem Geräusch abwärts. Er schaute zu Lajos in seinen Kissen im Bett und erinnerte sich an die Schrauben, die dieser früher im Kopf gehabt hatte. Durch Bajkas Schuld. Es kam ihm so vor, als wären diese Schrauben, von denen im übrigen nichts mehr zu sehen war, vielleicht gar nicht einmal so schlecht für das Gehirn in diesem Kopf gewesen.

›Ich war ein Idiot.‹

Er hörte, daß die beiden Männer im Begriff waren, sich gegenseitig großmütig zu verzeihen.

›Nein, zum Teufel! Das kam, weil ich ein Höllenfeuer im Leib hatte. Weißt du noch, wie heiß es in dem Sommer war? Da schmolz einem ja das Mark in den Knochen.‹«

Gerard war aufgestanden, eigentlich ohne Grund. Auf Socken ging er in die Mitte der Küche. Die Hände in den Hosentaschen, blieb er dort mit gesenktem Kopf kurz stehen und begriff nicht, welche Gedanken ihn leiteten. Wollte er ins Bett? Da sah er seine zur Hälfte gerauchte Zigarre im Aschenbecher. Eine ganze Weile war er damit beschäftigt, sie wieder anzuzünden. Ohne sich darüber zu wundern, merkte er, daß Joseph inzwischen von dem Haus in Wien und dem Sterbenden schwieg.

»Setz dich doch, Pa«, sagte Joseph.

Er setzte sich wieder, wie er gesessen hatte, das Gesicht zum Fernseher gewandt, und bekam dann zu hören, was er von dem Western verpaßt hatte.

»Sie sind entkommen«, erklärte Joseph ernst. »Diese Cowboys sind in den Sattel gesprungen, in *einer* Bewegung, mit *einem* Satz, einfach unglaublich, und sind wüst um sich ballernd entkommen.«

Für einen Moment blickten sie beide aufmerksam auf die lautlosen Bilder. Aus dem Augenwinkel heraus mußte Joseph gesehen haben, daß Lucie den Arm in seine Richtung streckte, denn er suchte in allen Taschen und reichte ihr, ohne die Blickrichtung zu verändern, sein Feuerzeug. »Wie gesagt«, fuhr er dann fort, »nichts deutete darauf hin, daß Lajos schon wenige Stunden später auf seiner Sterbematratze in den Hof getragen werden würde. Es war eine elende Nacht zum Sterben, eine furchtbare Nacht. Der Wind schien mal aus den Wolken und mal, mit gewaltigen

Stößen, aus der Erde zu kommen. Acht Männer sprangen mit wasserdichten Planen herum und hatten alle Hände voll zu tun, daß Lajos, der vor der Stalltür lag, nicht naß wurde. Von einer Sekunde zur anderen hatte sich sein Aussehen verschlechtert, er bekam hohle Wangen, und die Haare fielen ihm aus. Plötzlich schien es wie ein Wunder, daß seine Seele nicht schon vor Tagen auf die Reise gegangen war.

Was also nicht der Fall war. Etwas früher in dieser Nacht hatte er wie ein Fürst in seinem eigenen Schlafzimmer zusammen mit Bajka sogar noch ein letztes Glas gekippt.

›Hör zu, Bajka‹, hatte er gesagt. ›Da steht die Flasche. Na, komm schon, Mann.‹

Und dann hatte er die Augen verdreht, um sich geschaut und endlich gesehen, daß in der Ecke neben dem Schrank ein ihm vollkommen Fremder saß.

›Bitte schön, Lajos.‹

›Ich danke dir, *phral.*‹ Er führte das Glas zum Mund, nahm einen kräftigen Schluck und hickste. Seine Augenlider zuckten. Angespannt, aber ohne einen Funken Feuer, schaute er dann von den Schatten an der Zimmerdecke zu der Gestalt in der Ecke, die das unbestimmte, teilnahmslose Aussehen hatte, das Außenstehende nun mal haben.

In dem Moment war Nenat Glan ins Zimmer getreten.«

»Was!« rief Lucie aufrichtig erstaunt. »Lebte die immer noch?«

»O ja«, sagte Joseph. »Warum auch nicht? Sie muß damals in den Achtzigern gewesen sein.« Er machte eine gelassene Handbewegung. »Die wird auch noch hundert.«

Und er beugte sich vor, um den Ton am Fernseher wieder anzudrehen: Orchestermusik, näselndes Amerikanisch und Gewehrschüsse. Auch Lucie rückte jetzt mit ihrem Stuhl heran. Gemeinsam verfolgten sie die Kette der Ereignisse, die nach ungefähr zehn Minuten mit absoluter Logik in ein Happy-End mündeten.

Zuletzt also doch noch uneingeschränkter Frieden? Lucie lächelte im bläulichen Schein eines letzten Mousselinkleids. Vermutlich dachte sie nur: wie schön, wie süß! Gerard gähnte und schob seinen Stuhl ein Stück zurück. Er war in Gedanken noch beim Verzeihen, bei dem Totenbett, das ihn mit dem Wind und dem Regen vor den Fenstern irgendwie angesprochen hatte. Sah er die beiden Männer vor sich, nur die beiden, weil der dritte ihm zu vage war? Das schlägt wirklich alles, was sich in all den Jahren zwischen ihnen abgespielt hat. Ein Schimpfwort – *Hosenscheißer*, ich bitte dich! –, ein Kopf mit Schrauben und ein Heiratsverbot. Gerard hakte seine Daumen in die Westentaschen. Als alternder Mann und Bauer wird er wohl wissen, daß dies eine bekannte Abfolge ist: Beleidigung, Verbrechen, Strafe. Und dann auf dem Totenbett der an sich gar nicht so abwegige Einfall mit dem Verzeihen. Ein Happy-End hat immer etwas höchst Erfreuliches.

Und trotzdem hat in der Ecke neben dem Schrank noch jemand gesessen. Mit einem blinden Fleck auf der einen Seite seines Herzens. Gerard erhob sich. Sein Gesicht hatte wieder den alten mürrischen Ausdruck angenommen. Als älterer Viehzüchter und Gärtner hat er vielleicht nicht viel übrig für Abstraktionen, aber es gibt doch ein paar Erfahrungen, die in seinem Kopf weiterarbeiten. Das Böse hat eine Schuld ergeben. Irgend etwas in der Schöpfung landet in den roten Zahlen. Dann kommt es zum Erlaß. Die Schuld ist weg, übrig bleibt allein das Böse. Als was? Als Naturerscheinung? Als dunkles Ding? Weiß der Teufel. An der Zwischentür blieb er stehen, als zögere er, sein auf der anderen Seite des Flurs gelegenes Schlafzimmer aufzusuchen. Da fiel sein Blick auf die Uhr. Ich sag jetzt besser gute Nacht. Warum sollte ich es heute abend spät machen? Ich zieh jetzt besser meinen Anzug aus und krieche ins Bett. Als verbitterter Twenter Bauer weise ich jedoch darauf hin, daß es Dinge gibt, die nicht verziehen werden können.

Vierter Teil

1 Muß man vorsätzliche Niedertracht verzeihen? Davon hat diese Niedertracht doch gar nichts? Mevrouw Nicolien Nieboer-Ploeg hat keine unglückliche Jugend gehabt. Das schon mal vorweg. Man könnte wunderbare Entschuldigungen für sie anführen: Die kleine Nicolien ist in ihrer Jugend schrecklich geschlagen, gedemütigt und vernachlässigt worden. Bitte sehr, und das sind die Folgen. Das ist jedoch nicht der Fall. Es geht um Verrat. Und die Verräterin ist eine junge Frau, die sich, siebenundzwanzig Jahre alt, in keinster Weise für ihre Lebensgeschichte zu schämen braucht. Schade für die Psychologie. Schade auch für die Wissenschaft, aber das Verraten von Leuten, die die Bezugscheinstellen überfallen haben, vom Sommer dreiundvierzig bis zum Frühjahr vierundvierzig, können wir nicht auf irgendein mit dem Verstand erfaßbares Problem zurückführen. Entschlossene, vitale Schlechtigkeit steckt einfach im System der Welt. Die Frau, die bereit ist, Namen zu nennen, tut dies aus innerster Überzeugung. Sie selbst profitiert kaum davon. Kann man ein Gläschen Kognak auf einer Party mit ausländischen Offizieren als Profit bezeichnen? Aus freiem Willen und bei vollem Verstand gibt sie noch in derselben Woche ein Haus an, aus dem zwei Bewohner, ein Vater und ein kaum zwanzigjähriger Sohn, schon vier Tage später am Schießstand beim Flugplatz Twente an die Wand gestellt werden. Sie tragen Augenbinden. Schau. Zwei Lebensgeschichten enden mit einem Schlag, eine dritte, die ihrige, geht einstweilen noch weiter. Angenommen, sie lebte in diesem Moment noch. Wie würde sie dann ein halbes Dutzend Toter in ihrer Autobiographie unterbringen? Es klärt nichts, sich diese Frage zu stellen.

Gerard hatte seiner Tochter bis zum Sommer neunundsiebzig nicht erzählt, wie und von wem er verraten worden war. In jenem Sommer sollte er es dann tun, aber weil er kein großer Redner ist, fragt es sich, ob Lucie, ein empfängliches Geschöpf, aber auch ein Einfaltspinsel, genug aus seinen Worten verstand. Sie hörte ihm zu, während sie an dem Steintisch vor dem Haus dabei war, Einmachflaschen zu ungefähr einem Viertel mit gut gewaschenen Blaubeeren zu füllen. Gerard saß daneben und schaute zu. Gleich würde sie durch einen ganz trockenen Trichter so viel Zucker auf die Beeren schütten, daß sie davon ganz bedeckt waren. Er sog derweil an einem Zigarrenstummel und fing, weiß der Himmel warum, mir nichts, dir nichts vom Krieg an. Und sie hörte mit halbem Ohr zu. Gut genug, um zu begreifen, wer und was Jannosch Franz war? Wer seine Lebensgeschichte erzählt, berührt unvermeidlich die anderer Leute. Bekannte Passagen aus der einen Autobiographie fehlen manchmal auf herzzerreißende Weise in einer anderen. Was für ein Paar. Gerard erzählt die Tatsachen. Sie sagen mir immerhin genug, um mir ein ganz gutes Bild davon machen zu können, was damals passiert ist.

Nicolien Nieboer-Ploeg war eine Frau mit schönem blondem Haar und einer Stimme, die am Telefon etwas Scharfes bekam. Männer wurden von ihrer Jugend und Gastlichkeit angezogen: Sie war mit zwei kleinen Kindern allein zurückgeblieben, als man ihren Mann im Mai dreiundvierzig als Kriegsgefangenen nach Aschersleben deportiert hatte. Jetzt veranstaltete sie im Familienferienhaus in Benckelo reizende Feste. Grammophonmusik. *Liebling, wir müssen uns wiederseh'n...* am Rande des Waldes. Dank der in der näheren Umgebung stationierten Militärs fehlte es ihr nie an Gästen. Liebhaber gab es genug. Wie zum Beispiel die Sipo-Leute von der *Dienststelle* in Almelo, wie zum Beispiel die von der Prinsenstraat in Enschede. Auch *Kriminalassistent* Jürgen L. hat mehr als einmal in ihrem Salon so starke Drinks mit ihr getrunken, daß er davon husten mußte. Ihr gefiel es, daß er sie fragte, wo sie ihre guten Fremdsprachenkenntnisse herhabe. Als er sie kurze Zeit darauf fragte: »Kannst du mir nicht etwas Interessantes über den Untergrund hier erzählen?«, da gefiel ihr das auch, sie hätte nicht sagen können, warum.

Eines Samstags merkte sie, daß das Gespräch beim Bäcker im Matenweg stockte, als sie den Laden betrat. Einer aus dem Widerstand war gefaßt worden, ein Brennstoffhändler, gegen den der *Kriminalassistent* allerdings keinerlei Beweise hatte, sie wußte davon. Teils aus wirklicher Sympathie durchbrach sie die Stille. »Mein Gott«, sagte sie. »Verdammter Mist. Esmeyer. So ein Pech aber auch. Ich hab's gehört.« Wobei sie in Blick und Stimme offenbar genau das richtige Maß an Verständnis legte, denn nachmittags klingelte der Lehrer bei ihr an der Tür. Ob sie vielleicht etwas tun könne. Wieder wurde ihr ganz warm vor Hilfsbereitschaft, sie goß Tee ein aus ihrer Rosenthal-Kanne, und einen Tag später war Esmeyer frei.

Zweifellos hätte sie das genießen können, dieses Kunststück, meine ich, doch was sie in Wirklichkeit genoß, das waren die Blicke. Die Blicke einiger Bauern, eines Geschäftsinhabers, einiger Beamter im Rathaus: x-beliebige Leute aus der Umgebung begannen sie ernst und prüfend anzusehen, was ihr manchmal, wenn sie den Blick erwiderte, ein unbändiges Vorgefühl von Erfolg verschaffte. Währenddessen setzte der *Kriminalassistent* seine Besuche bei ihr fort. Jürgen L. brachte ihr Strümpfe und Seife mit, spielte mit den Kindern, bevor die ins Bett gingen, blieb zum Essen da, begleitete sie für ein Stündchen in ihr Schlafzimmer und fing in einer Herbstnacht, kurz bevor er wieder ging, von dem kleinen Gefallen an, den sie ihm doch sicherlich erweisen wolle – in die Twenter Widerstandsbewegung einzudringen.

Seit Ende Juli dreiundvierzig waren Rollkommandos des Widerstands in Aktion getreten. Studenten, ehemalige Militärangehörige und den Arbeitseinsatz in Deutschland fürchtende Arbeiter waren in großer Zahl untergetaucht und benötigten Lebensmittelkarten. Nicolien Nieboer zog ein mitleidiges Gesicht, als L. ihr an jenem Abend von den Sorgen der SD-Büros in Almelo und Enschede erzählte. Ein Sabotageakt bei der Eisenbahn, Überfälle auf Rathäuser und Zuteilungsstellen, der leidige Diebstahl von Autos und von Waffen, die leidige Befreiung von Gefangenen aus Polizeidienststellen. Zuletzt knurrte er noch, er traue der Gemeindepolizei von Enschede nicht.

Sie begleitete ihn ruhig in die Diele. Während er seine Mütze von der Garderobe nahm, sprach er sich für die Methode der freundlichen Infiltration aus. »Streng dich ein kleines bißchen an, und sie vertrauen dir«, sagte er. Er gab ihr noch zu verstehen, daß ihn nicht die kleinen Fische interessierten, sondern, natürlich, die Hauptdrahtzieher.

Sie öffnete ihm die Tür. Mit spöttischem Lächeln sagte sie: »Dann sollte ich wohl am besten gleich mal einen Untergetauchten aufnehmen.«

Sie nahm einen ins Haus, einen schwierigen Fall, Jude, schon älter, mit einem Äußeren, das für sich selbst sprach. Sie vermittelte beim Freikauf von zwei Postangestellten, die eine illegale Telefonleitung angeschlossen hatten. Es waren schnelle Zeiten. Das Schicksalssystem von Tod und Terror arbeitete ohne Pause, und wer es damit aufnehmen wollte, mußte über eine rasche Intuition verfügen. Man vertraute Mevrouw Nicolien Nieboer-Ploeg. Schon sehr bald konnte sie auf der *Dienststelle* berichten, in welchen Häusern der Umgebung man sich traf.

So kam sie allmählich in die Nähe von Gerard. Keine kleinen Fische, war ihr gesagt worden. Ich weiß nicht, ob Leute wie Gerard und Jannosch kleine Fische waren, sie stahlen Zuteilungskarten, das war eine Sache. Eine andere war, daß die Besatzungen von abgeschossenen Flugzeugen in Twente ziemlich oft spurlos verschwanden. Nicolien Nieboer-Ploeg merkte, daß L. es für eine nicht zu tolerierende Sache hielt, daß die Tommys offenbar in aller Seelenruhe zu ihren Einheiten in England und Kanada zurückkehrten. Als sie ihm daher eines Tages erzählte, daß der führende Kopf dieser Fluchtlinie ein Gemüsebauer aus Hengelo sei, da lachte er. Ebenfalls lachend sagte sie: »Er heißt Jules. Er spricht mit französischem Akzent.« Danach rückte sie mit der Nachricht heraus, daß er an diesem Samstag in dem und dem Bauernhof eine Zusammenkunft anberaumt habe.

Es wurde ihr erster Fehlschlag, schade, die gesuchte Hauptperson tauchte nicht auf, krank, hörte sie später, und Gerards Bauernhof war diesmal umsonst umstellt worden. Eine Woche lang intensives Planen, dann ein zweiter Fehlschlag, irgend etwas mit Gefangenen, die in Höhe von Nijverdal von Untergrundleuten befreit werden sollten, ein prima Hinterhalt war bereits inszeniert, aber wer tauchte auf? Keine lebende Seele. Die Situation wurde unhaltbar. L. wollte nicht länger warten, denn in Twente und Salland wurden jetzt jede Woche Überfälle verübt. Ende Januar beschloß er, an ein paar von Nicolien Nieboer angegebenen und bisher in Ruhe gelassenen Adressen in Borne, Wierden, Markelo, Goor und Enter zuzugreifen. Er erzählte es ihr, und sie nickte. Nichts lieber als das. Auch sie verspürte Ungeduld und ganz tief im Herzen eine unwirkliche Art von Fröhlichkeit, die jetzt endlich einmal Tatsachen sehen wollte. Sie beugte sich vor und legte ihre warmen, trockenen Hände auf L.s Schreibtisch.

»Lieber Freund, ich möchte es einmal aus nächster Nähe erleben.«

So kam es, daß sie eines Abends im Januar in die Probleme auf Gerards Hof verwickelt wurde. Autos hatten vor dem Haus gehalten. Türen flogen auf, und die Hunde schossen herbei. In der Wohnküche waren drei Männer und eine Frau vom Tisch aufgesprungen. Nur der Bruchteil einer Sekunde, und dann die Erkenntnis, was der Höllenlärm draußen zu bedeuten hatte, den Bruchteil einer Sekunde, länger hat es nicht gedauert.

Aber doch lange genug für die Männer und die Frau, sich in dem verräucherten Raum kurz anzusehen.

Gerard rannte als erster los. Er ließ Nicolien Nieboers klare Augen Augen sein und griff nach der Waffe unter seiner Jacke. Aber sie waren schon drinnen. Während Netty, Gerards Frau, den Riegel an der vorderen Haustür noch immer nicht zurückgeschoben hatte, drangen fünf oder sechs Mann mit Maschinenpistolen bereits über die Tenne ins Haus. Die Verdächtigen, um die es ging, wurden entwaffnet und bekamen links und rechts Schläge, vor allem, als einer von ihnen, ein dunkler Halunke, sich vorbeugte und mit dem Ellbogen so zustieß, daß ein noch junger Wachtmeister von der nationalsozialistischen Landwehr der Niederlande schwer zu keuchen begann. Nur die Frau wurde verschont, obwohl auch sie die Hände in den Nacken legen mußte und von oben bis unten abgetastet wurde.

Dann hinaus. Wind. Im Dunkeln die Autos. Die vier festgenommenen Personen wurden nach rechts gestoßen. Eine von ihnen verspürte ein Kribbeln in der Brust. Mit weit aufgerissenen Augen ging sie an den schwarzen weitverzweigten Linden vorbei. Wir wissen nicht, welche Gedanken, die auch für sie selbst nicht zu begreifen waren, sie begleiteten. Am selben Abend noch sollte sie wieder zu Hause sein, und das war's dann, Nicolien Nieboer-Ploeg, einer jener Fälle, die in jedem Krieg vorkommen und nicht nur da. Was aber geschah mit den anderen?

Gerard war einer jener Menschen, denen es genügt, wenn mit dem Betrieb und der Familie alles in Ordnung ist. Zu der Zeit, da dieses spielt, war er einunddreißig Jahre alt und mit einer Friesin verheiratet, einer Frau von klarem Verstand, stolz, sanftmütig, die ihn voll und ganz bei seinen gefährlichen Aktivitäten unterstützte. Sie hatten eine zweijährige Tochter, die sehr viel schlief und noch nicht sprach. Als er ins Auto geprügelt wurde, war seine Nase gebrochen, die Lippen geplatzt, aber er bereute nichts. Nie hatte er zugelassen, daß sein Leben von irgendeiner Ideologie beherrscht wurde. Seine Entscheidungen waren die eines von Haus aus konservativen Bauern. Er wollte nichts

Extremes sein, und schon gar kein Held, und daher kann man sich fragen, woher er den Mut nahm. Die Rückbank war weich. Er sank auf dem Plüsch in sich zusammen. Während er sich das Blut vom Mund leckte, hatte er zwar Angst vor der unmittelbaren Zukunft, dachte aber nicht an den Tod. Tatsächlich sollte er zu gegebener Zeit zu seiner Familie zurückkehren.

Auch Nummer zwei sollte seine Lieben wiedersehen. Der Polizeiwachtmeister, seit ein paar Monaten untergetaucht, war bekennendes Mitglied der evangelisch-reformierten Kirche. Anfangs hatte er, wie vermutlich auch andere seiner Kollegen, jedesmal »nichts gesehen«, wenn Untergetauchte gejagt wurden. Seine Überzeugung sagte ihm, daß Terror nicht zu seiner Abteilung gehörte. Eines Tages landete in der Arrestzelle seiner Wache ein führendes Mitglied einer Gruppe aus Meppel. Er fand den jungen Mann an einem Eisentisch sitzend vor, so einem, der im Fußboden verankert ist, damit beschäftigt, einen Abschiedsbrief zu schreiben. Eine Sekunde, dann lag eine Dienstpistole auf dem Brief an eine Mutter. An jenem Abend waren die Türen entriegelt, der Widerstandskämpfer verschwand, und der Polizeiwachtmeister war natürlich auf gar keinen Fall mehr zu decken. Kann man davon ausgehen, daß er im Auftrag seines strengen Gottesglaubens in jenem Winter höchst strafbare, illegale Gewalt angewendet hat? Mit Handschellen an Gerard gefesselt und ebenfalls übel zugerichtet, fiel er ins Auto.

Dann der letzte. Jannosch wohnte in einem Wagen im Wald zwischen Benckelo und Driene. Das Ding war zwei Meter breit, vier Meter lang und bot Platz für ihn, seine Frau und die drei kleinen Kinder. Neben dieser Behausung auf Rädern stand noch eine weitere, mit gedrechselten Holzpfosten, in der sein Bruder mit seiner Familie wohnte. Der Standplatz war illegal. Der Chef der deutschen Polizei in den Niederlanden hatte in diesem Sommer verfügt, daß niemand mehr umherziehen dürfe, kein Mensch. Alle

Wohnwagen mußten auf ein paar große Lagerplätze umsiedeln, die dann wunderbar bewacht werden konnten. Wenn das nicht genau den Vorstellungen der höchsten niederländischen Beamten entsprach! Den Vorstellungen des Direktors der Wohlfahrtspflege, dem im Mai 1940 die neuen Verhältnisse in mindestens einer Hinsicht wirklich gelegen gekommen waren: *Die Wohnwagen müssen verschwinden*, und der das auch in einer Broschüre geschrieben und in Umlauf gebracht hatte.

Aber es blieben noch eine ganze Reihe stehen, zumindest in der ersten Zeit. Neben Müllkippen, Friedhöfen, zusammengedrängt am Rand eines brachliegenden Feldes konnte man die Wagen sehen, mitsamt ihren wilden, unbegreiflichen Bewohnern, die dem Amt für Armenwesen zufolge zur asozialen Sorte gehörten.

Auch Jannosch ließ sich nicht internieren. Warum sollte er auch. Er war ein eigensinniger Mann und in gewisser Weise arglos, denn an Polizeiverordnungen war er schon sein ganzes Leben lang gewöhnt. Daher zog er mit seiner Familie und den Familien seines Bruders und seines Vetters weiter vom Gaasterland zum Hunsrück und danach nach Twente, ins Achterhoek und zurück ins Salland, weil er außer an Polizeiverordnungen sein ganzes Leben lang auch an Straßen, Pferde und das Geratter von Rädern gewöhnt war. An die Umrisse von Dörfern, auf die man frühmorgens zufährt. Die Märkte. Die Adressen der Stammkunden für Schleif- und Schmiedearbeiten. An den blauen Himmel voller Stare über den Kirschplantagen in der Betuwe, wenn die Leitern an die Bäume gestellt worden sind. An die Pflücksaison, die Erntesaison, die Feuer auf den gerodeten Kartoffeläckern, wenn alle Lust haben, etwas zu erzählen. An die Kneipen, in denen einem ein Bauer auf die Schulter klopft, weil morgen der Tiefpflug mit acht, zehn Pferden aufs Feld muß. An den Frühlingsregen. Den Handel mit Regenschirmen. Die Sommernächte, wenn man die Füße zur Hintertür hinausstreckt. Den Pferdehandel. Den braunen Novemberhimmel mit den Sternen schon ganz früh zwischen den Ästen der Bäume. Den Kurzwarenhandel mit Garnen und Bändern. Die verschneiten Dörfer und die Frauen, die an der Tür fröstelnd deine Matten und Körbe begutachten. An all diese Arbeitsmöglichkeiten, diese Marktnischen, bei denen es nicht auf Ordnung, sondern auf Flexibilität ankommt. Doch der Politiker mag dich nicht. Dein Nomadenverhalten ist eine gegen ihn persönlich gerichtete Provokation. Die niederländische Obrigkeit betrachtet die Neigungen von Leuten wie dir als psychischen Defekt. Sie ärgert sich die Krätze an den Hals und spricht von Asozialität.

Er wurde mit nach hinten gedrehten Armen auf die Pritsche eines kleinen Lastwagens geworfen. Zu beiden Seiten Mannschaften. Sie zündeten sich Zigaretten an und machten, von Siegesrausch erfüllt, ihrer Wut noch eine Weile Luft. Die Autos holperten über den Hof. Jannosch erkannte die Landstraße mit ihren Schlaglöchern und Kurven, spürte aber nicht, daß sie im Grunde fatal abwärts führte. Da war das Dorf, der Laden, die Kneipe, in der ihn keiner mehr unter den Gästen sehen würde. Er lag mit dem Ohr auf der hölzernen Ladefläche. Hinter der Kreuzung eine scharfe Kurve. Er erkannte die Straße nach Hengelo und spürte weit weg im Wald auf irgendeine Weise die Wärme von Gisela und den Kindern, nicht aber das Schlimme des Lebewohls.

Wie ist es nur möglich, daß ein Mann, der so vernarrt in seine Familie und die weitere Verwandtschaft ist, ein Wichtigtuer und stolzer Kerl, der es versteht, Konflikten mit der Staatsgewalt so geschmeidig wie sonstwas aus dem Weg zu gehen, sich selbst so in die Bredouille gebracht hat? Etwa aus Loyalität zum Innenministerium, das die lästige fahrende Bevölkerung hinter einem massiven eisernen Gitterzaun, notfalls auch hinter einem Erdwall vom restlichen Volk trennen wollte? Das ist nicht so leicht zu begreifen.

Dreiundvierzig war alles sehr schwierig geworden. Jannosch hatte die Polizei nicht weniger als dreimal um Befreiung vom Reiseverbot gebeten und als Argument die Ausübung seines Berufs angeführt, und dreimal lautete die Antwort nein. Er und sein Bruder tauchten mit ihren Familien im Wald bei Benckelo unter, der Vetter verkroch sich mit den Seinen in einer elenden Bruchbude in Zutphen. Ihr Unternehmungsgeist nützte ihnen nichts mehr, die Leute waren ängstlich geworden. Und nicht selten feindselig. In Wierden wurden Anzeigen erstattet. In Benckelo sagten sie, die hocken noch immer im Wald, jenseits des Weges Richtung 't Stroof, ließen es ansonsten aber dabei bewenden. Hie und da half einer. »Hör zu, Jannosch«, sagte Gerard im Frühherbst. »Du stellst dein schönes Pferd jetzt besser bei mir in den Stall. Dann bleibt es trocken, und wir können es füttern.«

Sie standen hinter Jannoschs Wagen und schauten zu dem Hengst, der bereits mager wurde.

»Woher wissen wir, daß die Schweinekerle ihn nicht holen?« fragte Jannosch.

»Die kommen nicht so schnell wieder«, sagte Gerard und dachte an seine zwei besten Gelderländer, die sie im August beschlagnahmt hatten.

»Die waren schon mal bei mir.«

Das war in der Zeit, als die Wellington- und die B-26-Bomber über den Norden der Niederlande zu den deutschen Städten flogen. Regelmäßig wurde eine Maschine abgeschossen, und dann mußten die Besatzungen aufgelesen und über die Grenze nach Süden gebracht werden. In den Zügen patrouillierten niederländische, gelegentlich auch deutsche Polizisten mit der Fahndungsliste und forderten beliebig herausgepickte Fahrgäste auf, sich auszuweisen. Als Gerard Jannosch eines Tages gefragt hatte, ob er einen von diesen Piloten durch die Wälder wegbringen würde, hatte der Zigeuner – einzig und allein nach dem Freundschaftskodex – keine Sekunde nachgedacht, sondern nur genickt.

Sie erfuhr die Adresse nicht sofort. Der Hof von Gerard und Netty lag außerhalb des Dorfes. Daß dort gelegentlich ein Knecht, der noch nie eine Schaufel in der Hand gehabt hatte, wie ein Wilder den Gemüsegarten umgrub, fiel ebensowenig ins Auge wie der kleine Gast mit den gebleichten Haaren, der Angst vor dem Hund hatte. Leute kamen und gingen wieder. Manchmal war da plötzlich ein geselliger Gast, ein riesig netter Tom oder John, der kein Wort Niederländisch verstand, immerhin aber auf dem Weg entlang dem Obstgarten Radfahren gelernt hatte. So einer landete in der Regel bei Jannosch Franz. Ich stelle mir vor, wie der Zigeuner und der alliierte Ausländer sich in stockdunkler Nacht mit Decken und mit Kopfbedeckungen aus Schaffell und Maulwurfspelz in den Einspänner hockten. Zu ihren Füßen eine Tasche. Sitzt ihr? fragt Gerard. Ja, wir sitzen, mach das Tor auf. Jannosch erteilt seinem Pferd einen leisen Befehl.

Nun also wieder zu jenem Abend im Januar, ein Datum, das nicht unheilverkündender gewesen sein muß als der Rest des Kalenders in jener Zeit. Draußen ist es schon den ganzen Tag grau, mit Regenwolken, die gegen sechs unmerklich in der Dunkelheit aufgegangen sind. Um sieben liegt der Hof kalt und still da, mit lediglich einem Fahrrad neben der Tür und einem Hund, der sehnsüchtig unter einem Vordach liegt. Nichts ist zu sehen von dem Pferd, dem die Bäuerin gleich Satteltaschen auflegen wird.

An diesem Abend soll eine Aktion stattfinden. Ein gut vorbereiteter Überfall, an dem drei Männer und eine Frau beteiligt sind. Wenn ich an jenen Abend denke, dann denke ich zunächst einmal an die Momente, bevor die Frau über den gefliesten Flur hineingeht und halb amüsiert, halb geringschätzig wegen der Vorkenntnisse, die sie besitzt, mit einem »Da wären wir also!« in der Küchentür auftaucht. Das ist der Moment, auf den Gerard, Jannosch und der Polizist schon sehnlichst warten, weil sie es ist, die sich für eine, höchstens zwei Stunden das Auto von Kontrolleur de Krol ausleihen durfte.

Vor ihnen auf dem Tisch liegt ein Plan. Sie blicken darauf, sprechen jedoch wenig, weil sie mit ihrer Aufmerksamkeit bei der Kälte und Stille draußen sind. Innerhalb der nächsten Stunde soll das Rathaus von Delden geknackt werden. Abgemacht ist, daß die Frau beim Auto Wache hält und daß die drei anderen klingeln, die Losung sagen und danach den zivilen Wachmann, einen ganz üblen Burschen von der Nationaal-Socialistische Beweging, bedrohen und fesseln oder bewußtlos schlagen. Dann müssen sie daran denken, die Alarmanlage auszuschalten. Die Lebensmittelkarten, die Beiblätter und die Kontrollsiegel liegen in den Tresoren hinter den Ausgabeschaltern. Die stecken sie als erstes ein, und dann, wenn die ganze Geschichte so leicht und triumphal verläuft, wie sie mit an Sicherheit grenzender Erwartung annehmen, bringen sie das gesamte Personenregister der Stadt durcheinander, indem sie von den Regalen der Registratur das Einwohnerverzeichnis, die Herdbücher und Zuchtgenehmigungen mitnehmen, die dann später bis auf die Blankoausweise hinter Gerards Haus verbrannt werden. Im Bezirk Zwolle benötigt die Untergrundbewegung dringend Zuteilungsbescheide. Die Lebensmittelkarten werden von Jannosch noch in derselben Nacht in seinen Satteltaschen weiterbefördert.

Da ist das Auto. Gerard geht zum Fenster, er zieht die Verdunkelung beiseite und sieht die gelben runden Lichter auf den Weg einbiegen. Ein Hund stiebt mit gesträubtem Fell los, aber das Tier wird nur ein bißchen um die Besucherin herumspringen, sie ist eine Bekannte.

Schön, alles verläuft nach Plan, fragt sich nur, nach wessen. Gerard steht wieder am Tisch, und die beiden anderen sind damit beschäftigt, Zigaretten und Feuer auszutauschen, als die Frau, fast pünktlich, in der Tür erscheint und die ganze Szene – Verschwörer, Küchenherd, Tisch und

Stühle, Kaffeetassen, Aschenbecher und Hängelampe – zu etwas verzweifelt Unsinnigem macht.

»Da wären wir also!«

Sie knöpft ihren Mantel auf, einen Gruß auf dem Gesicht, und lacht Gerard und dem Polizisten zu, die sie beide schon ganz gut kennengelernt hat. Als sie sich zu Jannosch wendet, in aller Gemütsruhe und noch immer im Stehen, verdeutlicht sie ihr Lächeln mit einer ausgestreckten Hand. Sie sucht seinen Blick und nennt ihren Namen.

»Hier«, sagt Gerard, als sie zwischen ihm und Jannosch Platz genommen hat. Er legt seine gespreizten Finger auf den Grundriß des Gebäudes der Stadtverwaltung. Sie reckt den Hals. »So sieht's aus.«

Lebhaft, aber natürlich ohne Überzeugung redet sie mit über die Besonderheiten von Türen, Korridoren, Amtsräumen und der Alarmanlage. Der Polizist beugt sich jetzt über den Tisch, voll und ganz nutzlose Aufmerksamkeit, doch der andere, der mit den kohlschwarzen Augen, beschränkt sich auf ein gelegentliches Kopfnicken. Neugierig wirft sie einen Blick auf die dunkle Hand, die auf dem Tisch liegt, sehr mager, zwischen den Fingern eine Zigarette. Er nimmt lange Züge und behält den Rauch in den Lungen.

Sie hat – stelle ich fest – keine Ahnung, wer er ist. Noch wo er hingehört oder mit wem er zu tun hat. Schon seit mehreren Wochen suchen sie und ihr Freund, der *Kriminalassistent*, nach einer kleinen Öffnung in einer illegalen Fluchtlinie. Der Mann, den sie hier neben sich hat, ist einer, der gewöhnt ist, seiner eigenen Wege zu gehen. Trotzdem gehört er, fast wider eigenes Wissen, zu der Organisation von Jules Haeck, Obst- und Gemüsegroßhändler in Hengelo, gebürtiger Franzose, der Kriegsgefangenen und abgeschossenen Flugzeugbesatzungen über die Grenze hilft. Erst neulich hatte man dem Hengeloer eine Falle gestellt. Zuverlässige, von ihr beschaffte Informationen haben damals wegen der Krankheit dieser Hauptfigur zu nichts geführt. Erst im Oktober, als auf dem Bauernhof alles längst vorbei ist und dort nur noch Netty mit ihrem ruhigen Töchterchen wohnt, wird der Hengeloer durch Zutun anderer Leute geschnappt und nach wenigen Tagen erschossen werden. Aber auch dann wird nicht klargeworden sein, wie eine große Zahl von Flüchtlingen aus Twente und Salland nun eigentlich nach Limburg und von dort über nicht nachvollziehbare Kanäle nach Nancy und Südfrankreich gelangt sind.

»Wir fahren also über Beckum«, sagt sie jetzt.

Und Gerard nickt. Sie sprechen über die kürzeste Strecke und wie und wo sie möglichst wenig auffallen.

»Ja«, sagt er. »Gleich hinter der Kreuzung gibt es einen direkten Weg durch die Heide.«

»Verstehe.« Sie beugt sich dichter über die Stabskarte, die vor ihnen liegt. Sie reibt sich mit der Hand übers Kinn. »Tja«, sagt sie leise, gefügig. »Und dann?«

Gerard schaut von ihr zu den beiden anderen. »Wir bleiben auf dem Sandweg. Dann der Kanal.« Er denkt nach, trommelt mit den Fingern auf der Karte. »Ich denke, wir nehmen am besten die Wiek-Brücke.«

»Scheint mir ausgezeichnet.« Der Polizist hustet, er spürt eine Trockenheit in der Kehle. Er streckt die Hand nach den Zigaretten auf dem Tisch aus und sagt: »Die mündet auf die Straße nach Hengelo. Von da aus ist man in einer Minute da.«

Er öffnet geschickt das Päckchen und hält es den anderen hin. Gerard raucht noch, Jannosch nimmt sich eine, und Nicolien Nieboer, die eine von denen ist, die lieber gesund leben, meint, sie sollte die Zigarette heute abend besser nicht ausschlagen.

»Danke.«

Ist ihr klar, daß die Aschenbecher und die Kippen zu den Requisiten der Gefahr gehören? Daß die Schärfe in Nase und Kehle ausgezeichnet zu der Schärfe des Ungehorsams paßt und daß sich der Geruch und der Rauch, der blindlings in alle Richtungen treibt, perfekt in den Wahnsinn einfügen, den stillen Triumph, entgegen allen Vorschriften den eigenen Weg zu gehen? Sie sitzt in dieser verräucherten Wohnküche, siehst du es vor dir? Wir können annehmen, daß sie, während sie verlogen inhaliert, am eigenen Leibe erfährt, daß die Rollkommandos zumindest mit dieser Entschädigung für die Todesgefahr rechnen können: Tabakkarten, manchmal immerhin fünf oder sechs zusätzlich pro Mann.

Das Licht in der Küche ist verschwommen, der Rauch so dicht, daß das schwarze Rolltuch an den Fenstern wenn nicht etwas Himmlisches, so doch zumindest etwas Bläuliches und Transparentes bekommen hat. Stille tritt ein, ein kurzer, kompletter Friede, in dem keiner der drei Männer sich vorstellen kann, daß er je wie ein flehender Hund auf einen Rauchkringel schauen wird, der heimlich unter einem Tisch hervorzieht. Und doch wird das geschehen. Und doch werden sie innerhalb absehbarer Zeit Tabak nicht als Entschädigung, sondern als Gottesgeschenk betrachten. Eine Kippe, ein paar kurze Züge an einer Pfeife als Geleitschutz, damit die Gedanken von der Lagerstraße zum schönen Mondlicht über dem Appellplatz hinaufgelangen können. Eine andere Welt, jetzt nicht vorstellbar, und Jannosch wird einen litauischen Mitgefangenen am Arm ziehen und mit Gesten in eine Ecke von Block 34 locken. Ein rascher Blick in alle Richtungen. Dann öffnet er die Hand und zeigt dem Litauer einen Margarinewürfel. »Drei«, sagt der Litauer. Auch Jannosch kennt die Schwarzmarktpreise. Frech sagt er: »Fünf.« Ein Würfel Fett bekommt einen neuen Besitzer, einen trotteligen Litauer, der nicht kapiert, daß er für fünf Zigaretten auch ein ordentliches Stück Brot hätte eintauschen können.

»Ah, danke«, sagt sie noch einmal, nachdrücklich, als ihr der Aschenbecher hingeschoben wird.

Noch einen Moment. Gerard schaut auf seine Armbanduhr. Von dem Bauernhof gleich außerhalb von Benckelo bis zur Stadtverwaltung von Delden sind es mit dem Auto etwa zwanzig Minuten.

Sie haben noch nicht angefangen.

»Wie wär's mit 'nem Gläschen?«

Er und Jannosch sind es gewohnt, unmittelbar vor dem Beginn einer Aktion einen handfesten Kurzen zu kippen. Das tun sie auch an diesem Abend.

Waffen, Handschuhe, Jutesäcke, um die Beute darin zu verstauen, Schnur. Die nächste Stunde zieht in drei Gehirnen noch einmal in allen Einzelheiten vorbei. Ausschlaggebend ist allerdings, was sich in dem vierten abspielt: Sie müssen bereits vor mehr als einer halben Stunde bei der *Dienststelle* in Enschede losgefahren sein.

Dann kommt jener Bruchteil einer Sekunde, der bereits zur Sprache kam, der bereits bekannt ist und jetzt verschwiegen werden könnte. Nein, hör zu. Sie sind alle vier vom Tisch mit der gebeizten Platte aufgesprungen. Als Gerard sich mit einem rasenden Sprung abwendet, hat sein Blick Nicolien Nieboers Blick gekreuzt. Woher weiß man, was man in seinem Leben erlebt hat? In einem einzigen Blick steckt manchmal ein scharfes Messer, mit dem man etwas aus der Welt schneiden kann. Sein Herz krampft sich zusammen. Nicht jetzt, sondern viele Monate später wird er mit enthüllender Schärfe wahrnehmen, wie dieser Frauenblick von den Fenstern zurück zum Tisch schoß und dann die Runde machte, von einem zum anderen ging wie ein straffgespanntes Seil. Als er den seinen kreuzte, fing er etwas auf von einem sprachlosen, höchst sonderbaren Vergnügen.

Ich wüßte gern, ob sie damals zugehört hat. Von ihrem Gesicht ließ sich nichts anderes ablesen als die Anweisung, Einmachflaschen zu einem Viertel mit Beeren und Zucker zu füllen. Dann sah ich sie wieder in ihrer Schürzentasche tasten und, ja, schwarze französische Zigaretten und ein Feuerzeug hervorholen. An dem Steintisch unter den Linden, unter dem Augusthimmel, steckte Lucie mitten in der ersten Phase der Blaubeergeneverzubereitung. Dabei warf sie von Zeit zu Zeit einen Blick auf ihren Vater, der sich zu ihr gesetzt hatte. Der nicht sehr redselige Gerard hatte an diesem Nachmittag offenbar das Bedürfnis, sich zu äußern. Seine Worte strömten geraume Zeit dahin. Ich denke, daß die Tochter zugehört hat, weiß allerdings nicht, wem genau. Mit einer Gitane im Mundwinkel schüttete sie Zucker durch einen Trichter, und das einzige, was sie währenddessen erfüllte, war ein unsägliches Verlangen.

Sie sprach in diesem Sommer von nichts anderem als einem Appaloosa.

Gerard hatte natürlich etwas von der Spätsommerstimmung seiner Tochter gemerkt. Schon seit Monaten stand sie morgens um fünf Uhr auf, um die Spitzenpferde Linda, Walton Beauty und Viking im Turnus entlang den Feldern abzureiten, die in dieser Jahreszeit reif und hoch sind. Sie versorgte auch zusammen mit dem Stallburschen die Zuchtstuten, die Ein- und die Zweijährigen sowie Bellaheleen, die preisgekrönte Lieblingsstute ihres Mannes, die, sobald es nur möglich war, wieder zum Hengst gehen würde. Wozu dann noch ein Tigerscheck? Wenn sie gegen halb zehn Uhr morgens Kaffeepause machten, hörte Gerard sie mehr als einmal in einer Art Rausch von dem hellen Unterhaar eines amerikanischen Rassepferds schwärmen, das an Kopf und Körper mit gelben oder braunen Flecken gezeichnet ist.

In anderen Momenten fand er sie dagegen sehr still. Dann fütterte sie die Gänse und gab, wenn er sie etwas fragte, nicht unbedingt eine logische Antwort. Konnte er wissen, daß sie in dieser Hitze, mit einem Blick, der unter dem Rand des Sonnenhuts völlig ins Leere gerichtet war, die Ohren im Grunde schon auf den Winter eingestimmt hatte? Im Garten schossen die Tomaten ins Kraut. Zwischen den Bäumen summten Insekten. Immer häufiger waren die Momente, da es für sie nichts anderes gab als diese eine, zwingende Stimme, die ihr an Winterabenden Dinge erzählte, die sie nicht immer ganz verstand. Gerard hatte sich ihr gegenüber an den Terrassentisch gesetzt. Ich kann mir vorstellen, daß der leichte Wahnsinn, der seine Tochter umgab, nicht nur mich, sondern auch ihn ansteckte. Die Atmosphäre ferner Berichterstattung. Die Beschäftigungen – mythologischer Art – eines sehr anwesenden Abwesenden. Es liegt in der Natur der Geschichte, daß sie verwandte Geschichten nach sich zieht. Gerard blickte auf die emsigen Frauenhände und begann, von damals zu erzählen.

Mehr als fünfunddreißig Jahre her. Januar 1944. Er selbst, ein ehemaliger Polizist und ein Zigeuner. Das Bewußtsein, im eigenen Haus in die Falle gegangen zu sein. Die Verräterin war Mevrouw Nicolien Nieboer-Ploeg, die einen hilfsbereiten Eindruck machte und ihren kleinen Sohn einmal auf dem Fahrrad mit der Nachricht zu ihm geschickt hatte, da und da werde nach einem Untergetauchten gesucht werden. Er erinnerte sich noch immer an den Reiz der illegalen Aktionen und daß es war, als sei man im Grunde dafür geboren. Der Zigeuner nannte sich Jannosch Franz. Den richtigen Namen solcher Leute weiß man ja nie sicher. Jannosch Franz war ein schlauer Mann, der jedes Gebiet, jeden kleinen Landweg von hier bis zur belgisch-französischen Grenze kannte. Mit einunddreißig Jahren hatte er bereits eine Familie mit drei Kindern, das vierte war unterwegs. Gerard war schon mal in seinem Wagen gewesen. Dunkle Gesichter. Ein Ikonenschränkchen mit Heiligen hinter Glas. Von ihnen dreien kam als einziger Jannosch nach der Befreiung nicht mehr zurück.

Lucie schnitt mit unerschütterlicher Miene viereckige Zellophanstücke zurecht. Woran dachte sie, als sie sie auf die Einmachflaschen legte und mit einem roten Gummiband straff verschloß? An etwas Kostbares? Sagen wir: einen Appaloosa? An ein Mysterium, das ihr Herz ganz und gar ergründen wollte, nun, da ein anderes Mysterium noch durch Mitteleuropa streifte und einstweilen nirgends zu sehen war? Gerard legte seine Zigarre auf den Tischrand und erzählte von einem verschollenen Widerstandskämpfer. Einem seltsamen Kauz mit auffälligem Akzent, Analphabet. An wen dachte sie, als Gerard erzählte, daß er ihn nur nach dem Kampf an jenem letzten Abend, sonst aber nie ohne seinen Hut aus schwarzem Maulwurfsfell gesehen hatte? Weiß der Himmel, es könnte ja sein, daß das Herz dieser Tochter klüger ist als ihr Kopf.

Die Flaschen waren voll. Lucie erhob sich, um sie drinnen an einen warmen Ort zu stellen und nach ungefähr zehn Tagen, wenn der Zucker sich aufgelöst hatte, bis zum Rand mit jungem Genever zu füllen. Auch Gerard nahm in jede Hand eine.

»Seinen Sohn«, sagte er, »den hat er manchmal hierher mitgenommen. Ein Knirps von sechs, sieben Jahren.«

2 Ich bin nachts während eines Schneesturms geboren. Meine Mutter lag unter einem Wagen im niederländischen Teil des Waldgebiets zwischen Nimwegen und Kleve. Diese Wagen haben hohe Räder. Meine Mutter war mit einer Tante und einer Schwägerin darunter gekrochen, nachdem man die Seite, auf der der Wind heulte, mit Zweigen und Stoffstücken abgeschirmt hatte. Ich ließ nicht lange auf mich warten. »Ein Sohn!« schrien die Tante und die Schwägerin. Während die Schneeflocken vorbeiwirbelten, nahm meine Mutter mich in den Arm. Sie flüsterte mir einen Namen ins Ohr, den sie keinem Menschen gegenüber je wiederholen würde. Wenig später richtete sie sich auf, ich befand mich in der Wärme ihrer Wolljacke. Sie strich sich ihre drei oder vier Röcke glatt und kletterte wieder in den Wagen, zu ihrem warmen Plumeau aus Gänsefedern. Und dann wurde geschlafen!

So war's, als sich die Ecke südöstlich von Nimwegen in eine Wintertundra verwandelte. Meine Familie wollte sich ganz klein machen, ein bißchen handeln mit den Bauern, gerade genug, um Essen und Futter zu kaufen, es war kalt. Wenn es kalt ist, will man nicht zu viele fremde Gesichter, lieber ein wenig Ruhe. Elenderweise durchquerten an jenem Tag im Morgengrauen, so gegen halb acht, zehn Militärpolizisten auf Fahrrädern mit Handschützern den makellos weißen Wald. Sie fanden drei tief verschneite Wagen und Pferde unter einer aufgespannten wasserdichten Plane.

Mögen die Bluthunde von ihrer eigenen Brut in Grund und Boden verdammt werden! Rasend vor Krätze sollen sie werden!

Mein Vater fuhr fluchend in die Schuhe, machte aber ein höfliches Gesicht, als er bei der Vorlage seiner Papiere erzählte, daß ihnen in dieser Nacht ein Sohn geboren sei, den er vorschriftsmäßig im Rathaus anmelden und unter seinem gesetzlichen Namen ins Einwohnerregister eintragen lassen wolle. Es gibt Ungemach, das bellt – Kontrollen, Schimpfworte, das nehmen wir nicht so schwer –, und es gibt Ungemach, das beißt. Meine Familie mußte Knall auf Fall aufbrechen. Unter strenger Bewachung von zehn Fahrradfahrern fuhren sie zu dem Grenzübergang zurück, an dem sie ein paar Tage zuvor durchgelassen worden waren.

Wie alt ich damals war? Zehn Stunden vielleicht.

Und noch keine Woche später war ich wieder in meinem Geburtsland, denn was ist schon eine Grenze? Mondlicht und ein Karrenweg. Schatten entlang einem Schatten. Aufgrund eines von meinem Vater sorgfältig ausgewählten Personalausweises bin ich seither unter dem Namen Joseph Plato, Sohn des Jan Andrias Plato und der Gisela Nanna Demestre, bekannt.

Meine Eltern: unmöglich, den Lauf ihres Lebens zu kennen. Und dennoch verspüre ich ein Verlangen, das schaut und zuhört, völlig losgelöst von den normalen Dingen, die passieren. Man kann es nicht erklären.

Von meinem Vater weiß ich, daß er fünf Brüder, vier Schwestern, vierzehn Vettern und sechzehn Kusinen hatte. Sie waren in Rußland, Siebenbürgen, Kroatien, Deutschland, Skandinavien oder in den Niederlanden geboren. Einige von ihnen waren im Besitz eines sehr kostbaren Personalausweises. Mein Vater war ein magerer, muskulöser Typ, der, ohne im mindesten aufgebracht zu sein, phantastisch fluchen konnte, ich hörte mir das genüßlich an. Er, seine Brüder und seine Vettern waren Schmiede und Pferdehändler, und wenn sie samstags gebeten wurden, abends mit ihren Geigen ins Wirtshaus zu kommen oder in eine Bauerntenne, dann vereinbarten sie einen Preis und machten mit einem Dolch im Stiefelschaft ein Mordsspektakel daraus. Ich habe diesen Musikklamauk auf dem Schoß meiner Mutter gehört und gesehen. So etwas vergißt man nicht.

Mein Vater hat in den ersten Kriegsjahren einfach weitergemacht mit seinen Pferden, er hatte im Osten der Niederlande Kunden, die wußten, daß sie ihm vertrauen konnten. In Twente ist er an einem Abend im Januar losgeritten und nicht mehr zum Lagerplatz zurückgekommen. Und das ist ein Mysterium. Von der Wahrheit über meinen Vater, die doch auch meine Wahrheit ist, fehlen die letzten Fakten. Es gibt sie, und gewichtig genug sind sie auch, nehme ich an, aber total unsichtbar. Es gibt keine Stimme, die noch erzählen kann, in welche Falle mein Vater an jenem Abend unterwegs war. Stille. Und was dann, bis zum Ende, geschah. Wieder kein einziger Laut.

Beruhigend waren die langen trockenen Sommer, wenn die Sonne bis spät am Abend zwischen die Wagen schien. Mein Vater war, wie es heißt, ein vielseitiger Mann. Er konnte gut mähen, binden, angeln und Holz bearbeiten. In dem Kasten unter seinem Wagen lag neben einem Blasebalg auch ein Arsenal gut in Schuß gehaltener Zangen und Hämmer, um Pferde zu beschlagen. Sein größtes Talent war der Handel. Wenn ich weit genug zurückgehe, dann finde ich etwas von seiner gelassenen Überlegenheit in meinem Bewußtsein wieder. Es muß in seinem vorletzten Herbst gewesen sein, als eines Tages Kontrolleure für die Nummernschilder am Wagen kamen, oder Wohnungszähler, irgend so etwas. Ich bin ungefähr sechs und streichle in einer fest zugeknöpften Jacke und umgebundenem Halstuch ein blondes Pony mit Schlappohren, während ich die kleine Gruppe vor unserem Wagen betrachte. Mit dem Rücken zu mir: drei Männer mit Filzhüten und einer von der Grenzpolizei, der einen flachen Metallhelm trägt. Gegenüber von ihnen mein Vater, kleiner von Gestalt als sie. Er hat seine Hutkrempe so weit heruntergezogen, daß von seinem Gesicht nur Nase und Kinn ein wenig Licht einfangen. Hände in den Hosentaschen. Er sagt kein Wort. In seinem zerknautschten Anzug mit Pullover wartet er mit kaum merklichem Lächeln, bis die Abordnung soweit ist.

Audienz zwischen den Deichseln. Nachsicht. In wenigen Metern Entfernung eine Wäscheleine mit Socken.

Dann erinnere ich mich, daß mein Vater der Horde nicht allein entgegentrat. Halb von ihm abgewandt, aber frontal zu mir hat eine kräftige hübsche Frau gestanden, die schwarzen Haare unter einem Kopftuch verborgen. Sie hält die Hände unter der Brust verschlungen, die Ellbogen breit abgespreizt, und trägt auf dem linken Arm ein Kind. Auf ihrem ganzen Gesicht liegt Licht. Gerunzelte Stirn, breite Kieferpartie, den Mund hat sie geöffnet, als wolle sie mir etwas auftragen, eine Kleinigkeit, vielleicht im Zusammenhang mit dem Pony, was trotz der obrigkeitlichen Invasion ganz einfach getan werden muß. Das ist Gisela, meine Mutter, die, glaube ich, den zweijährigen Umay trägt.

Von ihnen weiß ich mehr.

Ein paar Tage nachdem mein Vater vierundvierzig verschwunden war, kam sein Steiermärker Hengst eines Morgens allein bei unserem Wagen im Wald angetrabt. Auf diesem Pferd ist meine Mutter zur Polizeiwache von Benckelo geritten, mein Onkel begleitete sie. Dort erfuhren sie nichts. Nichts, niemand wußte etwas, zumindest wurde das behauptet. Das einzige, was passierte, war, daß meine Mutter und mein Onkel die Gemeinde sofort verlassen sollten, den illegalen Standplatz zu räumen und zu einem der großen Sammellager zu verduften hatten, man schlug vor, zu dem bei Westerbork. Meine Mutter war schwanger. Sie wollte nach 's-Hertogenbosch, wo ihre Sinti-Familie stand. Dort haben wir einige Monate später den sechzehnten Mai erlebt, diesen bösen Frühlingstag. Wir mußten mit in den Zug. Dadurch, daß meine Mutter mich aus dem Zug schickte, zusammen mit meinem Vetter Paulko, hat sie bewirkt, daß mein Lebenslauf normal weiterging, normal. Wozu auch das gehört, was ich später über ihr Ende erfahren habe und das von Wielja, Umay und Leitschie, der noch keine zwei Monate alt war.

Als diese Berichte eintrafen, sprach jeder nur über die

Befreiung, und auch ich war in einer Stimmung, daß ich meinte, das Schlimmste sei nun vorbei. Ein Irrtum. Oh, die Kälte war in diesem Winter schrecklich gewesen, das will ich nicht bestreiten, keiner kann sich eine Vorstellung von der Kälte machen, die damals in mich drang. Sie kam im November. Nachdem wir den Sommer bei Bauern in Brabant überstanden hatten, ohne Unglück, denn Paulko war ein guter Drescher, Hafer und Gerste mit dem Flegel, und ich durfte die Schweineställe schrubben, nachdem der September furchtbar unfreundlich zu Ende gegangen war und man nur zum Himmel hinaufzuschauen brauchte, um zu wissen, was kam – Kälte und Elend –, wollte Paulko zur Verwandtschaft nach Rotterdam. Dort haben wir uns verloren. Wie und wo?

Wir kamen dort Anfang November an und stellten fest, daß nur eine Schwester meiner Mutter, Guta, noch mit zwei kleinen Kindern im Stadtteil Katendrecht wohnte. Ein Brot kostete damals bereits zwölf Gulden. Eine Woche nach unserer Ankunft kam ein Strom von Soldaten in die Stadt, und Paulko wurde bei einer wahren Hatz geschnappt. Tante Guta und ich haben ihn im Männertransport den Hoofdweg entlangkommen sehen. Es war am frühen Nachmittag, Regen, ein entsetzliches Gedränge von Frauen und Kindern. Paulko trug keinen Mantel, nur eine Jacke und ging in offenen Schuhen. Man hatte ihn von der Straße weg festgenommen. Guta griff in ihre Tasche – Paulko! – und warf ihm ein Brot zu. Das machten alle Frauen. Sie warfen Päckchen, rannten mit Decken vor und schrien »Hoch lebe Oranien!«, bis es den Soldaten reichte und sie zu schießen begannen. Wir sahen die Tausende von Männern vorbeitraben und in Richtung der Mühlen verschwinden. Paulko mußte an den Befestigungsanlagen im Achterhoek mitschaufeln. Er hat es überlebt. Ein deutscher Feldwebel habe ihm die Nase zertrümmert, erzählte er, als er zurückkehrte, aber ansonsten sei die Wehrmacht gar nicht so übel gewesen.

Wie ich schon sagte, die Kälte kam Ende November. Rotterdam hatte begonnen zu hungern, Brennstoff gab es nicht mehr. Nachdem wir alles Holz aus Tante Gutas Haus verheizt hatten, brachen wir eines Morgens in Richtung der südholländischen Inseln auf. Wir wollten uns in den Strohscheunen verstecken, wir wollten die unmittelbare Rettung – Schnorren beim Bauern – vor Augen haben.

Unter von Westen heranjagenden Wolken schoben eine Frau und ein Junge einen Karren mit zwei in Decken eingemummelten Kindern durch ein Gebiet aus Wasser und Äckern. Das Wetter war unfreundlich in diesem Jahr, kälter als sonst. Im Dezember setzte der Frost ein. Guta war eine sehr starke Frau mit Augen, die sanft stimmen konnten. Wir gingen und gingen und bekamen mal etwas zu essen und mal nicht, mal schliefen wir unter einem Dach zwischen Tiergeräuschen, mal draußen im Schnee. Eines steht fest: Die Bauern haben uns gerettet.

Als es im Januar Stein und Bein fror und ein eisiger Nordostwind blies, waren wir in der Nähe von Rhenen. Bei Frost bekommt man ziemlich schnell Kopfschmerzen und danach, weil alles anders ist, überfällt einen eine dösige Müdigkeit. Wasser ist zu Eis geworden, Metall fühlt sich glühendheiß an. Es kommen Augenblicke, wenn die Sonne sinkt und der Himmel blaßrot geworden ist, in denen es einem völlig gleichgültig ist, wo man bleibt. Unter der Überdachung eines vereisten, zerstörten Rangierbahnhofs verfielen Guta und wir Kinder in einen Zustand teilnahmsloser Ruhe. Wir verkrochen uns in eine Ecke, fühlten, daß unser Leben nichts mehr wert war, und dachten nicht länger daran.

Und dann? Dann kam das Gejammer des Windes wie ein Geist. Ja, und dazu an einem dieser Morgen, es war noch fast dunkel, ein Geräusch, das das Gejammer durchbohrte und plötzlich mit einem ausgelassenen Geschnatter übertönte, dem gegenüber unsere abgestumpften Seelen unmöglich taub bleiben konnten: Wildenten. Ein ganzer

Schwarm dicker brauner Krickenten war vor unseren Augen zwischen den Schienen gelandet.

Bei Gott und seiner allmächtigen Wunderkraft, sagte Guta. Was tun wir? Sie kroch auf Händen und Knien los.

Gut, wir haben eine gefangen und gegessen, nachdem wir sie in einer Bohnendose gekocht hatten. Wie wir zu heißem Wasser kamen? Schau, noch wochenlang konnten wir bei den Häusern der Umgebung mit dem Kohlengrus und den Schlacken hausieren, die wie Gold im Boden des Rangierbahnhofs verborgen lagen und die ich am Morgen der Krickente mit den Fingern auszugraben begann. Eines Tages mußte eine Frau weinen, als sie meine gekrümmten Hände, schwarz wie Vogelkrallen, sah.

Bleib doch nicht in der Tür stehen!

Wir durften dort eine ganze Woche lang essen und am Ofen sitzen, und als wir weiterzogen, trug ich Strickfäustlinge aus Schafswolle.

Die Befreiung erlebten wir Anfang April in Colmschate. Da hatte Guta ihr Baby bereits begraben. Wir waren zu dritt. Unter Flammen und dröhnendem Feuer rannten wir über die Wiesen und verkrochen uns zusammen mit ein paar Familien und einem deutschen Soldaten, der auch Angst hatte, in einem Keller. Ach, und dann habe ich durch ein kleines vergittertes Fenster den Krieg gesehen, ein, zwei Tage lang! Könnten wir nur noch tiefer in die Erde kriechen, sagte Guta. Ich schaute zu den Kanonen auf dem Hof. Sie bellten jede Minute. Soldaten rannten gebückt herum. Wurden sie erschossen, so blieben sie einfach liegen. Während Granaten über den Stall flogen und alles wackelte, verließ die Bäuerin den Keller, um oben Brei zu kochen. Deventer liegt unter schwerem Beschuß, sagte sie, als sie mit dem Topf in den Händen zurückkam. Ich habe es durch die Küchentür gesehen. Ein Tag der Stille brach an. Dann rollten unter Irrsinnsgebrüll ein paar Panzer auf den Hof, grünliche Ungetüme mit Fühlern obendrauf wie ein Krebs. Darauf saßen von Kopf bis Fuß in gefleckte Uniformen mit Helmen und Kopfhörern gepackte Soldaten, die den Leuten Zigaretten zuwarfen. Die Sonne brach durch. Aus dem Haus gegenüber hing bereits eine Fahne.

Jawohl, die Befreiung, und alle konnten wieder aus ihrem Versteck hervorkommen und weiterleben. Zurück nach Hause, zur Lebensgeschichte. Der Mai war herrlich in jenem Jahr. Auf dem Land standen die Obstgärten in Blüte, und die Flüsse kräuselten sich im Wind. Im Laufe des Sommers kehrten die ersten Deportierten zurück. Juden und Zigeuner waren nur sehr wenige darunter. Von den aufgegriffenen niederländischen Zigeunern, fast alles Sinti, sind, wie sich später herausstellte, nur sechzehn Frauen und vierzehn Männer zurückgekehrt, keine Kinder. Paulko und ich haben uns im August mit Hilfe des Roten Kreuzes wiedergefunden. Danach konnten wir es nicht glauben, daß nirgends, weder in Den Haag noch in 's-Hertogenbosch, IJsselstein oder Oldenzaal, noch Leute von uns standen.

Eines Tages gingen wir zum Philips-Gebäude in Eindhoven. Dort lag Onkel Nikolaus mit zu Brei geschlagenen Nieren in einem Notkrankenhaus. Er sprach kein Wort. Erst später erfuhr ich durch ihn die letzten Fakten über meine Mutter, meine Schwestern und meinen kleinen Bruder. Und das hat alles, was später in meinem Leben passierte, geprägt. Der Zug aus Richtung Eindhoven kam an jenem Nachmittag in Assen an, wo die Festgenommenen, von niederländischer Polizei bewacht, in den Zug nach Westerbork umstiegen. Ankunft in Westerbork um vier Uhr. Onkel Nikolaus und seine Familie trafen nach acht mit dem Zug aus Den Haag ein. Alle Zigeuner wurden kahlgeschoren und ihres Gepäcks, ihres Schmucks und ihrer Geigen beraubt. Die Scham, sich zusammen mit Männern und Frauen auf einem Platz ausziehen zu müssen, ist für einen Zigeuner furchtbar. Nach drei Tagen der Zug nach Auschwitz. Bei der Ankunft Musik einer schönen Kapelle. Dort hat man sie noch bis Ende Juli am Leben gelassen. Dann der letzte Appell für die letzten sechstausend noch übriggebliebenen Zigeuner. Unter ihnen die niederländischen. Das Sortieren übernahmen Ärzte. Nikolaus Andrias war jung und gehörte zu den Männern, die nach rechts geschickt wurden. Um zu arbeiten. Er hat Gisela und ihre Kinder noch zusammen mit seiner Frau und seinen Söhnen in der anderen Gruppe gesehen, links, bestimmt für die Lastwagen Richtung Wald.

Keine Geschichte wird je um ihres Ausgangs willen erzählt. Keines Menschen Leben fällt mit seinem Ende zusammen.

Oh, habe ich gemerkt, aber wenn das nun so schwer ist, so schwarz und groß, daß es an die Stelle aller möglichen anderen Dinge tritt? Der normalen Dinge, sagen wir, die ein Kind von seinen Eltern übernehmen möchte? Als Paulko heiratete, gab es ein Fest mit einem jungen Stier am Spieß. Als Nikolaus zwei Jahre nach seinem Überleben die Tochter eines Kalderasch aus Ungarn heiratete, Katya, wurde auf der Hochzeit der *verbunko* getanzt. Der *verbunko* ist ein Tanz im Zweiertakt mit einem Rhythmus, der wirbt und betört. Ich war damals vielleicht zwölf Jahre alt, zwölf, und sollte für den Rest meines Lebens keinen Schritt, auch keinen Tanzschritt tun ohne das, was mit meinem Vater und meiner Mutter und einer ganzen Reihe von Familienangehörigen passiert war. Darum sage ich: Nach der Befreiung kam das Schlimmste. Die Berichte, die nicht wegzuleugnenden letzten Fakten.

Kann man damit ins reine kommen?

Sie lebten weiter in allem, was danach kam. In den Heimen, in die ich vom Jugendamt gesteckt wurde. Im Weglaufen aus diesen Heimen. In meiner Abholung vom Wohnwagenlager durch die Polizei und dem Zurückbringen – unter Begleitung und mit einem Stock im Hosenbein – zu den Einrichtungen, in denen man mir Lesen und Schreiben beibringen wollte. Erziehung, o ja, mit etwas von den höheren Dingen, die für Menschen erreichbar sind. Doch die letzten Fakten lebten weiter in den Stunden der Nacht, in denen ich wach lag und in denen ich schlief. Ich war schwierig, geriet in Wut wegen nichts. Die Dinge, die an mich weitergegeben wurden, an mich und mein tägliches Tun und Treiben, sahen nicht so erhaben aus.

Denn – wurden die Maßnahmen der Besatzungszeit etwa aufgehoben? Oder die aus den Jahren davor?

Mit dreizehn zog ich zusammen mit ein paar aus dem Grenzgebiet wiederaufgetauchten Verwandten umher. Nirgends durften wir stehen. Immer war Polizei in unserer Nähe, die uns wie Gesindel wegjagte, wie Gesindel! Wir sollten binnen vierundzwanzig Stunden weiterfahren, weiterziehen oder dorthin zurückkehren, von wo wir kamen. Weg aus Tilburg. Aus Enschede. Arnheim! In Arnheim standen wir mit zwei Wagen, ordentliche Haushalte, und die Polizei überfiel uns mit dreißig Mann. *Eine* Nacht durften wir bleiben, und am Morgen darauf waren alle Straßen von Polizisten mit Schilden versperrt, Hunde bei Fuß. Die Obrigkeit machte uns genau wie früher nur Schwierigkeiten. Du mußt dir vorstellen, damals war bereits das Gesetz in Vorbereitung – später trat es auch in Kraft –, das uns alle zu Bürgern machen wollte und uns mit den übrigen Wohnwagenbewohnern in einen Topf warf. Ist das die Möglichkeit? Die Demontage unserer Seele? Große Erziehungslager, in denen es alles gab: Sozialarbeiter, ein Klubhaus, einen Fußballplatz? Die hat man eingerichtet, aber ja, inklusive Schlagbäume und Polizeiposten. Wenn geduscht werden durfte, dann erfuhr man das aus den Lautsprechern. Erwachsene Männer, Männer von Rang und Namen, die sich in ganz Europa auskannten, bekamen eine Ration von zwei Bier pro Abend zugeteilt. Denn bei den Wunden Jesu, es gab Schlägereien! Gearbeitet wurde dort natürlich nicht, nachdem man alle Scherenschleifer, alle Schrotthändler auf einem Haufen zusammengesteckt hatte!

Wer sich Lager ausdenkt, denkt sich auch die gute und

die schlechte Nutzung derselben aus. In diesen Sammellagern, in denen für vorbeiziehende Verwandte nicht ohne weiteres Platz war und die niemand ohne Genehmigung verlassen durfte, fehlten nur noch die Bluthunde. Ansonsten war alles da, um von neuem die Hölle auf uns loszulassen.

Ich greife etwas vor, und dadurch komme ich zu Guta. Ich spreche von der Zeit, als Guta mir in einem Lager in der Nähe von Rotterdam ihren Traum erzählte. Ich kam heute nacht nach Hause, sagte sie. Es war Sommer. Die Bäume trugen Blätter. Ich ging zu dem Feuer, das vor unserem Wagen brannte. Dort saßen alle meine Brüder und Schwestern und unterhielten sich. Als ich bei ihnen ankam, blickten sie auf und sagten nichts mehr. Ich erkannte sie alle wieder. Ich sah, daß mein ältester Bruder seinen Bart rasieren mußte, und wollte in den Wagen, um ihm den Spiegel zu bringen. Aber sie schauten immer noch mit diesen weit aufgerissenen Augen, bis ich begriff, daß ich weggehen mußte, weil ich lebte und sie nicht.

Das erzählte Guta bei diesem einen Mal. Ein andermal sagte sie, sie finde es schrecklich, von ihrem Wagen aus den Schlot des Industriegebiets Pernis zu sehen, sie meinte den hohen Schlot, aus dem die Flamme züngelte. Auch die Eisenbahnlinie fand sie schrecklich. Und den Draht rings um das Lager.

Ich habe einiges erlebt an Grenzen und Straßenrändern mit all jenen Uniformierten, die wie Gottes eigene Schurken mit Artikel 61 oder was auch immer auf ihren dummen Visagen auf dich zugeschlendert kommen! Möge meine Wut unter dem Korken bleiben, aber das macht einen wirklich fertig, diese ewige Begleitung durch die Gendarmerie! Deine Papiere können so gut wie makellos sein, du kannst im Besitz von Geld sein, ein normaler Mensch traut dir nicht mehr.

Von Belgien kommend, trafen wir in Best ein. Wir wollten einkaufen. Die Bester Polizei hielt uns mit Verstärkung aus der gesamten Umgebung vom Ort fern. Gegen zwei Uhr hatten wir die Nase voll und stellten ihnen ein Ultimatum: Wenn wir um vier Uhr noch nichts zu essen haben, durchbrechen wir mit unseren Autos euren Kordon. Als die mobile Einsatztruppe aus Eindhoven kam, schleppten wir bereits Tonnen auf die Straße. Warfen wir bereits mit Pflastersteinen. Mögen alle Schurken aus der Welt hinausgeflucht werden und ihre üblen Visagen poliert – die Polizei wollte uns unbedingt nach Deutschland schicken! Nach einiger Zeit kam der Bürgermeister. Ein gesitteter Mann mit einer Amtskette um den Hals. Ja, und dann haben er und Nikolaus Andrias miteinander gesprochen, wie zivilisierte Leute. Wir fahren Richtung Venlo, Richtung Grenze, verkündete Nikolaus nach einer Stunde.

Zu der Zeit lebte er schon eine ganze Weile mit Katya zusammen, sein Sohn Sani war sieben. Er war freundlich zu mir, aber lachte wenig. Wenn wir nachts beisammensaßen, trank er sich manchmal die Hucke voll, und dann habe ich ihn gelegentlich weinen sehen, lautlos, wie ein Mann von Anstand, ein Mann mit einer Familie, die die Wende des Schicksals nicht versteht.

Ich komme jetzt zu dem Sommer, in dem ich geheiratet habe. Das war, als ich in Bosnien meine Ursari-Verwandten getroffen hatte und mit Leuten zusammen war, die überaus lebenslustig waren. Die Ungestümste war Dragica, eine alte Frau aus einem Stamm, der bis weit in die Zeit zurückreicht. Sie wollte die Wallfahrt in die Berge bei Suha Gora machen, weil da, sagte sie, die Jungfrau erschienen sei. Du mußt wissen, die Ursari waren nicht christlich, nicht an erster Stelle katholisch oder orthodox, sondern Anhänger der Moslemlehre. Trotzdem ließen sie nichts ungeschehen, um die Jungfrau inbrünstig zu verehren, weil sie, so fanden sie, die lieblichste Gestalt habe. Das liebste Lächeln, das meiste Verständnis, die schönsten Kleider.

Junge, sagte Dragica, keine Mühe kann zuviel sein, um

deine Seele zur Ruhe zu kriegen. Ich halte zur Sicherheit den Ramadan ein. Bete. Sing mit flehender Stimme, um unsere Vorfahren günstig zu stimmen, dieses Leben ist alles andere als sicher. Wir gingen in der glühenden Sonne in die Berge. Zwischen Felsen und Sträuchern haben einige von uns tatsächlich die Erscheinung wahrgenommen. Und ohne einen Anschein von Wahnsinn. Ich wollte mein Sehen nicht zwingen. Ich sage nur, daß ich sehr wohl weiß, was es wert ist, unterwegs jemanden bei sich zu haben, jemanden, an den man denken kann und den man manchmal, wenn es sich so ergibt, mit Worten ansprechen kann, die sehr hoch hinaufsteigen können.

Ungefähr drei Tage später bin ich Parasja begegnet. Und Dragica sah meinen Blick und wurde böse. Beim schummelnden Satan, schrie sie, warum nun ausgerechnet dieses Zigeunerweib!

Ich behaupte, daß wir glücklich waren! Stell dir einen Holzwagen von sechs Meter Länge vor. Und mit Glasarbeiten in den Türen, in denen der heilige Georg mit dem Drachen blinkte. Nach einem Jahr trennte ich mich von den Pferden und kaufte einen Opel, danach einen dunkelgrünen Wolseley mit Klimaanlage und Seitenspiegeln, die man von innen verstellen konnte. Parasja ging in die Dörfer mit einem schönen Sortiment an Kämmen, Gummis, Schuhcreme und Ofenschwärze vor dem Bauch. Sie sang, zeterte auf zigeunerisch und kam gut mit der niederländischen Verwandtschaft aus, aber nach sechs Jahren war ihre Fruchtbarkeit noch immer nicht gesegnet. Das war's. Mehr brauche ich dazu nicht zu sagen. Als sie mich verließ, ging ich davon aus, daß diese Frau in meinem Herzen einfach weiterleben würde, daß sie dort lachend, laufend und singend ihre Spur weiterziehen würde, ohne sich je wieder blicken zu lassen.

Und war es so, viele Jahre lang?

Bei allen Heiligen meiner Mutter, ich sage nicht, daß das nicht möglich ist. Ich bin weiter herumgezogen, obwohl ich schon längst mit dir zusammen war, Lucie. Ich leugne nicht, daß ich schon lange ein Glücksvogel war, Frau, Kinder, ein Mann will seinen Wert haben, aber im Sommer fuhr ich herum und traf dann von Zeit zu Zeit auf ihre Spur. Ohne es darauf abgesehen zu haben, das ist wahr, und ohne mir etwas darunter vorzustellen, hörte ich manchmal, wo sie sich aufhielt und daß sie wieder verheiratet war und Kinder hatte, gut so! Sehnsüchte? Bestimmte Erinnerungen? Nein, überhaupt nicht. Ich lebte das wechselvolle Leben der kleinen Städte, der Lagerplätze, wo es von Kindern, Verwandten wimmelte, und das gefiel mir. Weiter nichts. Ich war fröhlich. Fühlte mich pudelwohl. Was? Nein. Wenn mir das schöne Gestüt im Osten der Niederlande in den Sinn kam, dann verschwendete ich keine Gedanken daran. Wie erklärt man so was? Seeluft, Landluft, nächtliche Düfte von sonnenversengten Feldern, Blumen, immer wieder anders. Ich dachte bei alledem nie an dich, Lucie!

Fahr los! Nieselregen hat das Frühjahr schon eine ganze Weile begleitet. Die Obstbäume sind verblüht. Seit ein paar Wochen gewinnen Neigungen, die auf die Lebensprinzipien von Wagen- und Zeltbewohnern zurückgehen, bis weit in die europäische Geschichte, die Oberhand in deinem Blut. Fahr nur! Ein ungeheures Gefühl der Erleichterung hat dich heute überkommen. Nicht, daß du von deinem Haus, deinen Tieren, deinem Schwiegervater, deiner Frau und deinen Kindern nicht angetan wärst, denn ausgerechnet an diesem Maimorgen strahlt das alles einen enormen Reiz aus, aber du bist im Begriff aufzubrechen. Da ist Lucie. Sie begleitet dich zu deinem Auto und winkt dir anschließend friedlich nach. Hättest du nicht beschlossen, wegzufahren, dann hätte sie dir mittags ein paar Eier gebraten, gegen zwei wäre sie auf einem der Turnierpferde neben dir ausgeritten, Mailicht liegt auf dem jungen Mais, du kennst ihren Sitz, ihren Fuß im Steigbügel, den tiefen

Absatz, du bist seit Ewigkeiten mit dem über ihren Rücken herabbaumelnden Zopf vertraut.

Also gut, du denkst tatsächlich schon nicht mehr an sie, das stimmt. Auf der Autobahn gleiten Schilder an dir vorbei. Du achtest auf die Abzweigung. Unterdessen vergißt du schlichtweg, daß jede Faser von dir mit dieser Bäuerin verbunden ist, die schon längst wieder ins Haus zurückgegangen ist, um sich der ewigen Wiederkehr der Dinge zu widmen, als erstes dem Abwasch. Juni, Juli, August, das ist die schönste Zeit des Jahres. Auf Sonnenschein folgt Regen, und dann lugt die Sonne auch schon wieder hervor. Kurz und gut, du bist glücklich. Du befolgst die Tradition, die will, daß du dich mit ziemlichem Trubel im Stammesverband fortbewegst. Muß ich noch sagen, daß du dich bei all dem Freiheitsgetue die ganze Zeit von dem Haus hinter den Goldrenettenbäumen berührt fühlst? Du suchst die vertrauten Lagerplätze auf. In deinem Herzen hat das Gestüt in Benckelo ein Wörtchen mitzureden.

Der Stall ist im Laufe der Jahre erweitert worden. Es dauerte nicht lang, da beschloß Joseph, zusätzlich zu den Wallachen, die auf dem Feld arbeiteten, zwei schöne Prämienstuten anzuschaffen und von Vollbluthengsten decken zu lassen. Er traf seine Entscheidungen sehr klar. Weil Lucie ihren Mann vergötterte und weil ihre Ansichten zur Zucht sich kaum von den seinen unterschieden, lachte sie in der Regel zustimmend. Auch ihr Vater wußte den Schwiegersohn zu schätzen. Tausendvierhundert Gulden für ein Fohlen war viel, damals zu Beginn. Der Stallboden wurde betoniert. Fast von Anfang an hielt Joseph es für eine gute Idee, mit der Gelderländer Stammutter Nelaleen weiterzuzüchten. Welches Glück! Aus einer natürlichen Paarung mit dem Vollblüter Furioso wurde der Liebling Bellaheleen geboren. Ein solches Produkt unterschiedlicher Rassen bezeichnet man als F1-Produkt. Die Chance ist groß, daß sich daraus gute Eigenschaften ergeben. Bellaheleen war ein Springpferd mit Kraft aus der mütterlichen

Linie, während die väterliche den Mut beisteuerte. Nach der Kreuzung mit ein paar sehr hoch im Blut stehenden Trakehnern brachte sie Töchter mit einer außergewöhnlichen Veranlagung zum Springen zur Welt.

In einem Zuchtbetrieb sind die Tage lang. Ab sechs Uhr morgens bildet Joseph seine Pferde aus, indem er sie vor den Wagen spannt und im Galopp über die Feldwege jagt. Sonne, Regen, Fasane fliegen auf. Er behauptet nicht, daß die Longe nutzlos ist, aber für die Kondition ist es besser, die Tiere ordentlich arbeiten und den Rücken gebrauchen zu lassen. Er schreit, flüstert, seine Art kann sie zusammenzucken lassen, er scheut sich nicht, auch mal zuzuschlagen: Sein Ansehen bei den Tieren ist sehr groß. Sechzehn Jahre lang ging Joseph an Winterabenden schnell noch mal in den Stall, um mit den Pferden zu reden und ihnen dieses oder jenes klarzumachen.

1964 bekommt er bei der Heimkehr seinen kleinen Sohn Hanzi in den Arm gelegt. Tief gerührt zählt er siebenundsechzig die zehn vollendet geformten Zehen von Katharina. Zwei Jahre später ist Koos da, der den Zigeunernamen Jojo bekommt. Joseph liebt seine Kinder. Er schmust mit ihnen, hebt sie hoch, wiegt sie in den Armen. Anstatt sie finster anzusehen, nimmt er viel lieber eines von ihnen am Ende des Tages auf den Schoß, der Ofen brennt, das Kleine nickt ein, Joseph schaut von den kahlen Linden vor dem Fenster auf das an seine Brust geschmiegte Köpfchen. Seine Augen werden feucht. Ach, weißt du, das sind doch die Augenblicke, nicht wahr? Dies sind doch die Augenblicke, in denen sich die Vaterliebe in dir so einnistet, daß du losziehen kannst, hingehen kannst, wohin du nur willst, doch die entscheidenden Ecken deines Bewußtseins sind besetzt. Ja, du hast Glück. Du kannst nach Herzenslust lachen, denn da sind die drei Kinder, und die spornen dich an, sag bloß, hast du dich je so fröhlich gefühlt?

Und bei Lucie ist es genauso. Dein unbeschwertestes Reiseziel ist diese Frau und euer Liebesleben im Alltag, das nie zur Routine wird, da es in jedem Herbst wieder von vorn beginnt. Sie kocht, du reparierst den Traktor, sie setzt Kaffee auf, du baust, um für frische Luft zu sorgen, eine Luke in die Stalltür ein und nagelst Gaze dagegen, damit keine Vögel hineinfliegen. Im Erlenwäldchen hinter dem Obstgarten sieht sie eine Fußspur im Schnee. Auch du gehst in die Hocke, faßt nach ihrer Hand, es sind die Ballenabdrücke eines Fuchses, deine Finger gleiten über die Innenseite ihres Handgelenks. Jeden Monat gibt es Tage, an denen sie noch blasser ist als sonst. Du schaust an ihr vorbei aus dem Fenster. Über den Zyklus des Frauenkörpers möchtest du kein Wort hören, im Bett drehst du ihr den Rücken zu. Als sie aus dem Dorf zurückkommt, hat sie eine Falte zwischen den Augen. Sehr wahrscheinlich ist sie dieser Frau begegnet, die sie, du weißt nicht, warum, nicht ausstehen kann. Um Lucie eine Freude zu machen, nennst du die Eigentümerin von »De Tweede Hof« daher immer »dieses Weibsbild«, »dieses Miststück« oder »diese dürre Fotze«.

Auf dem Küchentisch liegen Zwiebeln und Mohrrüben aus dem Garten. Sie hat Tee eingegossen und betrachtet dich mit ihrem üblichen einfältigen Lächeln. Ihre Augen starren dich regungslos an: Nur mit ihr, Joseph, nur mit ihr kannst du reden! Unmerklich in deine Geschichten eingedrungen, ist sie bei Gott die einzige, die weiß, wovon du sprichst. Und das war schon von Anfang an so. Vom ersten Mal an, als du hier aufgetaucht bist, hat sie verstanden, wer du bist, und danach hat sie das noch fünfzehnmal aufs neue verstanden. Nur in diesem Sommer liefen ein paar Dinge falsch.

Ja, natürlich, ich bin ihr dann doch noch begegnet. Das war in Italien, im östlichen Teil des Hügelgebiets bei Tolmezzo. Seit kurzer Zeit war ich müde. Ich verspürte ein unpassendes, leidiges Vergnügen am Dösen und Schlafen, und das hatte nie zu meinen Gewohnheiten gehört. Auf dem Lagerplatz bei Tolmezzo saß ich an jenem Abend neben meinem Auto, als jemand zu mir sagte: Paß auf, die *kumpania* von Parasja und ihrer Familie hat ihre Wagen heute nachmittag am Wasser aufgestellt. An der Westseite des Geländes fließt ein Nebenarm des Tagliamento, der eine weite Fläche von blauem Himmel und grünen Feldern durchschneidet.

Sehr gut, mein Freund, sagte ich. Ich dank dir schön für diese Nachricht, und ich zögerte sogar, auch nur hochzuschauen.

An dem Abend war ich schlicht und einfach zu schlapp. Auch später, als die Feuer entfacht wurden, blieb ich abseits der wirklich gefühlten Dinge. Ich sah sie ein Stück weiter mit ihren Kindern beschäftigt, eine tatkräftige, majestätisch entwickelte Frau. Einst hatte ich den Himmel in ihren Augen gesehen. Jetzt brachte sie mich auf keine andere Idee als die, mich vorzubeugen und mit einem Eukalyptusast in der Glut zu stochern.

Die Nacht geriet erst in Bewegung, als ein paar Leute zu singen begannen. Nach dem Essen. Der Himmel sternenübersät. Zwei Männer probierten ihre Stimmen aus, erst leise, auf die bekannte Weise, aber bald kletterten sie hinauf bis in schmerzliche Höhen. Und dann, Gott ja, dann Schmerz im weiten Umkreis meiner Seele, Drama und trotzdem kein Empfinden von Unglück. So etwas ist möglich, wenn sie in solchen Tönen zu singen beginnen. Dazu dieses Klatschen, die geschlossenen Augen. Und dann wieder eine Stille wie der Tod. Was bedeutete diese Nacht? Die Stimmen machten mich nachdenklich, bis weit hinter die eigentlichen Gedanken. Das brachte ein gewisses Verständnis. Doch was diese Nacht mir auch zu sagen hatte, es ging nicht um diese oder jene Frau. Um ehrlich zu sein, in diesen Strophen war sogar etwas, was die Erinnerung an sie gar nicht ertrug. Dann: großer Ernst und eine Art Schicksalsentscheidung. Daß ich am Morgen darauf mein Auto startete und das Lager am Tagliamento verließ, kam durch die

Musik, die mir nachts die entsprechenden Argumente vorgesungen hatte. Leere. Und kurzen Prozeß mit dem wechselvollen Leben, also Leere. Was die Nacht beschlossen hatte, sollte fortan so sein.

Es war mir egal.

Die Rückfahrt verlief zwar wie geschmiert, aber ich blieb lustlos und ohne Interesse. Hinter Verona habe ich einen Tag lang am See gelegen. Auf einem Lagerplatz im Aostatal habe ich drei Tage darauf verwandt, den Dieselmotor eines Typen aus Albanien auseinander- und wieder zusammenzubauen, ein Saufbold, ich mochte ihn nicht, wußte nicht, warum ich ihm half. Hielt er mir die Flasche hin, so knurrte ich ablehnend. Bei Mülhausen fuhr ich schnurstracks nach Norden.

In den Niederlanden war es noch Sommer. Grüne Türen, Gärten, Linden, die mit flach ausgebreiteten Kronen vor den Häusern standen. Als ich durch Benckelo fuhr, merkte ich, daß ich keine Zigaretten mehr hatte. Ich hielt gegenüber dem Supermarkt an. Als ich ausgestiegen war, blieb auf der gegenüberliegenden Straßenseite eine Frau stehen, die ich kannte. »He, Joseph!« schrie sie. Es war Christina Cruyse vom »Tweede Hof«. Ein Lastwagen fuhr vorbei. Ich wartete. Als ich die Straße überquerte, stand sie immer noch da. Was schaute die Frau so? Was wollte sie? Wollte sie den bösen Blick auf mich werfen?

3

Verflixt, da ist er! Ja, er ist es. Er ist wieder da. Der Sommer geht allmählich zu Ende, und Monsieur kommt wieder nach Hause. Eigentlich ziemlich früh diesmal. Den wievielten haben wir? Den zweiten September, die Sonne scheint noch warm. Da, er hält an. Er parkt sein dreckiges Auto am Straßenrand genau gegenüber vom Konmar, die Windschutzscheibe ist übersät von Mücken, der kommt von weit her. Hat er keine Eile? Verspürt er keine Ungeduld, so nah von *ihr*? Ich sehe vor mir, wie sie reagiert, wenn sie dieses typische Achtzylindergeräusch auf ihrem Hof hört: ein Lächeln, schnell, ungläubig. Das ist alles. Und Glück natürlich. Wo ich doch gerade eine schöne Überraschung auf meiner Koppel für sie habe, eine sehr schöne, das weiß ich genau, die in ihrem Gesicht, dieser sommers wie winters bleichen, einfältigen Visage, etwas aufflammen lassen wird, eine Sehnsucht, und dann kommt sie, ob sie will oder nicht, zu mir. Sie verabscheut mich. Sie traut mir nicht über den Weg. Ich werde ihr die Appaloosastute liefern. Ich kann's kaum noch erwarten, ihr ganz ruhig – und, geschäftlich gesehen, keineswegs zu ihrem Nachteil – die Stute zum Kauf anzubieten. Aber jetzt steht ihr Mann plötzlich auf der anderen Straßenseite!

Ich rufe. Ich glaube, er schaut in meine Richtung, aber ich kann es nicht richtig erkennen, weil gerade ein Lastwagen vorbeifährt. Warum rufe ich ihn? Was will ich von ihm?

Was weiß ich.

»Hallo«, sage ich, als er die Straße überquert hat.

Er grüßt mit einem Nicken, den schwarzen Hut auf dem Kopf, und will in den Konmar. Es ist gleich sechs.

»Du, Joseph, darf ich dich mal um Rat fragen für eines meiner Pferde?«

»Ich wollte mir schnell Zigaretten holen.«

»Nimm eine von mir. Hier.«

Ich lasse ihn nicht gehen. Ich halte ihm mein Päckchen hin. »Es handelt sich um eine Stute, die wie eine Wahnsinnige schwitzt.«

Als er sich die Zigarette angesteckt hat, schaut er mich ein wenig trübe an. Seine Haut ist dunkel von der Sonne. Im Schnäuzer entdecke ich silberne Haare. Ich merke, daß mich sein stolzes Abwarten beeindruckt und daß sich an dem einen Wunsch langsam ein anderer festmacht.

»Und dazu auch noch eine Spitzenstute«, jammere ich weiter. »Wirklich, ein Superspringpferd, und ich weiß nicht, was sie hat.«

Die Appaloosastute und der Zigeuner beginnen zu verschmelzen, eins zu werden, das spüre ich. Ich atme bewußt den Rauch seiner Zigarette ein. Ob ich es schaffe, daß er mitkommt?

»Seit wann hat sie das denn?« fragt er jetzt.

»Seit gestern, Joseph. Am Tag davor war sie eigentlich noch fit.«

»Was hast du mit ihr gemacht? Ist sie vielleicht in der Nähe von fremden Pferden gewesen?«

»Das ist es ja gerade. Vor einer Woche stand sie noch beim Händler.«

Er runzelt die Augenbrauen. Interessiert es ihn? Oder will er los? Könnte auch sein, daß er müde ist.

»Ein Rassepferd«, sagt er, »das zittert und schwitzt.«

Ich nicke. »Ja. Eine auffallend schön gebaute Stute. Dir gehen die Augen über, wenn du sie siehst, echt wahr. Aber sie zittert, ja.«

Er schaut an mir vorbei die Brinkstraat hinunter. Ich rede weiter.

»Ich weiß nicht, ob dir das was sagt, aber sie ist eine Tochter von dem bayrischen Champion Cesare.«

Wieder suche ich, jetzt offen fragend, den bereits etwas aufmerksameren Blick von Lucies Mann. Frisch aus dem Ausland zurück. Noch ganz erfüllt von was weiß ich für Eindrücken, aber fest entschlossen, am Ende der Brinkstraat nach links abzubiegen und dann durch den kleinen Tunnel zu fahren. Hat sie den ganzen Sommer lang diesen Moment herbeigesehnt? Er schiebt den Hut ein Stück zurück. Hat sie sich die ganze Zeit ausgemalt, wie er wieder angestrolcht kommt?

»Hör zu«, sage ich, »du verstehst doch was davon. Irgendeine Idee?«

Gleich bekommt er als die normalste Sache der Welt wieder ein Dach über dem Kopf, einen Fußboden unter den Füßen und auch noch ein breites Bett mit einer sommersprossigen weißen Frau, die ihre langen Haare nachts wie einen Fächer auf dem Kopfkissen ausbreitet, so stell ich mir das wenigstens vor.

»Vielleicht Druse ...« sagt er. »Oder Dämpfigkeit. Du hast nicht gesagt, ob sie Fieber hat.«

Rote Haare, die ihm zwar gefallen mögen, die ich mich aber schon vor langer Zeit entschlossen habe, unausstehlich, absolut unmöglich zu finden, etwas, was ihr, egal wie, heimgezahlt werden mußte.

Ausreißen war dann noch das mindeste, was einem dazu einfiel, ihr die Haare ausreißen, die sie damals in langen Zöpfen am Kopf festgesteckt trug. Sie angiften und auslachen war auch naheliegend, oder ihr mit einer ganzen Gruppe den Rücken zukehren, wenn sie auf dem Schulhof daherkam. Und dann die Köpfe zusammenstecken und losprusten. Oder Gesichter schneiden, als käme man um vor Gestank. Sie suchte weiter unsere Gesellschaft und vor allem meine. Kapierte sie nicht, daß wir sie einfach nicht riechen konnten? Ihre dämliche kerzengerade Haltung, ihre wäßrigen Augen, die knallgelben Wimpern, und auch noch ganz lange, die Frechheit, sich in der Turnstunde zu uns zu stellen, als gehörte sie dazu und käme zu einer von uns Samstag nachmittags zu Besuch. Sie war dumm. Schlief im Unterricht mit offenem Mund. Beim Völkerball wollte niemand sie in der Mannschaft haben. Kapierte sie denn nicht, daß allein schon ihr Busen, der sich zu runden begann, danach schrie, daß man ihr ein Bein stellte, ihr auf die Fersen trat? Einmal haben ein anderes Mädchen und ich sie süß angelächelt und in Meulinks Stall mitgeschleppt. Komm, wir gehen hier die Leiter rauf, haben wir gesagt, wir haben dort oben Süßigkeiten im Heu. Wir kletterten ein Stück hinauf, und dann blieb ich mit dem Rücken zum Pfosten stehen und schaute dort hinunter, wo die Schweine standen. Dreckig wie sonstwas. Guck mal, sagten wir und schubsten sie über das Mäuerchen. Die Laune, ja, die gute Laune, die sich dann bis in die hintersten Ecken des Stalls ausbreitet, die ist einfach nicht zu beschreiben. *Sie* liegt in der schwarzen Scheiße und schnappt nach Luft. Aus ihrem Mund kommen Schleimfäden. Es ist nicht zu beschreiben, wie es ist, dann blond, sauber und hoch auf der Leiter stehend zuzuschauen.

Geduldig, beinahe liebevoll, fest entschlossen, ihr eins auszuwischen, sage ich: »Fieber? Weiß ich nicht, Joseph. Ich hab nicht gemessen, aber ich glaube, nicht.«

Nun endlich ein schmales Lächeln. Sein Gesicht nimmt einen leicht spöttischen Ausdruck an, und das mag ich.

»Die Superstute läßt also den Kopf hängen«, sagt er.

Ich lache ebenfalls, offener als er. »Was?«

»Sie läßt also den Kopf hängen«, wiederholt er. »Und ich wette, sie steht breitbeinig da und macht nur ganz kurze Schritte.«

Jetzt muß ich ernsthaft nicken. Um aus diesem Sommertag herauszuholen, was drinsteckt, um diese ganz besondere Überraschung herauszuholen, die jetzt, zum Schluß, mehr als deutlich drinsteckt, muß ich ein treuherziges Ja in meinen Blick legen, nicht zu vergessen Respekt.

»Genau«, sage ich und nicke. »Es ist wirklich genau so, wie du sagst.« Ich deute auf sein Auto. Meins steht direkt davor. So, noch einen drauf, es läuft doch prima!

»He, Joseph!« Ich werfe mein Haar zurück. »Fahr doch mal eben hinter mir her, wenn du Zeit hast. Schau dir doch mal das Pferd an und sag mir, was ich tun soll, ja?«

Seine Antwort klingt matt.
»Gut.«

Wir gehen auf die Koppel. Die Cesare-Tochter steht ganz links am Knick.

»Da ist sie.«

Natürlich weiß ich genau, was der Stute fehlt.

»Du siehst, was für eine Schönheit sie ist.«

Er schlendert mit hochgezogenen Schultern einen Schritt vor mir und sagt nichts.

Ja, ich glaube, er ist müde. Dafür habe ich einen Blick. Monsieur ist etwas schlapp. Ist bestimmt so eine Wahnsinnsstrecke an einem Stück gefahren, daß er sich jetzt so leicht im Kopf fühlt wie ein rittiges Springpferd nach der Arbeit. Als Reiterin kenne ich das, als eingefleischte Hindernisreiterin. So ein Pferd läßt sich gern in den Stall bringen, springt, wenn du willst, aber genausogern noch einmal in vollem Galopp den ganzen Parcours durch. Was meinst du dazu, Joseph? Wie wär's? Sieh mich mal an!

Er betrachtet prüfend das hochbeinige Pferd. Er könnte natürlich sagen: Stell sie in den Stall und gib ihr bloß nichts zu fressen, aber man könnte meinen, er habe den Vorwand längst durchschaut. Zerstreut tätschelt er die gefleckte Pferdebrust, in der Ferne bellt ein Hund, die Abendluft ist noch warm, eine bestimmte Idee scheint ihn langsam zu reizen, zu überzeugen, aber ganz sicher ist er sich noch nicht.

»Was hast du mit ihr vor?« fragt er.

»Weiterverkaufen.«

Ich starre ihn jetzt ganz offen an.

»Hast du schon jemand dafür?«

»Aber ja!« Ich nicke mit einer Begeisterung, die einfach wunderbar zu der köstlichen Stimmung dieses Augenblicks paßt. »Die Sache ist schon perfekt.«

Er tritt noch immer nicht näher, aber seine Augen sind weiß Gott nicht mehr stumpf. Weil er spürt, daß ich ihn will, gleitet sein Lächeln von mir zum Pferd, er berührt die hellroten, zu trockenen, sich zu schnell bewegenden Nüstern. Lust auf einen unerwarteten Spaß?

»Ich kenne jemand, der schon den ganzen Sommer an nichts anderes denkt als an einen Appaloosa«, sage ich.

Innerlich kringle ich mich vor Vergnügen und drehe mich um. Im Prinzip ist die Sache beschlossen, könnte man sagen, und so gehen wir Seite an Seite auf die beiden hohen Baumreihen vor meinem Haus zu.

Hier haben wir die Küche. Die geöffneten Oberfenster und der Steinplattenboden mit dem Hund in der Mitte.

In diesem großen Raum fällt eine flache Sonnenbahn an die Wand wie ein Scheinwerfer in ein Festzelt: Hier bist du frei, völlig ohne Plan. Hier kannst du das, was du vorhattest, getrost dem Augenblick überlassen, und dieser Augenblick, Schatz, wird es dann schlucken. Wird die selbstverständlichen Dinge umdrehen und ein wenig auf den Kopf stellen, hattest du dies vor? Gut, dann machen wir das. Schau, er steht neben meinem Geschirrschrank, den Hemdkragen geöffnet, das Sonnenlicht verlagert sich und scheint jetzt noch flacher, schonungsloser herein. Ich strecke die Arme aus.

»Sag mal, Joseph, hast du keinen Durst?«

Das Kleid bereits ein wenig aufgeknöpft, ihn bereits etwas von mir schiebend, denn – o ja, dieser Spaß wird noch etwas dauern –, spiele ich die Gastgeberin.

»Probier mal«, sage ich. »Schmeck mal!«

Mein erstklassiger Beerenburger. Ich bin ganz wild auf das Zeug. Er lehnt mit der Schulter am Schrank, raucht, ja, ist recht, bitte sehr, verfüg ruhig über meine Zigaretten!

»Lecker«, gibt er zu.

»Ja, nicht wahr? Für mich gibt's nichts Leckereres vor dem Essen.«

Er hat seinen Hut auf den Kaminsims gelegt. Sein dunkles Gesicht ist starr. Ich habe ihn in seiner Entschlossenheit unterbrochen, indem ich mich umdrehte und in gebückter

Haltung ein paar Zärtlichkeiten murmelte, während ich so tat, als spräche ich mit dem Hund. Eine Hahnennummer, gebe ich mich bei dieser außergewöhnlichen Gelegenheit damit zufrieden?

Laß uns also essen, mein Freund. Mach doch nicht so ein argwöhnisches Gesicht! Ich setze mich so nahe zu dir, daß unsere Beine sich berühren. Heut abend geht's los. Ein Plan mit guten Erfolgsaussichten. Ich stelle fest, daß er müde ist, andererseits aber auch wieder gar nicht. Er ist aufmerksam, schaut, läßt zu, um ihn herum ein Geruch von Feuer und Bratfett. Ich lege schweres Silberbesteck auf den Tisch, er nimmt ein Messer und wiegt es auf der Hand.

»Massiv«, sagt er. »Alt.«

Wahrscheinlich bin ich verrückt, aber es amüsiert mich, amüsiert mich wahnsinnig, eine Delfter Schüssel aus unserem Familienbesitz mit Rindfleisch und Bohnen zu füllen. Er drückt seine Zigarette aus. Ich reiche ihm die Weinflasche.

»Hier, mach mal auf.«

Grell, flackernd fällt die Abendsonne in die Gläser und färbt unsere Hände rot. Findest du, daß alle Bürgerfrauen Schlampen sind? Mit Ausnahme von ihr, Lucie? Als ich seinen Blick suche, finde ich nichts als eingeschlummerte Abwehr.

Er schiebt seinen Stuhl mit einem Ruck zurück. Der Hund knurrt.

»Stell's hin.«

Ich mache ein unterwürfiges Gesicht und stelle mein Glas hin. Also gut, ich bin auch soweit. Jetzt also ins Bett, das, was dich betrifft, das Bett jeder Frau sein könnte, heute abend aber zufällig meines ist. Ich stoße mit der Schuhspitze die Tür auf.

»Paß auf, der Haken.«

Im Nebenzimmer geht's zur Sache. Warum sollte ein Kuß nicht eiskalt und gleichzeitig feurig sagen können: Tu so, als ob du zu Hause wärst? Auf der Überdecke, auf einem

Muster aus schwarzen und blauen Blumen wird ein Bündnis geschlossen. Das einfachste, das es gibt. Und das kürzeste, natürlich. Und *ich* sollte es nicht zum Totlachen finden, daß sie ihr Leben lang daran zu knabbern haben wird?

Ein weißes Oberhemd auf dem Fußboden, dunkle Arme, die genau wissen, worauf es jetzt ankommt. Phantastisch, wirklich, Mijnheer... Plato? Ihre tiefliegenden Augen, Mijnheer, sehen mich keine Sekunde lang an. Ich preise meine Dorfgenossin, daß sie seinerzeit auf Ihre merkwürdige, strenge Art geflogen ist.

Fünfzehn, sechzehn Jahre ist es jetzt her, wenn ich mich richtig erinnere. Als sie schon längst von fast allen akzeptiert war. Ein Geschöpf, das still, ein wenig einfältig, aber doch irgendwie entschlossen tat, was es für richtig hielt. Und bei den Pferden hatte sie einen guten Riecher. Erstaunt habe ich gesehen, mit welchem Zufallstalent sie sich auf die Springpferdezucht verlegte, und zwar zu einer Zeit, die, wie sich im nachhinein zeigte, goldrichtig dafür war. Man sah sie auf jedem Markt und in jedem Stall: aufrecht, kräftig gebaut und häufig in diesem albernen weiten Rock, mit dem sie sich manchmal auch in den Sattel schwang, um zurückgelehnt wie eine englische Amazone, die Beine vorgestreckt, über das Land ihres Vaters zu jagen. Ein Dorf gewöhnt sich an so jemanden. An jemanden, der immer erst im letzten Moment grüßt, der sehr wenig sagt und mit einem Lächeln antwortet, als wäre nicht sie, sondern derjenige, der etwas gefragt hat, nicht ganz richtig im Kopf. In der Zeit ging sie wie die meisten von uns ins *De Kraan*, wenn mittwochs der Markt gegen Mittag zu Ende war. Dann sah ich, wie sie rauchend am Tresen stand, mit diesem Gesicht mit den feinbogigen Augenbrauen und diesem Zug um den Mund, der mich noch immer in Rage bringen konnte. Selbstzufrieden, als hätte sie weiß der Himmel was anzubieten. Sie drückte ihr Bierglas an die Lippe und rührte mit der Zunge im Schaum herum. Und an einem regnerischen Tag im Juli ging der Zigeuner also auf sie zu, dieser hier, ja, ihre große Liebe, den sie morgen früh hier, in diesem Bett, vorfinden wird, mit ausgebreiteten Armen, völlig benommen nach einer anstrengenden Fahrt mit der Art von Abenteuer zum Schluß, die Männern häufiger widerfährt. Eine Geste des Schicksals.

Das Zimmer ist jetzt gesättigt von Genuß und Erfüllung. Sein Kopf ist ein kleines Stück neben dem meinen niedergesunken. Zwischen verstrubbelten schwarzen Haaren schaut ein glänzender Wangenknochen hervor. Und wenn sie im Karree springt – ab morgen weiß Lucie, daß ich so einiges erlebt habe. Und wenn wir uns dann anschauen oder ins Gespräch kommen, dann kann ich, wann immer mir danach ist, ganz obenhin eine kleine Anspielung darauf machen, ein Blick, ein Wort, und sie wird nicht verbergen können, daß sie verstanden hat.

Er dreht sich schläfrig von mir weg.

»Was dröhnt denn da so?« murmelt er noch.

Ich richte mich auf den Ellbogen auf, mit völlig intaktem Interesse.

»Das ist der Nachbar«, sage ich. »Der nutzt den Vollmond und baggert den Graben aus.«

Ich habe auch keine Lust zu schlafen. Ich stehe auf, hebe sein Oberhemd vom Boden auf und gehe in die Waschküche, wo die Schüssel für die Handwäsche steht.

Fünf Stunden Schlaf reichen mir auch heute. Es ist noch nicht Tag, da ziehe ich mich an und gehe auf die Koppel, um die Appaloosastute zu holen. Sie sieht mich munter an, und ihre Haut glänzt. Die Nacht hat nicht nur mir gutgetan. Als ich mit ihr den Weg entlanggehe, atme ich die herrliche Morgenluft tief ein. Die Pappeln rascheln, der Himmel wird blau, strahlt eine Bläue und jene Septemberruhe aus, für die es einfach keine Worte gibt. Ich binde das Pferd auf dem Hof an und werfe einen Blick auf das staubige Auto, das da seit gestern steht. Tja, und im Haus schläft ein Mann so wunderbar, daß er vorläufig wohl nicht geweckt werden will. Dann koche ich jetzt mal Kaffee. Richtig schön wird es erst nachher. Wie oft kann man eine Dummheit so zur anderen locken, daß sie zusammen ein Unglück begehen?

Auf dem Küchentisch stehen die Teller von gestern, meiner ist noch halb voll. Während sich der Kaffeegeruch im Haus verbreitet, stelle ich das Bügelbrett auf, um schnell ein Oberhemd zu bügeln. Dann greife ich zum Telefon.

»... Komm bitte vor neun.«

Ich rufe den Hund und stelle einen Napf mit Pansen vor die Hecke. Der alte, lahme Kater schleicht sich hinter mir ins Haus, als wüßte er, daß ein Teller mit sehnigem Fleisch für ihn auf dem Fußboden steht.

Da kann er sich draufstürzen.

Mit einer Tasse Kaffee sitze ich am Tisch. Das Licht ist inzwischen noch heller, noch fröhlicher geworden. Eine Fliege summt vom Fenster zum Schrank und dann zum Tisch, wo sie landet. Was wird *sie* zu der Appaloosastute sagen? Ich verfolge die über den Tisch krabbelnde Brummfliege. Jetzt höre ich auf der Straße ein Auto näher kommen, langsamer werden und dann auf den Hof biegen.

Gut so.

Fünfter Teil

1 Die rote Dezembersonne steht noch tief hinter den Apfelbäumen, als sie den Weg hinunterfahren. Joseph sitzt am Steuer, Lucie daneben. Seit ungefähr zwei Wochen kann man sie regelmäßig um diese Zeit wegfahren sehen, weil Joseph zu Untersuchungen ins Krankenhaus muß. Meist tauchen sie gegen neun Uhr auf und steigen dann wortlos ins Auto. Wenn sie auf die Straße biegen, machen sie immer den Eindruck, als hätten sie nur diesen einen Wunsch: so warm und bequem wie möglich zu zweit diese Fahrt zu machen. Sie stellen das Radio an, regulieren die Heizung und ziehen den Aschenbecher ein Stück aus dem Armaturenbrett. Auf den Straßen ist es um diese Zeit meist ruhig. Heute hatten sie zum erstenmal Gepäck dabei, mich hat es getroffen, aber Lucie stellte das Köfferchen mit dem Schlafanzug ihres Mannes vor ihre Füße, als ob nichts sei, und lehnte sich auf dem Sitz zurück. Er muß dableiben, sie behalten ihn da, morgen wird er operiert.

»Doof, ne?« sagt sie, als sie eine Viertelstunde durch die winterliche Landschaft gefahren sind. Sogar sie hat also gemerkt, daß seine rechte Hand vom Knie zum Lenkrad irrt und wieder zurück.

»Ja, so ein Mist! Hast du nicht irgendein Bonbon oder so?«

Sie sucht in ihren Manteltaschen, dann in den Seitenfächern ihrer Handtasche. Er darf nicht rauchen. Er darf schon diese ganzen Monate nicht rauchen, aber erst heute, wo die düstere Leistung, die der Arzt an ihm vollbringen muß, unmittelbar bevorsteht, da gehorcht er.

»Hier.«

Sie hat ein paar Salmiakpastillen gefunden. Als sie die Hand zu seinem Mund führt, streichen ihre Finger über den an diesem Morgen nachgeschnittenen Schnäuzer. Daß seine Lippen warm sind, weiß sie, das war schon immer so.

Ich blicke sie an, während sie wieder auf die Straße starrt. Ihr Gesicht drückt nichts anderes aus als das gelassene Einverständnis, sich dann eben auch keine Zigarette anzuzünden. Sie fahren jetzt am Kanal entlang. Danach kommt der Bahnübergang. Die Schranken sind unten, auf einer sitzt wohlgemerkt ein Hahn.

»Jetzt sieh dir den doch mal an!« sagt Joseph.

»Das ist ein Harrevener«, sagt Lucie. »Die können genauso gut fliegen wie ein Fasan.«

Als sie weiterfahren, dreht sie sich um, um dem aufflatternden Tier nachzuschauen. Was interessiert es sie? Heute muß Joseph sich auf Station B im vierten Stock des Wilhelmina-Krankenhauses melden, und sie schenkt ihre Aufmerksamkeit einem Stück Federvieh mit komischen Marotten. Ich mache mir Sorgen, schon seit über einem Jahr. Und schon über ein Jahr lang frage ich mich, warum sie sich keine macht oder, falls sie sich welche macht, warum sie dann nicht ängstlicher und trauriger wirkt. Sie hat gemerkt, daß er morgens lieber noch etwas liegenbleibt und daß es ihn danach an die frische Luft zieht. Aber wenn sie ihn am Zaun neben dem Hühnerstall entlangschlendern sieht, dann sieht sie, glaube ich, nicht, was ich in seinen Augen sehe: so viel Leere, daß nichts, aber auch gar nichts mehr einen natürlichen Platz darin finden kann. Wo ist ihr Kummer um ihn? In ihrem Blut hat immer etwas Leichtes pulsiert. Seit dem vergangenen Sommer ist davon nichts mehr zu spüren. Sollte die Sache mit diesem Weib, dieser Christina Cruyse, sich etwa wie ein Kragen um ihr Herz gelegt haben?

Ich weiß nicht recht, aber ich finde, sie könnte ruhig an dies oder jenes denken. Wenn sie vormittags gegen zehn Kaffee kocht, dann hat sie die nötigen Arbeiten im Stall und im Haus schon erledigt. Dann steht sie an der Spüle und gießt Milch in einen Stieltopf. Mollige Hände, ein rundes Gesicht, das nichts als Gemütsruhe zeigt. Wo um Himmels willen ist ihr Kummer? Am Tisch beim Fenster sitzt ein wartender Gerard. Joseph kommt meist etwas später. Kein Stallbursche. Seit sie eine Menge Pferde weggegeben haben, brauchen sie keinen mehr. Mein Blick wandert von der Lucie am Herd zu der Lucie, die in der geometrischen Lichtfläche des Fensters Tassen auf den Tisch stellt und sich dann ruhig hinsetzt. Und dann kommen Worte in mir hoch, Sätze, die Anschluß an die vollkommen unmöglichen Überlegungen hinter diesem Gesicht mir gegenüber suchen. Aber wenn sie aufschaut, dann blickt sie mit Augen wie ein Spuk durch mich hindurch.

Er ist krank, Lucie, und du weißt es. Du warst dabei, als ein paar durchsichtige Fotos auf Lichtpulte gelegt wurden und ein Arzt mit dem Kugelschreiber auf die Flecken zeigte, die dunkel, dunkler waren, als sein darf. Er wird dich verlassen. Tu nicht, als handle es sich um etwas, was du schon seit Jahren kennst: Du hast dich mit ihm zusammen über eine Serie von Scans seiner Lungen, lauter dünne Vertikalschnitte, gebeugt, und als ihr aufschautet, da mußtet ihr Platz nehmen und euch das Ergebnis anhören: maligne, Lucie, und in *maligne* steckt etwas Böses mit. Ihre Gesichter waren unbewegt geblieben. Sie hatten dem Doktor zum Abschied die Hand gegeben.

Jetzt fahren sie auf der fast ausgestorbenen Straße am Twentekanal entlang. Die Felder sind leer, und die Umrisse von Bäumen, Böschungen und Gräben verschwimmen in der Wintersonne. Er trommelt mit den Fingern auf dem Lenkrad herum. Sie beugt sich vor und dreht am Suchknopf des Radios. Eine dunkle Frauenstimme singt ein Lied, das früher, in den vierziger Jahren, sehr populär war. *»Merci, mon ami, es war wunderschön. Tausend Dinge möcht' ich dir noch sagen. Liebling, wir müssen uns wiederseh'n…«* Sie versteht die Worte nicht. Er könnte es zwar, hört aber nicht zu. Sie schweigen beide, benommen vom Röhren des Motors, und darüber das Lied und der Nebel über dem letzten Stück des Kanals, wo die Straße sich gabelt und nach ungefähr zwei Kilometern die Hallen des Industriegeländes De Dykel auftauchen.

Sie parken hinter dem Neubau des Wilhelmina-Krankenhauses.

»Kalt!« sagt sie, als sie ausgestiegen sind.

Sie gehen die Granittreppe hinauf und schieben sich durch die Drehtür. Links ist die Aufnahme, unter Neonlicht. Sie fahren mit dem Fahrstuhl zu ihrer Station und werden von einem Pfleger noch kurz in einen Warteraum verwiesen, wo sie gleichzeitig mit ein paar anderen Patienten und deren Angehörigen durch hohe Fenster nach draußen blicken können. Dort bricht Lucie in Schluchzen aus. Ihr Gesicht wird rot. Der Leute wegen versucht sie sich zu beherrschen, aber das bewirkt nur das Gegenteil. Unter Josephs mitfühlendem Blick hebt sie ihr Gesicht der Aussicht hinter den Fenstern entgegen und versucht mit zugekniffenen Augen, kerzengerade auf ihrem Stuhl, ihr Schluchzen zu dämpfen.

Ich fürchte, es wird ihr nie im Leben gelingen.

Jemand stellt ihnen Kaffee hin. Was gibt es dazu auch zu sagen? Ohne sich äußern zu müssen, haben sie die Gelegenheit, noch eine Weile auf die dahinkümmernden Pflanzen im umschlossenen Garten zu schauen. Es ist ein wolkenloser Tag, und trotzdem fällt kein Sonnenstreif auf die Rhododendren. Ein kleiner Teich liegt ausgetrocknet da.

Dann: »Kommen Sie mit?«

Die Fußböden sind aus marmoriertem Linoleum, und die Waschbecken blinken. Von den sechs weißlackierten Metallbetten ist das an der Tür noch frei. Als der Arzt kommt, um ihnen etwas über den Eingriff am nächsten Tag zu erzählen, liegt Joseph darin; seine und Lucies Augen drücken Erstaunen aus. Eine Küchenhilfe hat ihnen gerade unglaublich viele Fragen gestellt. »Eins mit was Herzhaftem, zwei mit was Süßem«, haben sie beschlossen, als es um die Frühstücksbrote ging. Jetzt sagt ihnen der Arzt, daß er morgen um acht Uhr beginnt. Sobald er fertig ist, wird er Lucie anrufen. Sie versteht nicht.

»Mich anrufen?«

»Es dauert Stunden ...« bekommt sie zu hören. »Manchmal treten unerwartete Dinge ein. Sie warten besser zu Hause.«

Kurz nachdem der Arzt gegangen ist, begreift sie, oder glaubt sie, daß sie sich von Joseph verabschieden muß. Sie faßt mit erschrecktem Lächeln nach seiner Hand. Dann knöpft sie sich den braunen Mantel zu.

»Umarm die Kinder! Küß sie!« befiehlt er ihr mit von dicken schneeweißen Kissen umrahmtem Ernst.

Als sich im Treppenhaus die Fahrstuhltüren öffnen, starrt sie kurz hinein, hat aber, so vermute ich, längst begriffen, daß sie sich nicht von Station B lösen kann. Ohne jemanden um Erlaubnis zu fragen, hat sich Lucie wieder in diesen Warteraum gesetzt, und als ich sie dort am nächsten Morgen, kurz nach acht, wieder sitzen sehe, deutet alles darauf hin, daß sie, geduldig und störrisch neben einem Aschenbecher voller Kippen, einfach sitzen geblieben ist und mit dem Vertrauen eines Menschen, der warten kann, starr vor sich hinblickt.

Nach draußen?

Auf dem Grunde des ausgetrockneten Teiches scharren jetzt ein paar Tauben. Die Blätter der Rhododendren bewegen sich, heute ist Wind. Aus dem grellblauen Himmel rings um die Gebäude schießt ein bunter Vogel heran und landet flatternd auf dem Platz der Tauben, es ist ein Eichelhäher, und die Tauben sind schon geflüchtet. Vom Fenster aus folgt mein Blick dem Vogel, und ich sehe, daß sich sein Schnabel unmerklich zu einem hauchdünnen Messer verschmälert, das einen Einschnitt macht. Eine unsichtbare Linie franst vom Hals bis zum Nabel blutig aus. Während Finger in milchigen Handschuhen Klammern in das Gewebe setzen, stellt Lucie die Füße auseinander. Sie schaut auf den Garten, wo Wind und Kälte genauso sind wie zwischen den Ställen daheim, im Matsch des Auslaufs noch die Hufabdrücke von Linda, Walton Beauty und Viking, die sie schon vor einer Weile weggegeben haben.

Ein Gewinn abwerfendes Gestüt, das nach und nach verkleinert worden ist. Weiß irgend jemand, warum?

Niemand fragt. Wenn Joseph abends noch einmal durch die Ställe geht, läuft fast immer eines der Kinder neben ihm her, Teenager, zwei von ihnen gehen schon aufs Gymnasium nach Enschede. Auch sie finden, daß die Tiere und das ganze würzige Drumherum aus Futter, Stroh und Mist zwischen weißgetünchten Wänden eine angenehme Atmosphäre verbreiten. Die drei haben genug Ahnung von Pferden, aber die Größe des Betriebs interessiert sie kaum, denn der eine will Kapitän werden und die andere wahrscheinlich Filmstar, Jojo ist erst elf. Der Laufstall ist geschlossen. Die Führanlage außer Betrieb. Joseph und Lucie sind damit zufrieden, die verbliebenen Pferde zu versorgen, und verlieren keine Worte mehr über so etwas wie die Groninger Pferdetage, auf denen sie mit ihren Spitzenstuten in diesem Jahr zum erstenmal gefehlt haben. Manchmal, wenn die Sonne an schönen Tagen auf der Stallmauer steht, reiten sie im Trab zur Rutbeker Heide. Dem braucht nichts hinzugefügt zu werden. Wenn sie dann zurückkommen und sehen, wie Gerard grau wie eine Spinne aus dem Chicoréetreibhaus schlurft, dann verfliegt ihre Begeisterung sofort wieder, denn um Gerard machen sie sich Sorgen. Gerard – und das habe ich schon vor langer Zeit erwähnt – ist böse. Sie haben keine Ahnung, weshalb, denn auch daran verschwenden sie keinen Gedanken, aber daß Gerard sie wütend anblickt, macht Lucie traurig und Joseph besorgt. Ich für mein Teil denke, daß der Alte nicht mehr alle beisammenhat.

Im vergangenen Frühjahr hat Joseph ihm einen Zwergbock mitgebracht, einen ganz kleinen. Joseph hatte an bestimmte Pferde gedacht, vereinsamte, hoch im Blut stehende Pferde, die fröhlicher werden, wenn sie eine Katze oder einen kleinen Esel bei sich haben. Eine bekannte Sache. Die normannische Toptraberstute Jeanne tat keinen Schritt in einen Zugwaggon, wenn ihr Freund, ein weißes

Kaninchen, nicht mitkam. Eine Zeitlang wirkte es tatsächlich. Gerard hatte Freude an dem hübsch gezeichneten Tier und folgte ihm überallhin. Lucie sah vom Seitenfenster der Tenne aus, wie er seine Faust gegen die geriffelten Hörner drückte, woraufhin der Bock angriff. »Schau«, sagte sie, als Joseph vorbeikam, »jetzt klettert Pappi mit ihm die Grabenböschung hinauf.«

Die Wachstation ist ein größerer Raum, in dem ein ziemliches Durcheinander herrscht. Drei Krankenschwestern sind noch dabei, einen Nachttisch näher zu rollen, eine Nadel auf einer Hand festzukleben, eine Drainage zu kontrollieren. Eine von ihnen schaut auf und sagt, die Operation sei erfolgreich verlaufen. Weißes Licht. Getröpfel und Geblubber verschiedener Flüssigkeiten, hell und klar in einem hoch aufgehängten Kolben am Kopfende, teefarben und hellrot in den schmalen, flachen Behältern seitlich am Bett. So kurz nach dem Eingriff gibt man oft noch Sauerstoff. Sie beugt sich über sein Gesicht und sieht, daß die Augen völlig verloren auf die Zimmerdecke gerichtet sind.

»Joseph? ...«

Auf dem Nachttisch liegen die drei goldenen Ringe und die Armbanduhr.

Sie darf sich setzen und bleiben, solange sie will. Er darf keinen Schluck Wasser trinken, aber sie darf ein dickes, klatschnasses Wattestäbchen in seinem ausgetrockneten Mund herumdrehen. Wenn man das Spritzen, Messen oder Notieren, dessentwegen die Schwestern alle naslang hereinkommen, nicht mitzählt, sind die beiden allein.

Sie träumt. Er döst vor sich hin. Echo jener einen Geschichte, die schon immer die Geschichte von ihnen beiden war.

Einmal, an einem Winterabend, als eine dünne Schneeschicht über dem Land lag, fuhren Joseph und Lucie mit einem leeren Anhänger hinter dem Auto aus Westdorp in Drente nach Hause zurück. Kurz hinter der Kreuzung im

Forstrevier Odoorn begann das schnell fahrende Auto an Geschwindigkeit zu verlieren. Joseph schaltete zurück, merkte aber, daß der Motor an Kraft verlor, gleichgültig, ob er nun Gas gab oder nicht. Er brachte den Wagen auf dem gefrorenen Randstreifen zum Halten und stieg bei immer noch eingeschalteten Scheinwerfern aus. Ganz kurz sah Lucie sein von unten grell beleuchtetes Gesicht, dann ging die Motorhaube hoch. Einen Augenblick später stand sie mit der Taschenlampe neben ihm und leuchtete auf seine ölverschmierten Hände, die zuerst ein paar Schrauben losdrehten und dann ein schweres viereckiges Teil hochzogen, dieses halb auseinandernahmen und es danach mit unglaublich zarten, geduldigen Bewegungen wieder zusammensetzten. Sie hatte keine Vorstellung, wie lange das dauerte. Es war kalt. Während sie so im Wind stand, unter einem dünnen Mond und eisigen Sternen, blickte Lucie mit einer immer abgeklärteren Ruhe auf ein schmieriges Händepaar, das an einem schmierigen Motor herummontierte, sah sie doch die Ordnung ihres Lebens darin. Laß den Motor mal an! Sie setzte sich ans Steuer und gehorchte. Dann seine Handbewegung: Reicht! Mochte sein schmales Gesicht auch die ganze Zeit mürrisch dreingeblickt haben, ohne das leiseste Anzeichen jener schwer zu beschreibenden Höflichkeit, wie sie zwischen Ehegatten herrscht, die Sache war erledigt, und er warf die Motorhaube zu.

Lucie rutschte vom Fahrersitz. Er ging zum Kofferraum. Sie hob die Schlüssel und Zangen vom Boden auf. Er drehte ein Knäuel Putzwolle um seine Finger.

Nachdem sie über eine Stunde verloren hatten, konnten sie den Straßenrand verlassen und die Strecke durch das Forstrevier nehmen. Lucie sagte, ihr komme die Straße (auf beiden Seiten Bäume mit perlweißen Stämmen und ineinandergreifenden vereisten Kronen) vor wie im Märchen. Joseph lächelte, er fand das auch. Ohne die geringste Störung raste das Auto durch den Wald, über die Oranjekanalbrücke und dann auf die Schnellstraße nach Coevorden.

Joseph ließ den Motor laufen, als wäre nichts passiert. Noch vor Mitternacht waren sie zu Hause. Joseph stieg aus, öffnete das Tor und stieg wieder ein. Ich schaue auf das vorbeifahrende Auto, und darin die beiden Schemen im Dunkel. Ihr Bewußtsein umgibt mich wie Licht, wie Wind, und bringt das meine in Position. Als sie auf die erleuchteten Fenster des Wohnhauses zufahren – Gerard ist noch auf, die Kinder schlafen –, haben sie beide das Gefühl, sie bekämen etwas zurück, einfach so, ein verlorenes Glück am Ende des Tages.

Eine knappe Woche später liegt Joseph in dem Sechsbettzimmer und darf Besuch empfangen. Die Kinder waren schon da, jetzt sitzt Gerard auf einem Hocker vor dem Waschbecken und starrt mißbilligend zu Boden. Er ist völlig durcheinander und sagt nichts. Erst nach ungefähr fünf Minuten ist er soweit, daß er etwas von sich geben kann.

»Wie läuft's im Treibhaus, Pa?« hat Joseph gefragt. Und er hat gesagt: »Ich liege hier prima.«

Doch Gerard reagiert nicht. Ihn stört das Gebrumme der Besucher an den anderen Betten. Und den Geruch von Blumen und Desinfektionsmitteln empfindet er als faulig, nur dazu bestimmt, ihn an etwas Vages zu erinnern, das mit kolossalem Gewicht seine Seele zusammendrückt. Einst wußte er, was er liebte, was ihn belastete und was er besser ruhen ließ. Jetzt ist seine Einsicht aus den Angeln gehoben. Sein Bewußtsein stellt Verbindungen her, denen nicht jeder zu folgen vermag – er kann es. In einem Raum, der ins Licht der Sonne und ein paar höllischer Deckenlampen getaucht ist, streckt Gerard den Kopf vor, schaut Joseph wutschnaubend an und öffnet den Mund.

Linienmuster aus Falten. Argwöhnische Augen, ja, allerdings noch immer mit einem Rest von Prinzipien, wenngleich ihm momentan entfallen ist, welchen. Wenn jemand ihn grüßt, dann grüßt er aus triftigen Gründen nicht zurück. Wenn jemand sich neben ihn setzt, Tochter, Schwiegersohn, schaut er vollkommen zu Recht weg. Geht er auf den Kartoffelacker und setzt sich auf eine umgedrehte Kiste, so gibt es eine nicht zu ignorierende Sache, die seinen Blick stundenlang zur unbestellten Erde zieht. Was kann man gegen das Böse, gegen Unrecht ausrichten? Die Nachmittage gehen dahin, und die soundsovielte Sonne verwandelt sich in ein blutrotes Auge. Sich nicht zu beugen ist wohl das mindeste. Wenn er sich mit der Schulter gegen ein wackliges Gattertor lehnt, fängt er zu fluchen an, sobald es aufspringt. Einst konnte er sich auf seinem Hof umsehen und stand dann in Kontakt mit einer logischen Welt. Jetzt ist irgend etwas mit der Kletterrose, der Führanlage, den Pferden, den Hühnern, die auf verrosteten Stangen übernachten, der Bank vor dem Haus und dem Schlag der Kirchenglocken zur vollen Stunde nach dem Abendessen passiert. Jetzt werden ihm unbegreifliche Mitteilungen von seiner Tochter und seinem Schwiegersohn gemacht, dem Zigeuner, den er gott-, gottverdammichnochmal heute auf Station B im vierten Stockwerk des Wilhelmina-Krankenhauses zu finden versuchen mußte. Was soll er tun? Etwa zustimmend nicken?

»Blödmänner! Idioten!«

Die Leute in den anderen Betten und darum herum sehen interessiert auf.

Am darauffolgenden Freitag, dem 9. Januar, darf Lucie ihren Mann wieder abholen. Joseph sitzt, vollständig angezogen, wartend an dem kleinen Tisch vor dem Fenster, als sie gegen zehn Uhr vormittags, mit ihren Schlüsseln klimpernd, im Zimmer erscheint.

Sie nimmt die Tasche. Er geht herum und schüttelt Hände.

Im Fahrstuhl schauen sie wortlos auf die weiterspringenden Stockwerkszahlen. In der Eingangshalle herrscht viel Betrieb, es duftet nach Kaffee. Er geht zur Drehtür, sie folgt ihm ins Freie. Sie bleibt stehen, als er stehenbleibt, und schaut, wohin er, in seinem Mantel versunken, schaut.

Auf der breiten Geschäftsstraße vor dem Neubau fährt eine aus drei Wagen bestehende Straßenbahn voller Schüler. Was wird ihr davon in Erinnerung bleiben? Er drückt den Hut bis auf die Augenbrauen hinunter.

»Man könnte meinen, es hat gefroren«, sagt er.

Sein Gesicht ist fahl, aber in den Augen kann man einen Anflug von guter Laune erkennen. Irgendwie noch immer Joseph. Gutaussehend, ein bißchen mitgenommen. Allein schon froh wegen der wiedergewonnenen Freiheit, hinausgehen zu können. Auch wenn eine Mauer um ihn herum ist. Auch wenn er innerhalb dieser Mauer etwas von einer anderen bewahrt, das nicht mehr zum Vorschein kommen kann. Er trägt einen schweren blauschwarzen Mantel mit Schulterklappen, die unter dem Kragen festgeknöpft sind. Einen Schal bis zu den Koteletten. Schöne, geschickte Hände. Und verzierte Schuhe mit Lochmuster, Schnallen, an denen man, wenn man's weiß, seine Herkunft sofort erkennt.

Sein Porträt vom 9. Januar.

Hätte es irgend etwas genützt, wenn sie geahnt hätte, daß in diesem Augenblick faktisch seine letzte Heimreise begann?

»Das hat es auch«, sagt sie. »Heute nacht waren's bestimmt vier Grad unter Null.«

Sie hat vor der Taxushecke am Ausgang des Krankenhausgeländes geparkt. In der Pförtnerloge sitzt ein alter Mann mit Schirmmütze und schwerer Brille, durch die er jedes Auto, das kommt oder wegfährt, voller Autorität betrachtet. Die Schranken sind geöffnet. Der Chevrolet stoppt an der Haltelinie, um einen Radfahrer vorbeizulassen, und biegt dann nach links. Hinter dem Kreisel ist die A 35 Richtung Enschede.

Sie fährt. Er zündet sich eine Zigarette an.

2 Dieses Sichergeben kommt fast immer. Mir scheint, da sind Drogen im Spiel. Derjenige, der geht, blickt entrückt auf die Vorhänge, das Trinkglas und ein paar Blumen aus dem Garten. Es war schön, aber es ist gar nicht schlimm, in Kürze nicht mehr dazusein … nicht schlimm?

Das muß eine Täuschung sein! Eine vorsätzliche Irreführung durch die bleibende Welt. In Sorge um ihre Ehrengäste verabreicht die Natur an den kritischen Punkten – beim Kommen, beim Gehen – ein Serum, damit sie vergessen oder still werden können. Wie viele würden noch das Licht der Welt erblicken, wäre die Geburt nicht die unwirklichste Marter, die es überhaupt gibt, ein Traumschmerz, der schon beim ersten Schrei des Babys vergessen ist? Wie viele würden so ohne Bedauern hinscheiden, wenn sie bei Sinnen wären? Sich ergeben? Nein. Niemals. Vergiß es. Man würde sich weigern. Niemand würde mehr sterben, schaltete dieser Superrausch das ratlose Bewußtsein nicht aus.

Laß die Fenster auf, hätte er gesagt, da bin ich ganz sicher. Ich bin ganz sicher, daß er gesagt hätte: Laß meine Schuhe stehen. Wasch meine Hemden. Laß meine Zahnbürste und den Rasierapparat einfach auf der Ablage unter dem Spiegel liegen, von wo aus ich dir Grimassen schneiden will, wenn ich beim Rasieren meine Gesichtshaut spanne. Ich bleibe nämlich. Warum sollte ich ins Nichts verschwinden? Ich habe das Atmen immer geliebt. An Frühlingsmorgen kam der Wind durch die Fenster herein und ließ dabei die Kalenderblätter hochwehen. Ich bleibe, bleibe, um meinen Besitz, dich und die Kinder, weiter in meinen Händen zu halten. Weißt du noch, wie wir mit ihnen losgezogen sind? Die Kinder auf der Sandwehe, die Kinder an der Mühle, die Kinder am Meer, braungebrannt, mit roten Badeanzügen und den wildesten Augen der Welt, diese meine Kinder, als sie sich von der Düne herunterrollen ließen und wir sie wie Kreisel, wie rote Dinger, die man aufziehen kann, den Abhang hinunterkullern sahen in Richtung Sonne. Darum bring meine Kleider nicht weg. Bei den kleinen Büros der Heilsarmee muß man die Kleider seines Liebsten durch eine Luke schieben, wo sie dann, von keinem Menschen berührt, auf anderen überflüssigen Sachen landen. Schuhe muß man paarweise an den Schnürsenkeln zusammenbinden. Tu das nicht. Gib übrigens auch meinen Paß, meinen Führerschein und die Brieftasche mit den Fotos nicht weg, denn wer diese Dinge besitzt, hat ein Recht darauf, zu existieren. Wer will mich soweit kriegen, daß ich mich ergebe? Warum sollte ich Lust haben auf den letzten Traum? Wer garantiert mir, daß sie dort, in der Welt der reinen Geister, nicht etwas Gräßliches mit mir anstellen? Halt meine Hand. Halt mich mit den Augen fest. Hör zu. Kauf Petroleum für die Außenlampe, kauf einen Kasten Bier. An warmen Tagen haben wir draußen gesessen und uns unterhalten in der Vorstellung, es würde ewig so bleiben. Erinnerungen. Erwartungen. Und dazwischen die Fakten. Was kann ich an diesem Punkt von den ewigen Dimensionen erwarten? Wenn es um unsere Worte geht? Manchmal redeten wir gescheit, manchmal haben wir einfach drauflosgeschwätzt. Unter der Stechpalme schwelte das Feuer, auf dem wir gekocht hatten. Wer gut erzählt, greift die Geschehnisse auf und verfüttert sie an die wildesten Ideen. Ich weigere mich also. Ich verzichte auf das Jenseits. Ich bleibe. Und sei es nur deshalb, um noch eine Weile an Gott zu glauben.

Können wir nicht etwas vereinbaren? Zum Beispiel, daß ich mich zu dir setze, wenn du allein bist? Und dich begleite, wenn du ausgehst? Und mitschaue beim Schein der Lampe, im Dunkel des Treppenhauses, unter dem Himmelsblau, und daß ich dann Tongeschirr, Buchstaben, Silber, Teppichmuster, blaugestrichenes Holz, Bleiglas, Baumblätter, Licht, Farben sehe? Samstag morgens aßen wir diese goldbraunen geflochtenen Brötchen. Sonntags krochen die Kinder wie junge Kätzchen zu uns ins Bett. Können wir's nicht so machen, daß ich, wenn du allein draußen auf der Veranda sitzt, eine Zigarette bei dir rauche – heb mein Feuerzeug auf, kauf Zigaretten – und daß wir dann die nötigen Reparaturen am Haus besprechen? Du weißt, wie geschickt ich bei solchen Arbeiten immer war. Ich liebte schnelle, eklatante Resultate. Laß spätestens in drei Jahren die Außenseite streichen. Laß die Risse im Holz mit Epoxidharz zuspachteln und danach mit einem Holzschutzmittel satt bestreichen. In jedem Winter habe ich rechtzeitig daran gedacht, die Außenwasserleitung zu entleeren. Manchmal hatten wir schon im November Frost. Dann traten wir hinaus und rochen sofort diese typische knackige Luft, die manchmal noch am selben Tag fremde Vögel auf kräftigen, strammen Beinen auf unser Gras lockte. Denk also daran, Ende Oktober an der Zapfstelle im Garten das Absperrventil zu- und den Hahn aufzudrehen. Mach dich auf diese Mordsdinger von Spinnen auf dem Boden gefaßt. Erschrick nicht über die Kröten, die plötzlich einen Satz machen können. Wunder dich nicht, wenn du den schweren Steindeckel mühelos hochheben kannst.

Er stirbt in der zweiten Aprilwoche. Im Dorf gibt es eine ganze Reihe von Leuten, die sagen, sie hätten es kommen sehen. Sie sagen, sie hätten ihn schon eine Weile vermißt, und man ist sich darüber einig, daß er, wenn er ab und zu noch irgendwo auftauchte, in einem Laden oder auf der Straße, schlecht aussah und sichtlich keine Lust auf einen kleinen Schwatz hatte.

»Er hat nur geschaut«, sagt der Wirt vom *De Kraan* zu mir und erzählt, daß Joseph sich eines Abends an den Ecktisch hinter dem Billard gesetzt habe, wo die Koops-Jungen eine Karambolageserie nach der anderen hinlegten. »Er hat sich kaum gerührt. Nach vielleicht einer halben Stunde ging er wieder, ohne etwas getrunken zu haben.«

Es gibt noch mehr, die mit einem letzten Bild von ihm ankommen.

»Er war mit seiner Tochter da«, erinnert sich die Kassiererin aus dem Konmar und beschreibt, wie Katharina den leichten und er den schweren Karton mit Einkäufen vom Band hob. Zu meiner Verwunderung fügt sie hinzu: »Ich fand, er sah so aus, als ob er die ganze Nacht kein Auge zugetan hätte.« Zu meiner Verwunderung, sage ich, weil ich eigentlich geglaubt hatte, ich sei die einzige, die ihn nicht nur anschaute, sondern auch sah.

Auf dem Feld. In seinem Auto. Ab und an noch auf einem Pferd. Die Absätze in die Flanken drückend. Im Winterwetter. Bei aufkommender Kälte und Wind, der das Unterholz schüttelt, aus dem ein paar Vögel ein und aus fliegen. Seine Medikamente beeinflußten schon lange sein Zeitgefühl. Abends beobachtete er, auf dem Sofa liegend, Lucies Gehabe: Er und sie waren letzten Endes doch nicht unzertrennlich.

»Da fuhr er«, sagt der ehemalige Stallbursche zu mir und zeigt auf die Stelle. »In seinem Chevrolet, auf dem Platz. Und als er mich sah, winkte er mir, aber er hat nicht gebremst.«

Ich persönlich glaube, daß er das Leben so lange wie irgend möglich leben und dann damit aufhören wollte. Komm, setz dich zu mir, sagte er manchmal zu einem der Kinder, und dann sahen sie zusammen fern. Einmal sagte er zu Lucie, er sei der Meinung, sie solle sich künftig am besten auch noch auf die Kutschpferdezucht verlegen. Kauf ein Gespann mit einer schönen Front, riet er ihr, zum Beispiel aus dem Stall Plaisier in Adorp.

Joseph ging oft, in seinen Wintermantel eingemummelt, am Graben entlang. Tagsüber lag er nur selten im Bett. Er schaute lieber zum silbrigen Frühlingshimmel hinauf oder trieb sich im Stall herum. Ein paar gute Traberhengste, Lucie, wiederholte er dann voller Überzeugung. Pferde, die nach etwas aussehen vor dem Wagen. Er schien sich nicht daran zu stören, daß sie ihre Arbeit nicht unterbrach und nicht antwortete. Ein- oder zweimal war er in dieser Zeit einen Tag lang von zu Hause fort. Sehr wahrscheinlich hat er eines der Lager in Best, IJsselstein, Nieuwegein oder Oldenzaal besucht, noch immer seine natürliche Umgebung, oder das Lager hinter dem Bahngelände bei Rotterdam, wo Guta, seine Tante mütterlicherseits, bis zuletzt in ihrem Wagen mit Aussicht auf die Flamme aus dem Schlot von Pernis gelebt hatte.

Am Tage seines Todes fand Lucie morgens, daß er anders war als sonst, und sie rief den Hausarzt an. Der kam und schaute zusammen mit ihr eine Weile auf Joseph, der unruhig murmelnd im Bett lag. Nach einer halben Stunde gab der Arzt ihm eine Spritze und ging wieder, ohne eine Ahnung zu haben, oder ohne sie ausgesprochen zu haben, daß es akut war. Also hat Lucie die Kinder in der Schule gelassen und ihren Vater irgendwo in den Scheunen oder auf dem Feld. Ohne sich einer seit Monaten zunehmenden Schwere in Armen und Beinen bewußt zu sein, hat sie sich weiter im Schlafzimmer herumgedrückt und von Joseph zu den Fenstern und den Möbelstücken hin und her geschaut. Eine Zeitlang hat sie den Blick auf die Reproduktion eines Gemäldes geheftet, die an der Schräge über dem Bett hing, ein Interieur mit einer Vase gelb- und rotgeflammter Tulpen vor dem Fenster. Dann hat sie sich in Kleidern dicht neben ihn auf die Decke gelegt. Und hat seinen nun lautlosen Schlaf über sich kommen lassen.

Warum sollten die beiden auch nicht eben mal ihrer Müdigkeit nachgeben?

Um sie herum, über dem Ackerland weit und breit, liegt das Aprillicht, welches das aktivste ist, das es gibt, und das voll auf das Gras und die keimenden Pflänzchen fällt und auch in die Erde dringt. Aber es streicht ganz gedämpft über die Wände des kleinen Raums, in dem sie schlafend daliegen. Joseph mit verdrehten Hüften, links von ihr, regungslos. Sie ist es, die sich im Schlaf bewegt, ein paar

Wimmerlaute von sich gibt, wie man das eben so macht, und die plötzlich wach wird. Sie richtet sich auf. Sie legt die Hand auf seine Brust, die sich noch ein paarmal hebt und dann nicht mehr. Sie schaut von ihm zum Fenster, hinter dem genau dasselbe Licht herrscht wie auf der Reproduktion mit den gelb- und rotgeflammten Tulpen. Als sie wieder zurückschaut, auf sein Gesicht, sieht sie sofort, daß er nicht mehr da ist.

Weggegangen. Meilen- und meilenweit. Und nicht *ein* Zeichen.

Kann sie es auch nicht glauben?

Die offizielle Leichenhalle ist bei uns im Dorf nicht üblich. Tote werden daheim aufgebahrt, in einem Zimmer, das nach Norden liegt und in dem die Vorhänge zugezogen und die Spiegel verhängt sind. Verwundert leisten wir denn auch der Aufforderung Folge, in einem kleinen Gebäude in der Nachbargemeinde von dann bis dann Abschied von ihm zu nehmen. Schon auf der Schwelle riechen wir überreichlich herbeigeschaffte Nelken und Heliotrope und hören Lärm. Die Familie, die wir aus dem Dorf kennen, hat sich um ein Dutzend exzentrischer Fremder vermehrt, die einer wie der andere zuviel kriegen und den Eindruck machen, sich mit den himmelschreienden Tatsachen partout nicht abfinden zu wollen. Mir wird bewußt, daß Lucie inmitten von Frauen in geblümten Volantröcken und nicht ganz zugeknöpften Blusen keineswegs auffällt.

Am Tag darauf weht ein starker Wind. Es hat gerade halb zwölf geschlagen, als das Friedhofstor für die Trauernden, die hinter dem Sarg den Mittelweg entlanggehen, weit geöffnet werden muß. Wir Benckeloer sind verwirrt und erstaunt. Durch die Anwesenheit des Todes. Durch die übernatürlichen Windstöße und die hin und her peitschenden Tannen. Durch die vielen Zigeuner, die der katholischen Messe für den orthodoxen Joseph beigewohnt und das *Requiem aeternam* mit ihrer lauten Art übertönt haben.

»Sie machen eine Menge Krach, aber sie meinen es gut«, konnte man hinterher vor der Kirche hören.

Durch den Himmel, der von einem reglosen, wundervollen Blau ist.

Lucie folgt mit ihren Kindern und ihrem Vater dem kleinen Weg nach oben entlang den Hinweisschildern. Der Katafalk wird von ein paar gemieteten Leichenbittern ziemlich schnell vor ihr hergerollt, doch die ungeordnete Schar um sie trödelt und scheint im Gegensatz dazu das Tempo des Toten etwas verlangsamen zu wollen. Von mir aus gesehen wird der Abstand immer größer. An einer hochgelegenen Stelle, neben einem Sandberg im unaufhaltsamen Wind angelangt, wird die eine Hälfte der Leute sehr still. In einem bestimmten Augenblick gibt es verschiedene, die mehr oder weniger aus Selbstschutz an die Auferweckung des Lazarus zu denken beginnen. Die andere Hälfte dagegen tritt näher, um mit viel Brimborium Münzen in die Tiefe zu werfen, gleich darauf gefolgt von Händen voll Sand. Und *sie* denken: bleib. Bleib bloß, wo du bist. Ich bemerke, daß sie das Grab mit bloßen Händen zuschaufeln und ihm dann ohne einen Blick zurück den Rücken kehren.

Nur Lucie schaut noch, während sie ein paar zögernde Schritte rückwärts tut.

Der Asphalt ist dunkel wie Anthrazit. Der Wind kommt von Westen. Hinter dem Gitter der Friedhofseinzäunung zu beiden Seiten des Eingangs zeichnen sich ein paar große amerikanische und deutsche Schlitten ab. Ihre Besitzer kennen die Ferne, wissen aber auch, was Nähe ist. Leb wohl, armer Bruder, denken sie in diesem Moment, viel Glück in deiner nunmehr unwiderruflichen Situation. Wir werden deine Seele in Ehren halten, bis sie alt ist und mit den letzten von uns Augen und Ohren schließt. Aber tu uns jetzt den Gefallen und behalte, bitte schön, deinen *mulo* unter den Blumengebinden und Kränzen. Laß uns deinen verzweifelten Doppelgänger um Himmels willen nicht aus dem Schlamm hinterherrennen. Wir übergeben dich dem Ewigen, das ist doch richtig? Wenn wir fertig sind mit Weinen, werden wir unter uns besprechen, was du am liebsten angeschaut hast und wovon du am besten erzählen konntest. Was war denn dein Lieblingsessen? Wenn du willst, werden wir dich in einer mit Melisse und Koriander gefüllten Lammkeule wiederfinden, und wenn's dir recht ist, werden wir mit Hilfe eines netten Fläschchens, so weit es nur geht, zu dir vordringen, aber dabei soll's dann, bitte schön, auch bleiben!

Sie trägt ein dunkles Kleid und dunkle Strümpfe. Während sie mit beiden Händen ihre Haare festhält, geht sie mit diesem typischen kerzengeraden Gang denselben Weg über den Friedhof zurück. Von Zeit zu Zeit dreht sie sich um und bleibt stehen. Wenn man bedenkt, wie oft sie ihn, ohne auch nur mit der Wimper zu zucken, hat ziehen lassen, dann fällt auf, wie oft sie jetzt zurückschaut. In der Nähe des Eingangs ist ein gemauerter Abstellraum für Vasen und kleine Gartengeräte. Ich sehe, daß jemand den Außenhahn voll aufgedreht hat.

Sie sieht es nicht. Sie hat überhaupt keinen Blick dafür, daß die dunklen, fremdländisch wirkenden Beerdigungsgäste alle, ausnahmslos alle, die Hände unter den kräftigen Wasserstrahl halten. Leb wohl! Möge das, was geschehen ist, auch geschehen sein und bleiben! Was macht rastloser als eine nicht abgeschlossene Sache? Was macht einen schlafloser als eine Schuld oder eine Forderung? Die Wahrheit ist, daß manche Dinge schwerer wiegen als diese fünf, sechs Kubikmeter Erde. Laß uns deinen Tod nicht durch Kummer und Gram verderben! Wir wollen dir nicht das allesbeherrschende Bedürfnis vermitteln, uns trösten zu kommen!

Sie streckt den Arm nach Jojo aus und geht hinter Katharina, Johan und Gerard zu einem imposanten Cadillac. Die rechte hintere Tür steht bereits offen.

3 Ihr Haus und ihr Hof waren für sie die Erdkugel. Drei Jahreszeiten lang versetzte deren Kreisen sie in einen Rausch der Klarheit, in dem alles seine Ordnung hatte und störende Dinge eigentlich gar nicht so störend waren. Die Daheimbleiberin ist auf dem Trip: Auf den Ästen der Bäume liegt Schnee, eine halbvergammelte Dachrinne sackt ab, eines der Pferde steht schwarz, schlafend, noch immer auf der Koppel, die Dämmerung wird eisig ... ach, da ist zum Glück Joseph, er geht vom Weg zum Hinterhaus und tritt nach den Hunden, die ihn umspringen. Herbst, Winter und Frühjahr hatte sie das Gefühl, daß, wenn Joseph nicht zu Hause war, einfach schnell mal weg war, auch sie nicht zu Hause war. Dann kam der Sommer, und alles war anders. Dann zog sich die Zeit, dann liefen die vergangenen Stunden in der Sonne, bei der Arbeit im Leerlauf vor sich hin – überall wurde geerntet – und überbrückten mühelos die Kluft zwischen damals und gleich. Sie arbeitete hart. Während sie in einem baumwollenen Arbeitsanzug schwitzte, phantasierte sie nebenbei von einem Streuner, der schön erzählen konnte. Bis es mit diesem feinen System ein Ende hatte. Aus welchen Gründen und auf welche Art und Weise auch immer. Irgendwann einmal gab es die schrecklich peinliche Szene in der Küche des »Tweede Hof«. Um sich jemandem ganz und gar hinzugeben und sich mit umwerfender Naivität in jemandes Arme zu schmiegen, dazu bedarf es eines gewissen Selbstwertgefühls. Die Verlockung der Appaloosastute. Der schmutzige, staubbedeckte Buick. Sicher ist, daß sie diese Kombination nicht begriffen hat. Sie und Joseph sind hintereinander nach Hause gefahren. Und sicher ist, daß Josephs dann folgender Bericht, in dem es hauptsächlich um ein Pferd ging, das schwitzte und nicht fressen wollte, ihrem Kopf und ihrem Herzen ebenfalls nichts klargemacht hat.

Wenn etwas Unsinniges, etwas völlig Unbedeutendes dich doch bloß nicht gezwungen hätte, aufzuwachen! Und dich Dinge gelehrt hätte, die dir in diesem vergänglichen Leben nun wirklich nichts genützt haben!

Nach der Beerdigung ist Lucie ein paar Tage lang nirgends zu finden, im Haus nicht, in den Nebengebäuden nicht und auch nicht auf der Koppel im peitschenden Regen, der Wind bläst noch immer. Katharina und ihre Brüder kümmern sich um die Pferde, mehr als einmal ist auch der frühere Stallbursche zu sehen, der über den Matschweg zum Paddock schlendert. Aber am Donnerstag ist sie wieder da. Dann geht sie an der Tenne vorbei in den Gemüsegarten, um dort die nassen Zweige irgendeines Strauchs beiseite zu schieben und auf die Erde zu blicken. Im Baum über ihr zwitschert es. Als sie den Kopf hebt, um zu schauen, was für Vögel dort sitzen, fällt das Licht in ihre Augen. Die Iris sind bleich wie die Linsen eines Nachtfischs, der tief unter der Wasseroberfläche lebt und nie nach oben kommt.

»Tinko«, sagt sie, als beim Schließen des Gartentors der Zwergbock auf sie zukommt. »Hast du etwa aus dem Wassergraben getrunken?« Sie legt ihre Hand seitlich an seinen aufgetriebenen Bauch. Dann geht sie über den Hof hinter dem Haus an dem schiefen, grau gewordenen Zaun entlang zum Stall. Zwei Uhr nachmittags. »Wenn dieser verdammte Scheißregen doch endlich aufhören würde«, sagt sie. Der Stall ist leer, die sechs Pferde grasen auf der Koppel. Unter der Dachschräge steht links neben dem Spülstein ein Satz eiserner Gefäße, Gefäße oder Tröge. Sie hebt eines an den Griffen auf die Erde, nimmt eine Stahlbürste und beginnt mit kleinen kreisenden Bewegungen den Boden zu scheuern. Es zieht. Gegen das Dachfenster über ihrem Kopf schlägt der Wind. »Na, na«, sagt sie. »Man könnte meinen, du willst hier rein.« Anstatt es besser zu schließen, klappt sie das ganze Fenster nach draußen und schiebt die Stange bis zum letzten Loch über den Nagel. Mit offenen Haaren, jetzt gleichsam von etwas Ungestümem besessen, macht sie mit dem Putzen weiter. Als sie die Augen aufschlägt, einmal, und in ihrer bekannten Manier etwas erschreckt auflacht, tut sie, finde ich, als hätte sich jemand neben sie gehockt, um zu schauen, was sie da macht. Frag mich nicht, was.

Unermüdlichkeit, Ruhe trotz des stetig blasenden Windes und eine vor dem Hintergrund des dunklen Stalls kreideweiße Haut: ihr wahres Gesicht, das sie mir jetzt, da sie mit etwas beschäftigt ist, offen zeigt. Mir wird beinahe kalt. Etwas sehr Persönliches, etwas, was ein Mensch instinktiv verbirgt, erscheint auf dem Wege über die fleißigen Hände auf dem Gesicht darüber und macht mir manches klar.

In den Wochen vor seinem Tod war Joseph manchmal wieder sehr aktiv. Wenn er auf dem mit einem Ziegenfell so weich und federnd gepolsterten Sofa lag, daß die Geschwülste hinter seinen Rippen kaum drückten, dann konnte er zum Telefon greifen, um eine große Partie Parcoursstangen und verzinkte Ständer zu kaufen und sie sofort irgendwo anders wieder mit Gewinn zu veräußern. Er fand auch einen Käufer für die elfjährige Zeta. Flashbacks seiner Feurigkeit, Sorgsamkeit, seines Stolzes. Es ist vorbei, nun gut, aber doch schön, schnell noch achttausend für die faule Zeta einzustreichen. Seine Stimme klang bei diesen Gelegenheiten so kräftig wie früher. Später am selben Tag sagte er viel leiser zu Lucie: »Gespannpferde, Luus, fackel nicht lange rum. Nimm diesen Hoogheid-Sohn, diesen Romanus. Wenn ich sage, der läuft dir zwanzigtausend ein, dann ist das noch niedrig gegriffen.« …

»Tja, mich würd's schon reizen.«

»Fang mit zweien an.«

»Muß es ein Gespann sein?«

»Besser wär's.«

»Und sie dann auch gesondert trainieren.«

»Natürlich. Mit Doppeleisen.«

»Doppelbeschlag? Auch bei den Turnieren?«

»Da nicht. Weißt du noch, wie wir vor ein paar Jahren auf dem Nord-Turnier waren? Das war in Friesland. Ich erinnere mich, daß damals bestimmt dreizehn Neulinge auf die große grüne Rasenfläche getrabt kamen. Sie waren wahnsinnig nervös. Ein strahlend blauer Himmel, kein Wind, Männer mit Melone und Nadelstreifenhosen fuhren die Einspänner. Ich weiß noch, daß ich gegen den Sieger, einen Oregon-Enkel, nicht das geringste einzuwenden hatte. Du aber drehtest dich, über das Gatter gebeugt, zu mir um und kniffst die Augen in der Sonne ein wenig zusammen. Du sagtest, du fändest ihn etwas grobschlächtig und ramsköpfig. Kurz darauf schauten wir uns die Prüfung für die Luxuswagengespanne an, in der zwei nicht eingetragene Rotschimmel aus Beilen siegten. Über uns am Himmel flog eine Vogelreihe immer denselben Kreis.«

»Liegst du gut?«

»Ganz gut. Ich spüre eigentlich nichts.«

»Soll ich Kaffee kochen?«

»Der schmeckt mir nicht mehr.«

Manchmal hört man die Behauptung, man müsse der andere sein, um ihn wirklich zu verstehen, oder anders ausgedrückt: Man kann einen anderen nicht kennen. Als ob man sich selbst verstünde! Man nimmt sich den ganzen Tag wahr, das ist schon richtig, man spürt sich, hört sein eigenes Herz schlagen und schmeckt sich beim Schlucken den lieben langen Tag selbst. Wie aber um Himmels willen kann man jemanden kennen, dem man noch nie in die Augen gesehen hat? Es sei denn, aus einem Spiegel heraus? Ich schaue auf Lucie, die ihrerseits wieder auf die kleinen Kreise schaut, mit denen ihre Hände das dunkelgelbe Zeug von einem eisernen Boden lösen. Sie weiß es nicht, aber ihr Gesicht weiß, daß dies eine süße und präzise Art und Weise ist, sich selbst zu beobachten. Die Arbeit ist das Pendant des Spiegels. Das Zusammenspiel von Augen und Händen ist der Gegenpol zu dem schmutzigen Stück Glas, das wir Spiegel nennen.

Ich würde ihr gern in intimem Ton ein paar bis ins Mark gehende Fragen stellen. Wie würde sie es finden, wenn ich ihr bestimmte Erkenntnisse schenkte, und wie würde ich es finden, wenn ich die Entwicklung dieser Weisheit dann von ihr erfahren dürfte? Aber sie ist kein Mensch, mit dem es sich flüssig reden läßt. Sie, meine Schwester, geht ihren eigenen Weg. Ich kann ihr wirklich nicht folgen. Ich kann sie lediglich beobachten und behutsam ihre Bewegungen notieren. Ich. Meine Hände sind mit Leben gefüllt. Manchmal spüre ich, wie es aus meinen Händen emporspringt.

Dann reicht es ihr. Sie springt auf, als würde sie zur Eile ermahnt, und hebt das Ungetüm auf den Stapel der anderen, wobei ihre Nylonjacke hochrutscht und die Linie ihrer Hüften sichtbar wird: ausladend! Vor dem Stalleingang schaut sie kurz, was der Regen macht. Der Himmel liegt bereits deutlich bleicher hinter den Scheunen und dem Gebüsch. Sie weiß nicht genau, ob der alte Mann im Chicoréetreibhaus ist, geht aber trotzdem in diese Richtung. Als sie die drei Stufen hinaufgeht, schießen beide Hunde auf sie zu. Sie dringen noch vor ihr durch den schweren Gummivorhang, mit dem die Tür abgesichert ist, um, wenn nötig, alles Licht von draußen fernzuhalten; Chicorée wächst im Dunklen. Gerard sitzt bei Neonlicht zwischen den Stellagen und kaut auf seiner Pfeife herum.

»Ich denk, ich fahr morgen mal zu Plaisir«, fängt sie an.

Er schaut taub auf die Hunde, die an seinen Stiefeln schnüffeln.

»Ich denk, ich fahr mal nach Adorp.«

Sie hat sich auf einen Hocker gesetzt und schaut ruhig, sehnsüchtig auf den halbkahlen Schädel des Alten mit dem permanenten Mützenabdruck an Stirn und Hinterkopf. Jetzt sieht sie, daß seine Mundwinkel zittern.

»Und wozu?«

Sie schrickt zusammen. Er hat sie angeschrien. Sie schrickt zusammen, denn unwillkürlich hängt sie noch immer an Pappi und nicht an dem alten Mann, in den sich irgend etwas Düsteres hineinfrißt und dabei die Erinnerungen in seinem Kopf so malträtiert, daß sie angefangen haben zu beißen und zu kratzen.

»Mir schwebt als Grundstock ein junges Hengstgespann vor, das ich jeden Morgen selber vor dem Wagen trainieren will«, sagt sie.

Sie blickt begeistert in das Gesicht mit den schweren Augenbrauen und der auf sie gerichteten Pfeife, die hoch- und wieder abwärts wippt.

»Ich nehme welche mit weichem Maul, das bringt mehr als solche mit einem Ledermaul.«

Sie schweigt, lauscht zerstreut dem Wind in der Ferne.

»Sie müssen jung und noch völlig roh sein«, sagt sie dann, »und sie müssen« – Gerard steht auf, um sich den Mantel zuzuknöpfen – »eine schöne eckige Aktion zeigen.«

Ihre Arme ahmen die Trabbewegung nach.

Als er zum Zählerkasten geht, um seine klatschnasse Mütze vom Haken zu nehmen, sagt sie noch: »Ich habe gehört, sie züchten im Plaisir-Stall auf Fahreigenschaften hin.«

»Also so was!« Er baut sich mit eingezogenem Kopf vor ihr auf, gebeugt, fast bucklig, aber immer noch größer als sie. »Ein Zweiergespann. Also zurück in die Vorkriegszeit. Zwei gleiche Blessen, Braune, mit weißen Füßen. War das ein Theater, die zu finden!«

Sein Mund ist zu einem schmalen Strich zusammengekniffen.

»Kommt nicht in Frage!«

Sie sieht, wie sich die Pupillen zu Stecknadelköpfen zusammenziehen.

»Komm essen, Pappi.«

Die Hunde springen, vom Wind aufgestachelt, an ihr

hoch, als sie am Abstellraum und dem Hühnerauslauf vorbeigeht. Sie denkt schon nicht mehr an Gerard. Der wird seine schlechte Laune bestimmt gleich wieder pflegen. Sie geht unter den knarrenden Dachsparren der Tenne ins Haus, wo alles von Joseph spricht und von ihm sprechen wird, solange sie nicht auf die Idee kommt, seinen Mantel und Hut vom Garderobenhaken zu nehmen. Auf der Werkbank liegt sein Werkzeug, das sich im Laufe der Zeit immer besser in die Hand gefügt hat.

Sie fährt am Montag. Und am Montag höre ich auch seine Stimme zum erstenmal wieder. Lucie ist nach Adorp gefahren, nachdem sie am Telefon erklärt hat, was sie sucht. Der Stallmeister, Käppi auf dem Kopf, führt sie durch den Betrieb. Es ist elf Uhr vormittags, sonnig, kein Wind.

Sie fragt etwas.

Der Mann mit dem Käppi nickt. »Junge Tiere«, sagt er. »Kennen kaum das Geschirr.«

Jetzt stehen sie an einem Paddock hinter dem Gebäude ganz links. Lucie lehnt über dem Gatter und mißt mit den Blicken Jugend und Ungestüm der ein- oder zweijährigen Hengste. Vor ihr eine sehr weite Landschaft mit Zäunen und ein paar Bäumen. Der Stallmeister, Augen auf die Tiere gerichtet, beschreibt, was sie können und was sie einmal können werden.

»*Die* beiden«, fährt eine bekannte Stimme dazwischen.

Sie zeigt sich nicht im mindesten erstaunt. Die Stimme ist kräftig, höchstens ein wenig heiser.

»Du meinst die?« Sie lacht mit abgewandtem Gesicht und zeigt auf die Tiere.

»Ja«, kommt dann. »Was meinst du?«

»Sie gefallen mir gut.«

»Tja, fragt sich nur, was der Vogel dafür verlangt.«

»Dann setz ich mich wohl am besten mal mit ihm an den Tisch.«

»Laß dir erst die Papiere zeigen.«

4 Die überaus vielversprechenden Pferde werden gebracht. Lucie stellt sie in den Laufstall und unterwirft sie täglich der Longe, der Peitsche und ihrer Stimme. Kurz darauf nimmt sie gegen Bezahlung zwei Pferde in Pension, die Stammbuchstute Batoon und ihr pechschwarzes, noch nicht einmal einen Monat altes Stutfohlen. Der April geht dem Ende zu, die Birke blüht, aus der Hecke neben dem Haus steigt ein ganzer Schwarm Zitronenfalter auf. Überall in unserer Gegend werden die Häuser auf Vordermann gebracht: Wenn man den Weg entlanggeht, kann man sehen, wie links und rechts Mauern getüncht und das Holz in dem Kutschgrün gestrichen wird, das hier noch immer am beliebtesten ist. Gut, der sichere Ort, in dem man schläft und ißt, muß instand gehalten werden. Lucie ist etwas magerer geworden, aber sonst die alte: eine Rötlichkeit, eine Blässe, die Fragen stellt und keine einzige beantwortet. Auf dem Mittwochsmarkt kaufen die Frauen in dieser Jahreszeit Gardinenstoffe und Wäsche. Lucie kauft eines Vormittags eine Bettdecke. Mir ist es nachts zu warm, erklärt sie der Standinhaberin, ich schwitze, ich glaube, ich nehme am besten eine Seidendecke. In dieser Nacht höre ich sie wieder miteinander sprechen.

Sie: »Was meinst du?«

Er: »Könnte tatsächlich einen Anstrich vertragen.«

Sie: »Aber ich streiche dieses Jahr nicht alles, hörst du, ich mache nur einen Teil.«

Er: »Das Vorderhaus? Die Fenster und Türen auf der Vorderseite?«

Sie: »Ich glaube, ich fang erst mal mit dem Firstschild an ...«

Er: »Der ist so hoch.«

Sie: ». . . denn da hat der Wind so draufgestanden.«

Er: »Verdammt hoch, Lucie!«

Sie: »Na und? Du weißt ganz genau, daß ich schwindelfrei bin.«

Er: »Stimmt.«

Ich merke an ihren trägen Stimmen, daß sie sich schon seit einer ganzen Weile so unterhalten. Sie reden im Liegen, ruhig unter der Decke, und ihre Vertrautheit führt sie bis an den Rand des Schlafes und noch weiter.

Vielleicht eine Woche später kommt es zu einem nervenaufreibenden Zwischenfall. Es ist mitten am Vormittag. Lucie steht an der Anrichte und stellt ihre Einkaufsliste zusammen, als sie hinter dem Haus ein Pferd herzzerreißend schreien hört.

»Mein Gott«, sagt sie, »das muß Batoon sein.«

In dem Bruchteil einer Sekunde, als sie zur Tür des Hinterhauses rennt, schlägt ihre Mattigkeit, ihre von Tag zu Tag größer werdende Trauer darüber, daß sie noch immer lebt, in eine Art tödlichen Schock um: Ein solches Pferdegeschrei hat sie erst einmal in ihrem Leben gehört, mit elf, als mitten in der Nacht auf der anderen Seite der Straße Koops' Scheune abbrannte. Als sie bei der Koppel ankommt, sieht sie die Stute steigen und begreift das vom Wahnsinn getriebene Schreien des Tiers. Das schwarze Fohlen ist weg. Es muß unter dem Zaun durchgerutscht sein.

Fohlen werden oft nachts auf der Weide geboren. Stehen dort noch andere Stuten, so werden sie den Neuankömmling zärtlich und freundlich akzeptieren. Ein unbekanntes Fohlen dagegen ist ihnen nicht geheuer. Stuten können durch so ein fremdes, allein seiner Fremdheit wegen unheimliches Jungtier völlig durcheinandergeraten. In diesem Moment springt Lucie über den elektrischen Draht des Paddocks. Als nächstes kann man sie durch den Sand rennen sehen, wo das schwarze Fohlen von zwei, drei Stuten verfolgt wird, die völlig in den Bann seiner beängstigenden Arglosigkeit geraten sind. Das Tier durchbricht die Umzäunung, die Stuten hinterher. Sie werden versuchen, es zu jagen, um es dann mit rasender Geschwindigkeit zu überrennen.

»He! Hola . . .! Kommst du wohl her!«

Ihre Hände rutschen zweimal hintereinander von dem glatten, weichen Fell ab. Aber als der schwarze Spuk hinter das Haus schießt, gelingt es Lucie, die Lage der Tore zu nützen, um dem Fohlen mitten auf der Tenne den Weg abzuschneiden und mit zugeschnürter Kehle und ausgebreiteten Armen seinen Ansturm zu erwarten. Das ist genau neben dem Misthaufen. Und dort, obendrauf, kommt das Fohlen tatsächlich zum Stehen und ergibt sich Lucie, die auf seinen Rücken gesprungen ist, auf Gnade oder Ungnade. Ohne auf irgend etwas sonst zu achten, packt sie seinen Hals und legt sich breit über die zappelnden Beine und den Leib.

So bleibt sie liegen, ohne auch nur einen Zentimeter nachzugeben, und wartet, bis ihr Herz sich beruhigt. Sie riecht den Mist, spürt den Tierleib und hört, wie die ausgebrochenen Stuten noch immer in der Nähe herumrennen. Mit einemmal untröstlich, beginnt sie ihre Mitbewohner einen nach dem anderen beim Namen zu rufen, bis sie müde wird.

Hilfe kommt wie einer dieser Zaubertricks, die in irreführender Weise bereits im Gang sind, ohne daß man es merkt. In einem bestimmten Augenblick hebt Lucie den Kopf und sieht unter ihrem Ellbogen hindurch, wie eine der Stuten von einem Mann beim Halfter gefaßt wird. Sie hört die Peitsche zwischen die Pferde schlagen und dann, noch bevor sie wieder ganz klar ist, eine Stimme.

»He, ihr Mistviecher! Verdammt noch mal, gibt's jetzt endlich Ruhe?«

Wenig später bringen Joseph und Lucie die Stuten zu der Weide, die nach etwa achtzig Metern in einer Spitze am Weidenwäldchen ausläuft. Dann stellen sie Batoon und ihr Fohlen in den Stall. Sie schauen, ob das Kleine keine Verletzungen davongetragen hat, reiben es ab und geben der Mutter eine Extraration Futter. Nach getaner Arbeit setzen sie sich auf eine Futterkiste zwischen ein paar jungen rotblühenden Kastanien, die wie Sonnenschirme am Rand des Maisfelds stehen. Es wird warm heute. Unter einem unbewölkten Himmel, der sich bis weit hinter die letzten noch sichtbaren Felder erstreckt, dreht Lucie den Kopf, um ihn nun endlich richtig anzusehen.

Er ist jung. Sie schätzt ihn auf höchstens dreißig. Beeindruckt von seinem glattrasierten Gesicht, der Hakennase, den Augen, und in ihnen wieder dieser heftige Ernst, der sie vor vielen Jahren auf der Stelle überzeugt hatte, gleitet ihr Blick zu seiner Kleidung. Er trägt eine Jacke aus Maroquin mit bestickten Manschetten, die sie noch nie gesehen hat.

»Schön, daß du wieder da bist«, seufzt sie.

Er schaut zufrieden vom Gehöft zum Kartoffelacker gegenüber.

»Ich bin immer gern hierhergekommen.«

»Wenn du wüßtest, wie ich dich vermißt habe!«

»Ich habe mich hier von der ersten Sekunde an heimisch gefühlt, es ist nicht zu glauben.«

»Zum erstenmal hab ich mich gefragt, wo zum Teufel du steckst.«

»Ich hab sofort gesehen, daß du eine bist, die nicht immer und ewig rumschreit.«

Ein paar Fliegen, Sonne, nirgends ein Laut. Lucie und Joseph sitzen in aller Gemütsruhe da und schwatzen. Die beiden Stimmen tragen weit. Sie sieht dreckig aus, hat Schmutzstreifen im Gesicht. Er dagegen wirkt kühl und sauber. Um seinen Hals liegt eine flache Goldkette.

»Es tut mir so leid«, sagt sie plötzlich.

»Leid? Hör doch auf. Die Toten mögen keine Reue.«

»Ich bin dir deswegen immer furchtbar böse geblieben. Sie hat dein Hemd gebügelt. Ich glaube, sie hatte sogar den Kragen und die Manschetten gestärkt.«

»Zum Teufel mit ihr!«

»Jetzt schäme ich mich. Bis in alle Ewigkeit reut es mich, daß ich dir nicht verziehen habe.«

Er zuckt mit den Achseln. Gleichgültig sagt er: »Dann tu's jetzt.«

»Geht das denn noch?«

Er streicht sich mit der Hand über die Kieferpartie und scheint nachzudenken.

»Eigentlich nicht, nein. Vergebung tauscht man zu Lebzeiten aus.«

»Na ja, aber...«

»Aber was?«

Stille, und noch immer die Fliegen. Er sieht sie neckend von der Seite an.

»Komm, gib mir einen Kuß!«

Sie gibt ihm einen Kuß auf die Wange.

Dann erinnert er sie mit dunklen, listigen Augen an seine Talente.

»So vieles geht nicht, Luus. Aber Himmel noch mal, du weißt: Ich schmuggle gelegentlich was über die Grenze!«

Sie drückt ihr Kinn gegen die Brust und atmet tief ein. Als sie sich entspannt und die Luft aus den Lungen strömen läßt, spürt sie, wie etwas Beengendes wegfließt und, bereits schwächer, wieder zurückfließt und dann noch einmal wegströmt.

»Du riechst immer so gut«, murmelt sie, bis tief in ihre Seele erleichtert.

Grinsend sagt er: »Du, ehrlich gesagt, im Moment wirklich nicht.«

Sie springt auf. Bestürzt schaut sie auf ihre verdreckten Kleider und bemerkt die Fliegen.

»Wie wär's, wenn du dich mal waschen würdest?« fragt er.

Du gabst ihm Raum. Du gabst ihm Gelegenheit zu tun, was er wollte, und du folgtest ihm, ohne dich von der Stelle zu rühren. Nach einem sommerlichen Arbeitstag saßest du in einem Zustand süßer Dösigkeit unter den Bäumen. Obwohl niemand mit dir sprach, sprach jemand mit dir. Obwohl niemand dir seine Argumente vortrug, zogst du phantastische Schlußfolgerungen. Nachdenken ist eigentlich Zuhören. Warum solltest du das Abenteuer des Geistes nicht auf das Gehör verlegen? Erzähl! Ich bin die Fortsetzung deiner Vorgeschichten. Wetter los, lüg, fluch drauflos. Ich bin dein heiliges Gefäß. Mit Hilfe deines einzigartigen Tons und deines höchstpersönlichen Metrums laufe ich voll. Als Joseph weg war, fand Lucie rein nach dem Gehör den Weg zu seiner Seele. Laß die Fenster ruhig geöffnet, laß es nur regnen, die Sonne zaubert ein Rautenmuster hinter den Gartenzaun, in allem, was passiert, steckt etwas von dir. Die Trennung sagte ihr nicht viel.

In der ersten Maiwoche beginnt sie mit dem Streichen des Hauses. Zwei Kinder helfen ihr, aber wenn sie in der Schule sind, macht sie alleine weiter, sie arbeitet hart, aber nachlässig. Vielleicht ist sie müde. Nicht weniger als fünfmal hält sie den Brenner zu lange ans Holz und muß dann blitzartig den Gartenschlauch holen. Abends vergißt sie die Leiter von der Hauswand zu nehmen. Um den Firstschild zu streichen, klettert sie über den Heuboden aufs Dach. Sie geht so unachtsam über die Sparren, daß man sich fragt, ob sie eigentlich weiß, was sie tut. Am Freitag ist es dann tatsächlich passiert: Sie liegt auf dem Ellbogen auf einem auseinandergenommenen Strohballen in der Nähe der Leiter, das Gesicht kreideweiß, auf dem Wangenknochen eine schimmernde Beule. Von Zeit zu Zeit schließt sie die Augen und öffnet sie wieder. Dann schaut sie wie aus einem Spiegel durch mich hindurch mit dem Gesicht eines Menschen, der alles andere als wach ist. Es läuft mir kalt über den Rücken.

»Los, zieh die Schuhe aus!«

Aus der Richtung der Außenpumpe kommt Joseph mit einem tropfnassen Lappen an, den er ihr, nachdem sie die Schuhe ausgezogen hat, um den Fußknöchel wickelt. Wieder fällt auf, wie gut er aussieht. Maroquinjacke, diesmal auch ein Hut aus Fuchsschwänzen.

»Ich spür schon gar nichts mehr«, sagt sie. Sie streckt die Hand aus, läßt sich von ihm hochziehen und schaut schon wieder zum Dach hinauf, wo hinter dem Firstschild ihre Pinsel warten.

So daß die beiden keinen Augenblick später hintereinander die Leiter hochklettern, in die Dachrinne steigen und dann über die Dachziegel bis zum First hinauf kraxeln. Wo sie sich setzen. Einfach so, und eindeutig sehr vertraut mit der Situation, die mir wie abgesprochen vorkommt. Und als ich dann höre, wie er irgendeine Geschichte zu erzählen beginnt und sie wie immer blinzelnd zuhört, da kommt eine Ruhe über mich, eine unendliche Sorglosigkeit, die ich nur gekannt habe, als ich klein war, im Dorf, noch im Bett, wenn der Tag begann.

»Von dort«, sagt er. Seine Stimme klingt gebieterisch. »Wir kamen aus *der* Richtung.«

»Von wo ...?« Sie späht in die Ferne. Sie fragt noch einmal: »Von wo denn ...?«

Er deutet: »Von dort.«

Und dann sehe ich es auch. Die Landschaft hat einen Sprung gemacht. Die Wolken sind verrutscht, und ein paar Vögel schießen Hals über Kopf in einem merkwürdigen Winkel nach unten. Wo das Twenter Land war, strömt jetzt von Süden nach Norden ein Fluß, eine breite Wasserstraße, und an ihrem rechten Ufer liegt eine Stadt mit Türmen und Doppeltürmen hinter gotischen Mauern.

»Deventer«, höre ich ihn sagen. »Ich versichere dir, daß wir in fünf, höchstens sechs Tagesreisen dort waren.«

Es ist 1422 und klares Wetter. Auf einer östlichen Zufahrtsstraße, die so gut instand gehalten ist, daß man sich tatsächlich vorstellen kann, für die Strecke von Westfalen zur Hansestadt an der IJssel nicht mehr als eine knappe Woche zu benötigen, nähert sich eine Gruppe von gut zweihundert Reitern. Es sind Männer, Frauen und Kinder auf seltsam feurigen Pferden. Sie sind von Hundemeuten umringt. An der Spitze reitet ein Mann von herrischem, hochmütigem Äußeren. Er trägt einen Hut aus Fuchsschwänzen. Es ist Joseph Andrías, Herzog von Ägypten.

5 »Dieses letzte Stück, Lucie, war eine Strecke mit Dutzenden von Mühlen. Keiner von uns hatte so etwas je gesehen. Das Stadttor war bereits in Sicht, ein Steintor am Ende der Straße, die dort ein wenig anstieg. Da kam also dieses Industriegebiet, Korn- und Ölmühlen, es war windig, die Flügel heischten Aufmerksamkeit und Aufmerksamkeit, unser Denken wurde im Kreis herum gelenkt. Bisher war das Land grün gewesen. Mit Flüssen und Gräben, neben denen große bunte Kühe ohne jede Aufsicht grasten. Eine gastfreundliche Gegend. Gänse und Knäkenten ließen sich kinderleicht fangen. Nun denn: Umgeben von diesen rasenden Segeln hielten wir unsere letzte Beratung ab.«

Sechs Reiter machten die Vorhut. Teuer gekleidet, klug und dreist galoppierten sie wie der Wind zum Noordenberg-Tor, wo sie mit dem Glockenschlag zwölf ankamen. Die Wächter waren baff angesichts ihres fürstlichen Auftretens.

»Sputet euch«, befahl Joseph. »Unterrichtet den Magistrat. Meldet unser Kommen!«

Dem eigenen Instinkt folgend, bog seine Gruppe bereits in die Bisschopsstraat ein. Sofort spürten sie den Puls der Stadt. An der Stelle, an der der Schipbeek in die IJssel mündet, stießen sie auf die alten Kaufmannshäuser. In Höhe des Bokkingshaven starrten sie schweigend auf die Schiffe. Sie machten rechtsumkehrt und ritten hinter einer hochgelegenen Kirche auf gerader Linie von der Assenstraat, dem Sandrasteeg, dem Halvesteeg und dem Bruynsteeg zur Nordseite, wo sie auf dem Weg über die Graven an einer anderen, sehr alten Kirche herauskamen. Die neugierige Menge wuchs. Die Leute betrachteten die übergroßen Pferde und bekamen Lust, mit den Fremdlingen, die Peitschen mit goldenen Griffen in der Hand hielten, über das

Leben zu sprechen. Die Straßen füllten sich mit dem Duft erregend fremder Dinge. Die Gruppe von Joseph Andrías sah sich interessiert die Häuser mit den wogenden Giebeln an.

»Stell dir bloß mal vor, Luus, in den Lagerhäusern waren blaue Himmel und strahlend vergoldete Sonnen an die Decken gemalt!«

Sie schlenderten über den Marktplatz, wo trotz der Mittagsstunde noch lebhaft mit Stockfisch gehandelt wurde, und meinten dann, es sei an der Zeit, nun endlich ins Rathaus, Ecke Tolstraat, zu gehen.

»Woher kommt Ihr? Wo befinden sich Eure Besitzungen?« fragten die beiden Bürgermeister, die ihnen im Ratssaal entgegengegangen waren. Zöllner und Gildemeister machten liebenswürdige Mienen. Respekt sprach in ihrer Seele. Diese Pferde, dieses Gold, dieses Auftreten: Der Herzog von Ägypten konnte in Westeuropa wahrhaftig Ansprüche erheben.

»Ich antwortete nicht gleich. Ich wollte ihre Ehrerbietung und Neugier wachsen lassen. Sie blickten auf das Gold unserer Accessoires. Dann sagte ich: Die Geschichte kennt uns unter vielen Namen, meine Herren, und schreibt uns Gebiete in allen Himmelsrichtungen zu. Die älteste Erwähnung könnt Ihr bei einem unserer Stammväter aus Ionien finden, der seiner Blindheit wegen Ho me horon genannt wurde. Er, ein Mann vieler Worte, hatte etwas gehört und behalten über unsere Abstammung von den Sintiern, die auf Lemnos lebten. Jahrhunderte kommen und gehen, doch noch lange vor der Geburt des Göttlichen Sohnes erwähnt ein anderer Erzähler, ebenfalls ein großer Grieche, freilich mit karischem Blut, die pferdezüchtenden Sigynnes im Stromgebiet der Donau. Was ist ein Volk, eine Rasse? Unsere Herkunft ist vielerlei Ursprungs; Euch ein einziges Stammland zu nennen, wäre irreführend. Man erzählt sich, daß die Atsingani, die Zauberer waren und Vorstellungen mit Bären gaben, zu unseren Vorfahren gehören, deutet es bitte nicht falsch. Man bringt uns mit den Geretteten von Atlantis in Verbindung. Sind wir Syrier von Ursprung? Kanaaniter? Werte Herren: Aus den lückenhaften Angaben kann ich Euch die über Indien nicht vorenthalten, da am Oberlauf des Indus unsere Sprache bis zum heutigen Tage verstanden wird, verstanden und gesprochen. Aus Zeitgründen lasse ich die Saken, ein Reitervolk, unerwähnt, die gegen Mithridates gekämpft haben, und schweige auch von den Radschputen, die einer wie der andere Königssöhne waren. Um Eure Zeit nicht unnötig in Anspruch zu nehmen, eilt meine Auskunft über unsere Anwesenheit in Indien zur Zeit der Parther sogleich zu unserem Auszug von dort, nachdem die Muselmanen dort Einzug gehalten hatten. Folgendes geschah: Mit zweihunderttausend Reitern und fünftausend Elefanten kämpften wir an der Seite der Radschputen gegen Muhammad von Ghor, einen Schurken, aber verdienstvollen Kriegsherrn, und gewannen die erste Schlacht. Die zweite fiel unter einen von Gott verlassenen Stern. So ging es, und so sollte es weitergehen: Ein Teil von uns entkam über Afghanistan nach Europa, und wir ließen uns in Unterägypten nieder.«

Stille. Doch die Worte klangen nach und verlangten nach einer Fortsetzung. Die Schöffen wünschten zu erfahren, was danach geschah. Daraufhin legte Joseph Andrías einen anderen Ton in seine Stimme, denn er wollte die Tugend des Herzens ansprechen, und zwar die christliche, die Evangeliumstugend. Man kennt sie: Umherreisenden Pilgern Gastfreundschaft gewähren, das ist Punkt eins, und Punkt zwei ist: Tod allem, was türkisch ist auf dem Balkan und fern davon. Er erzählte dem Magistrat von Deventer, daß sie, die Ägypter, sich schon vor Generationen zum Christentum bekehrt hätten und ihres Glaubens wegen von den Türken verjagt worden seien.

»Und sieben Jahre irren wir nun schon umher, stellt Euch das einmal vor, falls Euch das möglich ist, angenehm ist das nicht: sieben Jahre ununterbrochener Verbannung.«

Und er fuhr fort mit der Schilderung der meist sehr schlechten Straßen, der Kälte und dem Wind, die einem die Laune wahrlich verderben könnten, ertrüge man das alles nicht, wie's kam, um Buße zu tun für seine Sünden ...

Oh, er sprach wie ein hochgestellter Mann. Die Bürgermeister boten den sechs Fürsten und dem Volk, das noch vor dem Stadttor wartete, ohne zu zögern, Obdach an.

Hier grinst Joseph. Er schaut listig zu Lucie, die so unbewegt dasitzt wie meist. »Sie haben uns nicht mal nach unseren Papieren gefragt!«

Sie faßt es als Scherz auf.

»Ja, ja, und ihr hattet welche!«

Er nimmt ihre Hand, sie spürt seine immer etwas gebieterischen, lebendigen Finger, und einen Augenblick lang blicken sie so, in der Mittagsmattigkeit, auf die Straßen, wo die Lust auf ein Fest bereits um sich greift. Die Sonne ist warm. Der Wind zeitlos. Ein paar Kinder versuchen, mit Stöcken eine junge Gans zu fangen, die sich ins stinkende Fensterloch einer Kabeljaudörrerei verirrt hat, und die beiden beobachten, wie sie in die leuchtend grünen Bäume an der Rijkmansstraat entkommt, in der die wohlhabenden Deventer wohnen.

»O ja! So einen schönen Paß hab ich nie wieder gehabt!«

Warte. Joseph Andrías machte eine theatralische Gebärde, schob das Futter seiner Jacke beiseite und holte einen Brief hervor. Bevor er das Dokument öffnete, sah er sich im Ratssaal um, wo die Anwesenden, wie betäubt von einer geheimen Vorstellung, verstummten.

»Wir, Sigismund ...«, las er dann vor, »von Gottes Gnaden König von Ungarn, Böhmen, Dalmatien, Kroatien und anderen Gebieten ...«, worauf in kraftvollen Worten die Weisung folgte, dem Herzog von Ägypten und seinem Volk in sämtlichen Ländern des Heiligen Römischen Reiches und folglich auch in Deventer uneingeschränkt zu Diensten zu sein. Der Brief machte danach offen die Runde. Er war vom König verfaßt, ja, tatsächlich.

»Laßt alle ein! Richtet das Wantshuis her!«

Jemand fragte Joseph sicherheitshalber: »Wie viele seid Ihr?«

»Zweihundert.«

»Dann mietet auch noch den Gasthof *Die Köln* dazu!«

»Also, Lucie, und so geschah es. Die Tore wurden geöffnet, und unsere Leute füllten mitsamt ihren Pferden und Hunden die Stadt.«

Die Feststimmung verbreitete sich rasch. Während die Ägypter zum Wantshuis ritten und sich zwischen den dort aufgestapelten Woll- und Leinenstoffen einrichteten, während sie auf dem Innenhof ihre Pferde tränkten und auf dem kleinen Platz vor der Propstei ihre Feuer zum Kochen anlegten, holte die Stadt ihre Ziehharmonikas hervor, ihre Prunkschweine, ihre Fahnen, und auf dem Marktplatz wurde vorsorglich schon mal Stroh ausgebreitet, da niemand daran zweifelte, daß hier am nächsten Tag mit Pferden gehandelt würde. Es wurde dunkel auf den Straßen. In dieser Nacht konnte man beim Schein von Wachsfackeln buntgekleideten Frauen begegnen, die einem die Hand öffneten, sie betrachteten und einem dann aus den Linien etwas Leichtes und Glückliches lasen.

Der Morgen begann mit Glockengeläut. Und mit Hufgeklapper: Schwere einheimische Arbeitspferde und Reittiere, so hoch, schwarz und ungebärdig, daß man sie nur mit unglaublich schönen Geschichten in Verbindung bringen konnte, fanden ihren Weg zum Markt.

»Lieber Himmel, Joseph, diese Kaltblüter! Schau dir das an!«

»Ja, Mordsgäule, weiß Gott. Wir haben vier von ihnen gekauft.«

»Erinnerst du dich an Ulaleen?«

»Die Großmutter von Bellaheleen?«

»Ja.«

»Sie stand am Gatter, als ich dreiundsechzig hier ankam.«

»Du fuhrst am Obstgarten vorbei. Du hast das Auto neben dem Laufstall abgestellt. Am Gatter stand ein schweres Pferd mit breiten Hufen.«

»Die hatte doch bestimmt noch was von diesen Urtypen? Hart, willig, schwerfällig. Das war eine ausgezeichnete Rasse, Luus, damals, aus dem Gebiet rund um Deventer. Aber wir mußten auch lachen. Einigen sehr jungen Stuten hatten sie ein paar Zähne gezogen.«

»Bestimmt, um sie als ausgewachsene Tiere verkaufen zu können.«

»Ja. Um sie uns als Stuten anzudrehen, die schon den Hengst aufnehmen konnten.«

Pferdehandel in ferner Ferne. Sonne, Wind. Von der Geschäftigkeit und dem Geld bleibt gegen Mittag in erster Linie Musik übrig. Die Ägypter bevölkern die Wirtshäuser und Bürgersteige am Platz mit ungeheurer Überschwenglichkeit. Ihre eigenartigen Singstimmen, das Getrommel mit Händen und Füßen, ihre achtsaitigen Fideln werden von den verblüfften, aber kaum zögernden Deventern unter Anführung von sechs jungen Zimmermeistern mit Trink- und Gildeliedern beantwortet. Und am Nachmittag gibt es Reiterspiele. Bauernsöhne, die ihre Hengste wie Vollblutstiere angestachelt haben, fädeln in vollem Galopp einen über der Bahn aufgehängten Ring auf einen Pappelast, den sie wie eine Lanze vorstrecken. Und die Ägypter bringen jeden zum Staunen, indem sie mit ihren Pferden über drei nebeneinandergestellte Rübenwagen springen, während eine andere Gruppe ihre herausgeputzten Hengste vor der Lebuïnus-Kirche zu den Klängen des Glockenspiels sehr gekonnt zur Seite und zurück tänzeln lassen.

Großartige Bilder. Die zwei volle Tage ausfüllen. Sie aufzunehmen ist nicht schwer, darüber zu berichten dagegen schon, denn der Augenblick, den man »Jetzt« nennt, ist zeitlos und folglich ein kleiner Teil der »Ewigkeit«. Hier ist eine Stadt, in der die Menschen ihre Haustüren jetzt mal ruhig offenlassen, in der man schläft, wenn's sich gerade so ergibt, und ißt, wenn der Hunger sich meldet, denn der festverankerte Wohnort ist betört von der stärksten aller Betörungen: einem Leben innerhalb des Lebens, in dem alles ein wenig anders ist. Die dunklen Ägypter sind überall zu finden. Sie prophezeien einem Glück. Sie machen Geschäfte. Sie nehmen Bücklinge, Stroh, Bier und vier Pfund schwere Brotlaibe als Geschenke der von ihrem König dazu ermahnten Stadt an, die in ihrem Wappen den Adler führt. Sie erzählen jedem, der Ohren hat, vom Zustand in den entferntesten Winkeln der Welt, aber in Wirklichkeit kündigen sie bereits ihren Aufbruch an. Sie gehen, und wenn jemand sie fragt, wohin, dann verdrehen sie die Augen und sehen Land, Hügel, Meere. Der Einfachheit halber werden sie allerdings antworten: Wir pilgern zu den heiligen Reliquien in St.-Laurent-les-Mâcon, wir machen eine Wallfahrt nach Aachen, wir sind auf dem Weg zur Abtei Sint-Adelbert in Egmond …

An jenem Morgen, als die Stadt nichts vermutet, da sie ausschließlich im Heute lebt, weht ein starker Wind. Plötzlich reiten die Ägypter durch die Straßen. Sie nähern sich bereits der Berg-Kirche, als sie von einem bettelnden Studenten der Lateinschule bemerkt werden, und steuern bereits auf das Stadttor zu, als eine große Menschenmenge, die plötzlich weiß, was da im Gange ist, zusammenströmt, um ihnen, von heftigen Verlustgefühlen übermannt, nachzuschauen und zu winken. Die Leute sehen die sechs bekannten Männer vorneweg reiten, in ihrer Mitte, dunkel, wachsam und mit einer nicht zu beschreibenden Ausstrahlung von guter Laune, der Anführer. Sie blicken auf das Goldgefunkel auf seiner Brust und auf seinen Fuchsschwanzhut, doch keiner von ihnen betrachtet ihn so eindringlich wie das Bauernmädel, ein kräftiges Ding mit Wasseraugen und diesem rötlichen, hochgotischen Haar, die weiß, daß ihr Leben keinerlei Sinn mehr hat, wenn …

»Nimm mich mit!« schreit sie mit derselben äußersten

Tat des Herzens, mit der sie schon seinen Blick auf sich gezogen hat.

Der Wind hat mittlerweile zu einer einzigen zustoßenden Bö aufgefrischt. Trotzdem hat er ihre Stimme gehört.

Bravour, eine Spur von Hoffart in seinen Augen.

»Na schön! Dann komm!«

Ein großes Pferd wird in die Menge getrieben. Auf einen Klaps auf den Hals hin bleibt es stehen. Daraufhin scheut sich jemand keine Sekunde, beide Arme auszustrecken.

Margriet de Moor
im Carl Hanser Verlag

Erst grau dann weiß dann blau
Roman
Aus dem Niederländischen von Heike Baryga
1993. 280 Seiten

Ein Buch von der Schönheit und dem Wesen eines Apfelbaums voller verschlungener Zweige. *Algemeen Dagblad*

Mit erstaunlicher Sicherheit erzählt Margriet de Moor in ihrem ersten Roman eine leidenschaftlich schön traurige Liebesgeschichte – und gleichzeitig eine heiter düstere Parabel vom ewigen Tod der Liebe, vom Scheitern aller Lebens-Versuche, von der schönen Anstrengung, das Schweigen zum Klingen zu bringen.
Magda gehört – nicht mal sich selber. Nach einigen Jahren mit Robert, dem Maler, in Südfrankreich, folgt sie ihm in die Niederlande, wo sich der Hobby-Künstler zum Manager entwickelt. Doch dann wird ihr Verlangen nach dem eigenen Leben so übermächtig, daß sie, ohne Abschied, ausreißt. Wortlos wie Magda den sie bedrückenden Mann verlassen hat, kehrt sie nach zwei Jahren zurück: Ist einfach wieder da. Als ob nichts gewesen wäre, fragt sie den aus dem Stadtbüro heimkehrenden, fassungslosen Robert: »Was meinst du, sollen wir trotz der vielen Wespen draußen essen?« Rolf Michaelis, *Die Zeit*

Gerade das macht den Reiz der Geschichte und die Meisterschaft de Moors aus: Daß sie für das Flüchige, Subjektive und Bruchstückhafte der Erinnerung den richtigen Ton trifft ... Wolfgang Seibel, *Die Presse*

Margriet de Moor
im Carl Hanser Verlag

Der Virtuose
Aus dem Niederländischen von Helga van Beuningen
1994. 168 Seiten

Wie es Margriet de Moor gelingt, einen durch und durch sensualistischen Roman zu schreiben, der »dennoch« ein sprachliches (phantastisch übersetztes!) Kunstwerk ist – das macht den Virtuosen zu einem nicht nur in der niederländischen Literatur seltenen Ereignis.
Margriet de Moor erzählt eine einfache Geschichte: Die junge Contessa Carlotta, ... Ehefrau und Mutter zweier Töchter, erliegt der öffentlichen Intimität einer Stimme, dem überirdischen Gesang des Kastraten Gasparo Conti, eines Jungen aus ihrem Dorf, jetzt der gefeierte »primo uomo« am Teatro San Carlo. Sie »fällt in Liebe« auch zu dem Körper des Sängers. Aber Margriet de Moor erzählt nicht einfach eine Geschichte, sondern: Sie »singt« sie.

Hermann Wallmann, *Süddeutsche Zeitung*

Der neue Roman Margriet de Moors ... ist ein ungeniertes, ein freimütiges Bekenntnis zur Schönheit des Daseins.
Der Roman »Der Virtuose« erzählt von der Sehnsucht und der Eifersucht, von der Lust und der Wollust, vom Glück und Unglück. Kurz und gut: Sein Thema ist die Liebe. Wer die »Tyrannei aus Panik und Glück« nicht kennt, wer nie der sterbenden Mimi eine Träne nachgeweint hat, dem wird Margriet de Moors Roman gleichgültig bleiben. Aber wir anderen werden ihn so rasch nicht vergessen.

Marcel Reich-Ranicki, *Frankfurter Allgemeine Zeitung*

Der Roman ist ein Rausch der Sinne.

Jeanette Stickler, *Rheinische Post*

Margriet de Moor im Carl Hanser Verlag

Ich träume also
Erzählungen
Aus dem Niederländischen von Helga van Beuningen
1996. 192 Seiten

Gelegenheit macht Diebe; in diesem Sinne sind die Erzählungen von Margriet de Moor »zugreifende« Gelegenheitsarbeiten. Und dennoch sind es notwendige Geschichten: Über Liebe und Tod, kleine Fluchten und die Tiefe der Jahre, über die Nähe des Fremden und die Exotik der Nähe – in jeder Hinsicht *offene* Erzählungen.

Hermann Wallmann, *Süddeutsche Zeitung*

Margriet de Moor hat einen Erzählband über das Glück geschrieben. Und was das Erstaunliche ist: Sie bespricht nicht das flüchtige Glück des Augenblicks noch das Verlorene der Vergangenheit, noch das uneingelöste der Zukunft. Margriet de Moor verzichtet auf alle gängigen, einträglichen Glücksformeln, die darin übereinkommen, daß jedes echte Glück unwirklich und unfaßbar bleibt.

Mirjam Schaub, *Die Zeit*

So hat de Moor mit diesem Erzählband eine Theorie des Erzählens vorgelegt, die natürlich, weil sie in Form von Geschichten entworfen wird, der Theorie immer vorauseilt und das Leben anvisiert, das jeder in Form von Geschichten bei sich aufbewahrt. ... was die Literatur kann, das ist, uns auf die Spur einer Erinnerung zu setzen, in der alle Geschichten ihren Keim haben.

Silvia Henke, *Frankfurter Rundschau*